DAN JOLLEY

LES CINQ ÉLÉMENTS

LA TABLETTE D'ÉMERAUDE

Traduit de l'anglais (États-Unis)
par Marie de Prémonville

Slalom

L'édition originale de ce titre a été publiée en anglais pour la première fois en 2016, sous le titre « FIVE ELEMENTS : The Emerald Tablet », par HarperCollins, États-Unis.

ISBN : 978-2-37554-015-2

Slalom | un département **place des éditeurs**

place
des
éditeurs

Prologue

1906

C'est d'abord l'odeur qui lui parvint, le parfum riche d'un lieu souterrain, humide et sombre. Les paupières de Jackson Wright refusaient de s'ouvrir, et il dut les y forcer. Lorsqu'elles se décollèrent enfin de ses yeux douloureux, comme irrités par le sable, le jeune garçon vit au-dessus de lui quatre arches de pierre qui se croisaient à cinq ou six mètres de hauteur.

Où suis-je ?

Il tenta de regarder autour de lui, mais... impossible. Il lutta pour tourner la tête, et la douleur lui vrilla aussitôt les tempes. Il leva les mains pour palper son front, mais le mouvement s'interrompit net dans un cliquètement métallique. Ses jambes aussi étaient immobilisées. Jackson sentit l'onde brûlante de la panique lui remonter dans la gorge.

Je suis enchaîné ! Quelqu'un m'a attaché à... à quoi ?

Le garçon pouvait encore remuer les doigts. À tâtons, il essaya d'identifier sur quoi il était allongé, impuissant, pieds et poings liés : on aurait dit un énorme bloc de pierre.

Ce qu'il avait d'abord pris pour un bourdonnement lointain dans ses oreilles s'avéra être un chant mélodieux, qui emplit bientôt toute la salle dans laquelle il était retenu prisonnier. Jackson sentit son affolement croître. Il ne reconnaissait pas les paroles, mais il lui semblait qu'il y avait des dizaines de voix, tout autour de lui. Sa langue était paralysée, et il lui était pratiquement impossible d'émettre un son. *Je ne peux pas parler !*

Un sentiment de terreur le frappa comme un coup de couteau en plein ventre. Est-ce qu'il... L'avait-on *drogué* ? Dans quel lieu s'était-il retrouvé, pour que quelqu'un réussisse à glisser du poison dans sa nourriture ou sa boisson ? La dernière chose qu'il se rappelait, c'était lui et son père partant en promenade, après le dîner. Tout le reste avait... disparu.

Papa ! Papa, aide-moi ! Les mots se bousculèrent à l'intérieur de son crâne, inutiles et désespérés.

Le pâle éclairage se mit à vibrer et trembloter comme la lueur d'un feu. Une ombre dansante descendit sur Jackson en se contorsionnant, et il eut le réflexe de reculer – mais il avait la tête maintenue par une sangle de métal. Brusquement, son cœur bondit dans sa poitrine.

Papa !

L'homme se pencha au-dessus de son fils. Ils avaient les mêmes beaux cheveux blonds, tellement clairs qu'ils en étaient presque blancs, mais ceux du père disparaissaient pratiquement sous le capuchon d'une longue robe noire.

Papa, aide-moi ! Sors-moi d'ici ! Papa !

C'est alors que Jackson perçut dans le regard de son père une lueur qui lui était étrangère. Un éclat dur et froid de glace. Le garçon le vit s'éloigner sans un mot – il le perdit de vue, et un inconnu s'avança par l'autre côté. Il était grand et plus étroit d'épaules, et drapé lui aussi dans une robe noire semblable.

Son visage semblait de vieux cuir blanchi, et ses yeux verts brillaient d'une clarté surnaturelle qui impressionna tant Jackson qu'il se retrouva immédiatement la bouche sèche, comme tapissée de sable.

Maman ! Il se remémora les yeux doux et sombres de sa mère. *Maman ! Je ne courrai plus dans la maison, c'est promis ! Je t'en prie ! Par pitié, aide-moi !*

« *Zxarna vrahmu otvortse. Dvai shvioutei pivuntxa.* » Les mots de l'homme aux yeux verts bourdonnèrent aux oreilles de Jackson, à l'intérieur même de son crâne, comme si un essaim d'insectes minuscules s'étaient mis à creuser, à lui grignoter le cerveau. Il mourait d'envie de se gratter, de se déchirer le cuir chevelu à coups d'ongles, mais il ne pouvait toujours pas bouger. Sans cesser son incantation, l'homme aux yeux verts sortit de sous sa cape une tablette de pierre, de la même teinte verte que ses yeux lumineux et effrayants. La pierre était aussi pure que le cristal, d'une couleur à la fois brillante et sombre. Elle semblait compacte, jusqu'à ce que l'homme l'ouvre, et alors Jackson s'aperçut que cet étrange objet avait des pages, tel un livre. Toutefois, l'homme ne le tenait pas comme un livre inoffensif, mais plutôt comme un serpent remuant et venimeux : avec précaution, et un grand respect. Peut-être même de la peur. « *Dvai shvioutei pivuntxa, majia povrunshei taigho shviunta !* »

L'écho de cette langue bizarre se répercuta dans la salle – plus qu'un écho, on aurait dit une multitude de voix reprenant en chœur chacune des paroles de l'homme aux yeux verts. Ainsi répétés, les mots semblaient mille fois plus durs.

« *Taigho shviunta. Taigho shviunta* », psalmodia la foule invisible. Jackson aurait hurlé, s'il avait été capable de produire le moindre son. Car il reconnaissait l'une de ces voix : c'était celle de son père.

Soudain, Jackson sentit changer l'air qui l'entourait. Même la tête immobilisée, il bougeait les yeux en tous sens. Pendant une seconde, il fut ébloui par l'explosion d'un cercle de feu, trois mètres au-dessus de lui et sous l'effet de la chaleur, il sentit la peau de son visage se rétracter. L'anneau brûlant se mit à pivoter lentement dans l'air, rappelant ces auréoles que le garçon avait vues au-dessus de la tête des saints, à l'église – sauf que celle-ci était gigantesque, difforme et effrayante. *Est-ce ainsi que je vais mourir ? Comme une brindille dans un feu ?* Des flammes rouge orangé dansaient telles des lianes autour du cœur blanc aveuglant.

Tandis que la couronne de feu continuait de tournoyer, un jet d'eau jaillit à la gauche de Jackson, dessinant un arc qui alla enjamber le brasier tel un arc-en-ciel. En suspension dans l'air, l'eau crépitait et bouillonnait, et forma bientôt un second anneau reflétant les flammes dans des tons blancs, bleus et verts. Ces mêmes couleurs dures et froides que Jackson avait entrevues dans le regard de son père. Il se mit à sangloter.

Surgie de nulle part, une rafale de vent polaire s'engouffra dans la salle pour se ruer sur le jeune garçon, lui saisissant tout le corps et glissant des doigts de glace dans sa chevelure. Sous lui, un cœur de pierre sembla se mettre à trembler et à vibrer.

Jackson contracta tous ses muscles pour tenter de se libérer. Il aurait préféré hurler à s'en casser la voix plutôt que de supporter d'être ainsi paralysé. Son cœur battait à tout rompre et des larmes brûlantes comme de la lave perlèrent entre ses paupières serrées.

Et c'est alors que, médusé, il les vit *remonter*. Au lieu de couler le long de ses joues, elles étaient irrésistiblement attirées vers l'effroyable anneau liquide et chaque goutte scintillait furtivement comme du verre avant d'être engloutie par le courant violent.

« Mon nom est Jonathan Thorne. » Il fallut un instant à Jackson pour se rendre compte qu'il comprenait ce qu'il entendait, et que l'homme aux yeux verts ne s'adressait pas à lui, ni même à la foule assemblée, mais à l'étrange livre de cristal vert. À l'arrière-plan, le prisonnier percevait toujours les sonorités âpres et menaçantes de l'autre langue, comme si elles s'insinuaient à l'intérieur de son crâne. « Je suis celui qui ouvre la voie. Je suis le chef des fidèles. C'est moi qui décide du destin et détiens le pouvoir. »

Jonathan Thorne sortit de la manche de sa robe un fin poignard d'argent, avec lequel il s'ouvrit l'extrémité du pouce sans la moindre hésitation. À la simple vue de la lame, Jackson crut que son cœur allait s'arrêter net. À la lueur des flammes, le sang de Thorne était d'un noir d'encre. L'homme se pencha pour toucher le front de Jackson, où il peignit des symboles mystérieux que le jeune garçon ne put déchiffrer. Puis Thorne se redressa et, toujours au moyen de son pouce, dessina sur la couverture de l'étrange ouvrage une étoile à cinq branches à l'intérieur d'un cercle.

« Mon nom est Jonathan Thorne, répéta-t-il, je suis en quête de la Magie, j'explore les sentiers perdus. Je suis l'Être supérieur et par ce sang, je me proclame maître d'un monde nouveau de puissance infinie ! »

Avec une lenteur extrême, Thorne brandit le poignard. La lame oscilla entre ses mains avant de pointer vers le bas. Droit sur le cœur de Jackson.

Sous l'effet de la panique, les pensées du jeune garçon se brouillèrent et il eut la sensation d'étouffer. *Me réveiller, me réveiller, il faut que je me réveille ! Tout cela n'est pas réel, je fais un cauchemar, pourquoi ne puis-je pas me réveiller, pourquoi, pourquoi pourquoi ? JE DOIS ME RÉVEILLER !*

Un léger mouvement à gauche attira son regard et, l'espace d'un instant, une seconde à peine, Jackson crut qu'il était bel et bien revenu à la réalité. Car il vit son père, revenu le sauver ! Il tenta de crier, de forcer sa langue engourdie à se mouvoir...

Mais il demeura impuissant lorsque son père, avec ce même regard atroce et glacial, lui retira la chevalière qu'il portait au majeur de la main gauche.

Non ! Papa, qu'est-ce qui te prend ? Pourquoi laisses-tu faire une chose pareille ?

L'homme fit tourner la bague entre ses doigts, l'examinant à la lumière vive du cercle de feu suspendu. Le bijou était simple, en or, orné des armoiries de la famille Wright : un W très décoré surmontant une roue de chariot à quatre rayons. Il avait appartenu au grand-père de Jackson. « Tu n'auras plus besoin de cela, là où tu vas, mon fils », annonça-t-il en glissant l'anneau dans sa robe.

En voyant son père se détourner de lui une seconde fois, Jackson sentit son cœur se briser.

Peut-être est-ce pour cette raison qu'il n'éprouva presque aucune souffrance, lorsque Thorne brandit le poignard en argent et le lui plongea dans la poitrine.

La mort.

Jackson y avait beaucoup réfléchi, lorsque son beagle avait été renversé par des chevaux tirant un chariot postal. Le garçon s'était imaginé qu'il sentirait la vie lui échapper, que sa conscience déclinerait comme la flamme d'une lampe à pétrole dont le réservoir s'est vidé.

Mais en réalité, il lui apparut que l'air qui l'entourait s'épaississait et se liquéfiait, tout en prenant une teinte écarlate. Il entendait toujours les voix psalmodier – « *Taigho shviunta! Taigho shviunta!* » –, mais le décor tout entier était désormais rouge sang, la vision de Jackson était voilée par... Qu'était-ce donc ? *Un film ? Une peau ?* Le sang se déversa de sa poitrine, et vint grossir l'étrange membrane. Jackson se retrouva bientôt totalement enveloppé.

Brusquement, les voix décuplèrent de volume, et leur chant se mua en cris. Le captif sentit sous lui le bloc de pierre tressauter. Le plafond se mit à trembler violemment, et une pluie de poussière et de fragments de mortier s'abattit sur Jackson, tandis que de partout montait un grondement immense et assourdissant, secouant la terre même.

Autour de son corps, le cocon rouge sang resserra son étreinte, et des hurlements résonnèrent de toutes parts.

« *Tremblement de terre !* » clama quelqu'un.

Ce sont les derniers mots que perçut Jackson avant que ce monde disparaisse de sa conscience.

Chapitre 1

« OK, les gars, dit Brett en repoussant les cheveux noirs d'ébène qui lui tombaient devant le visage. À trois, Lily et moi on soulève, et Gabe, tu pousses. Compris ? »

Gabe Conway redressa les épaules avant d'attraper une barre de fer entre ses mains pâles. Il l'enfonça le long de la bouche d'égout puis hocha la tête, tandis que Brett et Lily Hernandez resserraient leur emprise sur la poignée en fonte.

Lily leur fit signe à son tour. Il y a quelques jours encore, ses cheveux aussi noirs que ceux de son frère lui arrivaient aux épaules, mais elle avait décidé sur un coup de tête de les couper très courts. Depuis, elle n'arrêtait pas de taquiner Brett au sujet de sa coupe emo.

Brett jeta un œil par-dessus son épaule, en direction de Kaz Smith, qui montait la garde à l'entrée de la ruelle étroite en regardant frénétiquement à droite et à gauche. Au-delà, un banc de nuages illuminés par la lune cachait le sommet du pont du Golden Gate. « Personne en vue ?

— Pour le moment », siffla Kaz. Il passa nerveusement la main sur ses cheveux coupés ras. « Mais j'entends des voix ! Grouillez-vous !

— Un... deux... trois ! »

Les jumeaux tirèrent, et Gabe fit levier. La bouche d'égout était encore plus lourde qu'elle en avait l'air, mais grâce à leurs efforts conjugués, le couvercle finit par s'extraire du trou en crissant. Brett et Lily lâchèrent l'anneau et Gabe fit de même avec sa barre désormais tordue, tandis que Kaz les rejoignait à petites foulées.

« OK, tout le monde dans le trou ! » aboya Brett. Gabe aurait pu s'agacer de recevoir ainsi des ordres, mais en voyant l'immense sourire ridicule qu'arborait Brett – il se détendit. Gabe n'avait jamais vu son camarade aussi enthousiaste – et pourtant, Brett était du genre à s'enflammer pour un oui ou pour un non.

Gabe alluma sa lampe torche. « Comme tu voudras, *chef.* » Il jeta un œil à l'échelle rouillée qui descendait le long du conduit vertical. « Pourquoi tu ne passerais pas le premier ?

— C'était bien mon intention ! » répliqua Brett en coinçant sa propre lampe entre ses dents, avant de s'agripper à l'échelle et de disparaître dans l'ombre.

« Alors on y va vraiment, hein ? » Kaz avança le bout du pied vers l'ouverture. « J'aimerais juste répéter que c'est une idée désastreuse. Je l'ai déjà dit quand Brett l'a eue, et je n'ai pas changé d'avis. Et s'il y avait, je ne sais pas, des alligators mutants, là-dedans ? ou bien des zombies carnivores ? ou bien... des *rats* ? » Kaz alluma sa lampe frontale et, sans cesser de grommeler, s'engagea à la suite de Brett le long de l'échelle. « Je veux bien y aller, OK, mais regardez-moi ces barreaux, on est sûrs d'attraper le tétanos, avec ces machins. Et je ne sais même pas si mon vaccin est à jour... » Et il descendit dans l'obscurité en continuant de se plaindre.

Mes meilleurs amis qui disparaissent, c'est exactement ce qui est en train de m'arriver...

Gabe se tourna vers Lily et lui fit signe de suivre les autres. « Honneur aux dames. »

Lily pencha la tête et fronça les sourcils tout en le dévisageant de ses immenses yeux sombres, noirs d'encre. Avec Brett, ils avaient le même regard. « Tu as l'air triste, Gabe. Je croyais qu'elle te motivait, cette petite sortie pédagogique. » C'était leur nom de code pour désigner les aventures dans lesquelles ils s'embarquaient : *sorties pédagogiques*. Comme lorsqu'ils s'étaient glissés dans un cinéma en plein air désaffecté pour regarder des films d'horreur toute une nuit, ou qu'ils avaient organisé une séance de spiritisme marathon dans le cimetière.

Soudain, Lily parut comprendre ce qui tracassait Gabe, et son front redevint lisse. Elle avait toujours su lire en lui. « *Oh*. Hé, détends-toi, OK ? Ce n'est pas comme si tu n'allais plus jamais nous revoir ! Ma cousine Marybeth a déménagé au fin fond du Tennessee, et je discute avec elle sur FaceTime quasiment tous les jours. Je crois bien qu'on se parle plus maintenant que quand elle vivait ici. »

Gabe se força à sourire. « C'est juste que... j'en ai assez de tous ces déménagements. Sept villes en douze ans, tu imagines. Qui vit comme ça ? On croirait qu'Oncle Dan est dans l'armée. »

Elle lui rendit son sourire. « Je parie que tu vas te faire un tas de nouveaux amis, à Philadelphie, et que tu vas tous nous oublier. »

Il y avait tant de choses que Gabe aurait voulu répondre, en cet instant. Du genre : *Mais je n'en peux plus, de bouger aux quatre coins du pays ! Et puis j'adore San Francisco, et je ne veux pas partir*. Mais plus que tout, il aurait voulu dire à Lily qu'elle ne comprenait pas, qu'ils étaient les seuls vrais amis qu'il ait jamais eus. Mais jamais il ne prononcerait une chose pareille à haute voix, et d'ailleurs il en fut empêché par l'appel de Kaz, en provenance du trou.

« Hé ! Vous n'êtes pas en train de vous dégonfler, au moins ?

— Le devoir nous appelle ! » lança Lily d'un ton enjoué, avant de dégringoler le long de l'échelle comme un ouistiti.

Gabe la suivit. Il dut sauter pour franchir le dernier mètre entre le barreau du bas et le sol du tunnel ; ses baskets atterrirent dans un filet de liquide indéfinissable et il grimaça. L'odeur infecte le fit larmoyer. Il balaya les alentours avec sa lampe torche, repéra Lily et Kaz, et s'apprêtait à demander où était Brett lorsque ce dernier lui bondit dessus par surprise en criant : « Bouh ! » Gabe ne broncha pas, il se contenta de fermer les paupières en espérant que personne n'avait remarqué combien la petite blague de son ami l'avait paniqué. Le rire rauque de Brett se répercuta le long du tunnel. « Il est solide comme un roc, ce gars ! » s'exclama-t-il en donnant un coup d'épaule à Gabe, et ce dernier ne put s'empêcher de sourire à son tour.

« Si vous tenez vraiment à ce qu'on le fasse, est-ce qu'on peut en finir ? » intervint Kaz en lui agitant une main devant le visage. « À l'odeur, on se croirait enfermés dans des toilettes géantes.

— OK, c'est bon, pourquoi vous êtes toujours sérieux, comme ça ? » Brett fit glisser son sac à dos par terre et se mit à fouiller dedans. « Vous ne vous rendez pas compte que ça va être la grande aventure ? » Il sortit un rouleau de tissu soyeux, maintenu par un ruban noir. Gabe, Lily et Kaz se réunirent autour de lui pour le regarder le déplier.

Gabe eut un coup au cœur en contemplant l'objet. Les recherches mystérieuses de l'Oncle Dan étaient archi-confidentielles, et en général il gardait son matériel sous clef. S'ils avaient réussi à dénicher cette étoffe, c'est uniquement parce que les trois quarts du bureau de Dan se trouvaient déjà dans des cartons et que, dans le chaos du déménagement, il avait oublié de verrouiller sa porte. Et si Gabe et ses amis étaient allés fureter un peu dans ses affaires, où était le mal ? Après tout, Dan possédait une collection de spécimens tellement bizarres, comment s'empêcher d'y jeter au moins un coup d'œil ?

De plus, Gabe n'avait pas *volé* l'étoffe, il s'était contenté de l'*emprunter*. Techniquement, ce n'était même pas lui qui avait fait cet emprunt. C'est Brett qui avait ouvert le carton en question. Et puis de toute manière, ce n'était pas comme si tout ça était *réel*. Si Brett avait envie de pimenter un peu leur dernière *sortie pédagogique*, pourquoi ne pas jouer le jeu ?

Tandis que Brett tenait l'étoffe, Kaz et Gabe pointèrent le faisceau de leurs lampes dessus, révélant une carte, avec un titre cousu en haut : « Les Portes dorées ». Jamais Gabe n'avait vu pareille carte. Pour commencer, elle avait été confectionnée à la main, la soie était brodée de fils métalliques de mille couleurs différentes. Ensuite, elle représentait San Francisco, mais pas la ville réelle. On aurait plutôt dit... une œuvre d'art. Une version améliorée de la ville dans un univers alternatif, scintillante de couleurs, avec ses rues et ses immeubles immenses, distordus et surréalistes.

« Qu'elle est étrange, cette carte, répéta Kaz pour la millième fois. Je ne sais même pas comment tu fais pour te repérer, dessus.

— Tout est étrange, dans cette histoire, renchérit Lily à mi-voix.

— Vous voulez bien tous vous *détendre* ? » Brett étala la carte sur son sac à dos. « On est ici, annonça-t-il en désignant un point. Et l'entrée des tunnels secrets est là, en bas. Quant à la salle secrète, elle se trouve... là. » Il pointa le doigt sur le tissu. « On n'est qu'à six ou sept cents mètres. Facile ! Allez, on y va ! »

Brett avait l'enthousiasme d'un gamin le matin de Noël, et avec une candeur pareille, on ne pouvait pas lui en vouloir. Du moins, pas longtemps. Il partit donc en tête, suivi de ses trois amis, et ils progressèrent le long du tunnel qui s'enfonçait sous la ville, avec en fond sonore le clapotement de l'eau sous leurs semelles et l'écho lointain de la circulation, au-dessus d'eux.

Au bout de dix minutes environ, les bruits de moteurs s'assourdirent, puis se turent.

« À quelle profondeur on est, exactement ? » demanda Kaz, mais personne ne lui répondit.

Gabe tournait et retournait la situation dans son esprit. Depuis des semaines, Brett parlait d'un réseau secret de tunnels sous San Francisco, mais Brett était le spécialiste des histoires loufoques. Comme celles du monstre du lac Champlain, ou de l'île hantée au large de Venise, ou encore des fantômes qui pullulaient dans tout Paris, à cause des catacombes. Sauf que cette fois-ci, les circonstances étaient troublantes : d'abord, l'Oncle Dan avait brusquement annoncé qu'ils allaient déménager. Puis Brett avait convaincu la bande de jeter un œil aux « articles inestimables » et aux « recherches capitales » que l'oncle de Gabe gardait en général à l'abri. C'est alors que Brett était tombé sur ce document insolite, et le plus bizarre c'est qu'il représentait exactement le réseau de tunnels secrets qui était devenu une obsession pour le jeune garçon. Lily avait bien raison de dire que tout était étrange, dans cette histoire. Juste en dessous de cette carte des « Portes dorées », ils avaient trouvé un minuscule livre écarlate, visiblement ancien, qui décrivait un rituel d'initiation destiné à « unir les membres d'un cercle dans ce monde, le monde ultime, et tous les entremondes. » Sur la couverture était gravé un nœud singulier, composé de quatre boucles.

« Mais vous ne comprenez pas ? » Debout au milieu du bureau de l'Oncle Dan, les yeux écarquillés, Brett avait agité la carte sous le nez de ses camarades. Il avait désigné un petit carré sur la soie miroitante, au milieu du labyrinthe de tunnels qui se chevauchaient. Un quadruple nœud identique à celui de la couverture du petit livre rouge avait été brodé de différentes couleurs, au centre de ce carré. « C'est parfait ! Il suffit de trouver cette chambre secrète, de faire le rituel, et on sera amis pour l'éternité ! »

Comme à son habitude, Kaz montait la garde dans l'embrasure de la porte. « Tu es dingue, ou quoi ? Tu veux qu'on aille ramper dans les égouts, aux quatre coins de la ville, juste parce que tu as vu un petit dessin sur un tissu ? Tu vas tous nous faire tuer ! Au mieux, on va se retrouver couverts de crotte. »

Brett avait adressé un sourire étincelant à Lily et Gabe, et flanqué une tape amicale sur l'épaule de Kaz. « On n'entrera pas dans les égouts, Kaz. Voilà ce que je vous propose : on va juste jeter un œil. Si on réussit à trouver ces tunnels secrets, on fera le rituel sacré, comme ça Gabe saura qu'il ne sera jamais seul, quel que soit le coin paumé où son oncle l'emmène. Et si on ne trouve rien, je laisserai tomber. On fera comme s'il ne s'était rien passé. Gabe, tu en dis quoi ? »

Gabe avait senti monter un immense sourire. « Vous êtes vraiment les meilleurs. On fonce, voilà ce que j'en dis. »

C'est ainsi que par une froide soirée de fin d'automne, ils s'étaient retrouvés tous les quatre à crapahuter dans un tunnel humide et nauséabond, s'enfonçant de plus en plus profond sous la ville.

« Là ! » Brett se mit à bondir, faisant tressauter le faisceau de sa lampe le long du mur en brique qui leur bouchait le passage. « On y est ! C'est l'entrée des tunnels secrets ! » Il se tourna vivement vers

Kaz. « Dans ta face ! » Surpris, Kaz recula d'un pas. Brett se radoucit et tendit la main : « Tope là ? »

Kaz tapa d'un air las. « OK, ce qui est sûr, c'est que tu nous as amenés quelque part. Même si je ne vois pas trop *où*. C'est un cul-de-sac, OK ? Et en plus on dirait que le mur va s'écrouler d'une seconde à l'autre. »

Brett fixa attentivement les briques. « Mouais. » Il sortit de nouveau la carte et fit pivoter le faisceau de sa lampe torche dessus. « Je vous assure, les gars, c'est censé être là.

— Et si on faisait une pause ? suggéra Lily en parcourant le sol du tunnel avec sa lampe. Au moins, c'est sec, ici. On n'a qu'à se poser un peu pour réfléchir. »

Gabe fit glisser son sac à dos à terre et s'assit en tailleur à même le sol. Kaz vint s'installer près de lui et extirpa de son propre sac un Thermos et quatre gobelets. « Un peu de thé, les gars ? »

Gabe eut un large sourire. Il aurait dû se douter que Kaz apporterait du thé. Sa mère lui en glissait toujours dans ses affaires, à emporter partout où il allait. Gabe avait passé beaucoup de temps dans la famille de Kaz, et alors que ces souvenirs lui revenaient, il songea une fois de plus combien toute cette vie allait lui manquer. Les Smith avaient toute une tribu de gamins, et le volume sonore chez eux était à peu près celui d'un parc d'attractions. Gabe leur enviait tout ça. Chez lui, c'était le calme plat, on se croyait à la bibliothèque. Quand il n'était pas à l'université en train de donner une conférence sur les phénomènes surnaturels, son oncle Dan se terrait dans son bureau, et le silence qui régnait dans la maison était tel que Gabe percevait le moindre bruit de pas, ou le grincement d'une porte de placard.

« Moi j'en veux bien, lança-t-il en tendant la main.

— Mais je vous en prie », répondit Kaz, l'air ravi, en lui passant un gobelet ainsi qu'une petite bouteille en plastique contenant du sirop d'érable. Gabe avait toujours eu un faible pour le sirop d'érable, bien plus que pour le sucre ou le miel, et il en mettait pratiquement partout. Comment pouvait-il espérer se faire de nouveaux amis qui le connaîtraient aussi bien ?

« C'est vraiment bizarre, ton truc avec le sirop d'érable, Gabe, marmonna Brett en se penchant pour attraper son gobelet.

— Du sirop bizarre, ça colle bien avec une carte bizarre, des tunnels bizarres, des rituels bizarres et des salles secrètes bizarres, fit remarquer Lily en se servant à son tour. On est juste une bande de zarb, c'est tout. »

Brett gloussa. Kaz et Gabe haussèrent les épaules.

Lily parut sur le point de répondre, lorsque quelque chose attira son regard, au-dessus de l'épaule de Gabe. Elle avala le reste de son thé avant de se diriger vers le mur. « Hé ! » Le faisceau de sa lampe torche se mit à danser de haut en bas d'une partie de la paroi. « Les gars ! Regardez un peu ça ! »

Tout le monde se releva d'un bond pour la rejoindre. « Vous voyez ? » Elle tendit le bras. « On le regardait sous le mauvais angle. C'est comme une illusion d'optique. »

Gabe plissa les yeux. « De quoi tu parles ? C'est juste une fissure entre les briques. »

Sans prendre la peine de s'expliquer, Lily enfonça le bras entier dans ce que Gabe avait pris pour une fine crevasse. « C'est une porte, aucun doute ! Et il y a du vide, derrière !

– *Oui !* fanfaronna Brett. Bravo, Lil ! Tu l'as trouvée !

– Ça ressemble plutôt aux dégâts d'un tremblement de terre, les gars, fit remarquer Kaz, nerveux et sceptique comme à son habitude. On est à San

Francisco, je vous rappelle. Les tremblements de terre, c'est une spécialité, ici. »

Gabe observa de plus près l'ouverture. « Non, regarde. Le trou a été rebouché volontairement. Tu vois ? Quelqu'un a cherché à camoufler cette entrée.

— Très bien, répliqua Kaz d'un ton râleur. Dans ce cas, tu peux me dire quel genre de débile construirait une porte secrète dans un mur d'égouts ? »

Lily lâcha un soupir agacé, une sorte de *pffff*, puis sans crier gare, elle se faufila par la crevasse en se tortillant. Brett poussa un cri de triomphe avant de s'engouffrer à sa suite. Kaz souffla d'un air las. « On dirait qu'on va finalement le faire, ce rituel d'amitié, pas vrai ? »

Mais Gabe aperçut une lueur particulière dans l'œil de son ami. Une histoire de vieilles portes secrètes ? C'était vraiment génial. Même Kaz le Sceptique était captivé.

En se contorsionnant, Gabe réussit à se glisser à son tour dans l'étroit passage. Les quatre amis se retrouvèrent au milieu d'un tunnel, à l'évidence beaucoup plus ancien que celui qu'ils venaient de quitter. Le sol, les murs et le plafond avaient été taillés dans d'énormes blocs de pierre. Le couloir se poursuivait dans l'obscurité la plus totale.

Gabe sentit un frisson lui parcourir l'échine, mais Brett le prit de vitesse, bien décidé à lancer l'action. « Allons-y ! »

Gabe suivit ses amis en se demandant vaguement s'ils ne feraient pas mieux de laisser derrière eux des miettes de pain, histoire de retrouver leur chemin. Il éprouva une pointe d'angoisse à l'idée qu'ils risquaient tous de se perdre dans ces tunnels étroits et humides. Puis il remarqua une masse sombre, par terre devant eux. « Hé, Brett... qu'est-ce que c'est que ça ? »

Brett dirigea le faisceau de sa lampe torche vers la forme. On aurait dit un tas de bouts de bois, d'après ce qu'en voyait Gabe. Et à côté ? Un bol retourné ?

Il sentit son estomac se nouer en comprenant ce qu'ils étaient en train de contempler. « Euh... les gars ? Ce sont des ossements. »

Lily plissa les paupières pour mieux voir. « Quoi ? Un chien serait mort là-dessous ? »

Gabe secoua la tête. « Non, pas un chien. Tu as vu ce crâne ? Ce sont des os humains. »

Kaz fit un bond, décollant d'au moins un mètre au-dessus du sol. « Un squelette ! » Tous restèrent pétrifiés, hormis Kaz, qui s'avança droit sur leur trouvaille. « Un squelette humain ! Un *véritable* squelette humain ! Les amis, vous avez sous les yeux *un vrai squelette de personne morte* ! »

Gabe entendit le souffle de l'inhalateur de Lily, quelque part dans le noir. Il s'apprêtait à lui demander si elle allait bien, lorsqu'il entendit son amie réconforter Kaz. « Là, tout va bien. Kaz, calme-toi. »

Ce dernier se tourna vers le reste du groupe. Il avait les yeux écarquillés, on aurait dit des pièces d'un dollar étincelant à la lumière des lampes torches. « Mais... Mais... Mais ça veut dire qu'on est sur une scène de crime ! Pas vrai ? On doit informer la police, non ?! »

Brett s'approcha du tas d'os et s'agenouilla pour mieux l'examiner. « Mon pote, ce type est mort depuis un bail. Je ne pense pas qu'il y ait encore quelqu'un qui l'attende chez lui. On pourra toujours appeler la police en remontant à la surface, mais pour l'instant, on continue, d'accord ? » Il se redressa pour leur faire face dans l'obscurité. « *D'accord* ? »

Gabe fixa les orbites vides et noires du crâne. *Autrefois, c'était une personne.* Il déglutit avec difficulté. « D'accord. »

Lily hocha la tête, puis Kaz finit par en faire autant.

Pour une sortie pédagogique, c'est une sacrée sortie pédagogique.

En passant à proximité, Gabe contourna largement le tas d'ossements. Au bout d'une minute ou deux, Brett brisa le silence. « J'ai entendu dire qu'autrefois on s'était servi de ces tunnels pour évacuer les cadavres de Chinatown, pendant une épidémie de peste. C'est peut-être de là que vient ce squelette. Trop cool, hein ? »

Kaz fit mine de s'étouffer. « Pas si cool pour le mort, mon pote.

— Sérieusement, Brett, intervint Lily. Tu pourrais faire preuve d'un peu de respect. Rappelle-toi que c'était sans doute la mère, le père... ou le frère de quelqu'un. »

Brett lui lança un regard glacial en réponse. « Et toi, rappelle-toi que tu es ma sœur, pas ma mère. »

Gabe, qui fermait la marche, préféra ne pas réagir. En règle générale, quand les jumeaux commençaient à discuter famille, il essayait de se faire discret. L'été précédent, leur frère aîné Charlie était mort dans un accident de bateau. Gabe savait que Brett se le reprochait, même s'il était bien le seul. Gabe ne pouvait déjà imaginer ce que c'était, d'avoir un frère, et encore moins l'horreur de le perdre.

Le tunnel décrivit une suite de courbes et de tournants, puis sur une bonne distance se rétrécit même en un petit couloir étroit dans lequel ils durent progresser en rampant. Puis le passage finit par s'élargir de nouveau, et les quatre amis débouchèrent dans une immense salle circulaire, si large qu'ils ne pouvaient éclairer les murs avec leurs lampes torches.

Brett laissa échapper un sifflement d'admiration et se dirigea lentement vers le centre de la pièce, en balançant son faisceau de lumière en tous sens. Derrière lui, Lily demanda à mi-voix, presque en chuchotant : « Mais qu'est-ce que c'est que cet endroit ? »

Brett lui répondit d'une voix normale, dont l'écho se répercuta tout autour d'eux : « Tu veux que je te dise ? La perfection, voilà ce que c'est ! *C'est la salle secrète !* »

Gabe prit son temps pour embrasser le décor du regard. Le sol en pierre était divisé en quatre quarts de cercle, et dans chacun des segments, on avait gravé de gigantesques symboles, très complexes. L'une des sections n'était pas recouverte d'une dalle et la terre nue et tassée apparaissait. À l'autre bout de la salle, de l'eau s'écoulait dans un bassin en arc de cercle qui reliait un mur à l'autre – *D'où provient cette eau ? D'une source souterraine ?* Plus loin sur sa gauche, Gabe aperçut couchée sur le sol une gigantesque vasque en métal vide, reposant sur un trépied. Le jeune garçon se remémora un croquis qu'il avait vu dans un des carnets de son oncle Dan. *C'est un brasero. On y empile des charbons ardents.* Par la droite se faufilait un vent froid, comme le souffle d'un géant haletant. En faisant basculer le rayon de sa lampe vers le haut, Gabe repéra une grande ouverture carrée. *La ventilation.* Puis son regard suivit une grande arche de pierre qui soutenait le plafond ; il y en avait quatre, qui se rejoignaient au centre de la pièce, juste au-dessus d'un énorme bloc de pierre qui avait été brisé en plusieurs morceaux. De petits trous avaient été percés aux coins du bloc, cerclés de traces de rouille. Gabe frissonna. Il se posait la même question que Lily : *Qu'est-ce que c'est que cet endroit ?*

Et pourtant...

Gabe se tourna vers ses amis.

Il ignorait où ils se trouvaient, mais ce qui était certain, c'est que cette salle diffusait de bonnes ondes. Bientôt, ses craintes se transformèrent en excitation.

Gabe se hissa d'un bond sur l'un des plus gros éclats du bloc. « Venez, les gars, lança-t-il en tapotant la pierre. Allons-y ! »

Kaz le rejoignit le premier. « C'est la grande aventure de Brett, souffla-t-il à mi-voix. Pourquoi tu es tellement partant, tout à coup ? »

Gabe haussa les épaules. « Je n'en sais rien. Mais en tout cas, si on doit faire un rituel d'amitié, je ne pense pas qu'on puisse trouver meilleur endroit qu'ici. »

Plus il observait la salle autour de lui, plus il se sentait sûr de lui. Presque tout le charabia occulte et ridicule qu'étudiait son oncle Dan tournait autour des quatre éléments : la terre, l'air, le feu et l'eau. Et n'était-ce pas exactement ce que cette pièce était censée représenter ? La terre nue, le cours d'eau se déversant dans le bassin, le brasero à remplir de charbons ardents, et la bouche de ventilation dans le plafond ? Le sourire de Gabe s'élargit. « Allez, Brett ! Magne-toi de sortir les instruments ! »

Brett et Lily se hissèrent avec difficulté sur le bloc de pierre. Kaz les y rejoignit en secouant la tête, mais sans faire de commentaire. Une fois qu'ils furent assis plus ou moins en cercle, Brett sortit un petit canif et un minuscule verre avec l'inscription « Saloon du cheval sauvage » gravé sur le côté.

Gabe haussa un sourcil. « Le Saloon du cheval sauvage ? Sérieusement ? »

Brett chercha une zone à peu près plane au milieu du cercle pour y poser le verre. « Le livre ne précisait pas *quel genre* de récipient il fallait se procurer. Il disait seulement : “un petit réceptacle”. On se détend. » Lily donna un petit coup de coude dans les côtes de son frère, qui l'ignora tout en ouvrant le canif. « De l'argent massif, expliqua-t-il. C'était le cadeau de retraite de notre grand-père, alors ça restera entre nous, OK ? Bon, on est prêts ? »

Gabe parcourut le groupe du regard. *Si le but, c'est de ne jamais vous perdre, les amis, alors je suis prêt, vous pouvez me croire, même si c'est juste pour de faux.* Il leva le pouce en l'air. « Tout le monde est toujours d'accord avec les éléments qu'on a choisis ? Personne ne veut changer ?

— Tu es sûr de ne pas vouloir échanger, Brett ? proposa Lily.

— Nan, je vous avais dit que je choisirais en dernier. Et puis, il faut bien que quelqu'un fasse l'eau, même si c'est naze. Ne bouge pas, la Torche humaine. » Brett incisa le pouce de Gabe avec la lame du canif, assez profond pour faire monter trois ou quatre gouttes de sang à la surface de la peau. Gabe les laissa couler dans le verre. Lily tendit la main à son tour, et Kaz l'imita, en prenant son temps. Quelques secondes plus tard, leurs sangs se mêlaient à celui de Gabe. Lorsque vint son tour, Brett n'hésita pas une seconde. Une fois qu'il eut ajouté son sang dans le verre, il ouvrit le petit carnet rouge pour lire à voix haute :

« En l'honneur des quatre éléments, nous nous en remettons à toi. Je me proclame Eau. »

Lily ferma les yeux. « Je me proclame Air. »

Kaz lança à Brett et Lily un regard qui signifiait : *On est vraiment en train de le faire, hein ?* Puis il poussa un soupir et annonça : « Je me proclame Terre. »

Gabe déglutit avec difficulté. « Je me proclame Feu. »

Brett baissa de nouveau les yeux vers le livre. « Que ce cercle d'union ne soit jamais désuni. Qu'il perdure dans ce monde, le monde ultime et tous les entremondes. »

Un souffle d'air frais s'engouffra en rugissant par le conduit d'aération, faisant écumer l'eau dans l'abreuvoir. Kaz se retrouva bouche bée et posa les mains sur la pierre, comme s'il avait senti bouger le bloc. Gabe ne prêta pas attention à ce qui l'entourait, car brusquement son pouce se mit à lui faire très mal. Ce n'était pas seulement une douleur – ça *brûlait*.

Mais presque aussitôt, le vent retomba et l'élancement dans le doigt de Gabe s'apaisa. Il se tourna tour à tour vers chacun de ses amis – il leur était tellement reconnaissant d'avoir accepté de se lier ainsi, même si ce n'était qu'un tour de passe-passe un peu idiot.

« Alors ? demanda Kaz en dévisageant Gabe. Tu te sens différent ? »

Gabe sourit de toutes ses dents, et donna un petit coup dans l'épaule de son ami. « Nan. Je me sens toujours comme un gars qui a les trois meilleurs amis de la terre.

— Allez, ça va ! » Brett sauta à terre. « On arrête avec les effusions ! Je meurs de faim ! Essayons de dégotter des... Il est quelle heure, d'ailleurs ? C'est déjà le petit déjeuner ? J'ai envie de gaufres. »

Lily suivit son frère. « Toi et ton estomac...

— Il faut bien se nourrir, dans la vie », répliqua Brett en tapotant son ventre plat. Il passa le bras autour des épaules de Gabe. « Viens. Allons trouver de quoi manger. »

Gabe sourit. Sur le chemin de la sortie, ils rirent et blaguèrent. Mais aucun rituel au monde ne pourrait rien changer au fait qu'il allait bientôt devoir quitter Brett, Lily et Kaz, et cette évidence pesait sur son cœur comme une chape de plomb.

Chapitre 2

Seul à traîner les pieds sur le trottoir, Gabe ne s'était jamais senti aussi triste et isolé. Ses amis étaient déjà partis, Kaz dans le bruit et le bazar de sa grande et merveilleuse famille, et les jumeaux Hernandez chez leur grand-mère (*Abuelita*, comme ils la surnommaient) qui s'occupait d'eux en l'absence de leurs parents. Gabe croyait entendre la vieille dame potelée aux cheveux blancs, tandis qu'elle taquinait Brett et Lily, leur reprochant gentiment de ne pas mieux parler l'espagnol, tout en les chouchoutant à coups de cookies, de gâteaux au chocolat et de flans.

L'Oncle Dan savait cuisiner, ou à peu près, mais tout ce qu'il mettait dans l'assiette de Gabe était toujours tellement *sain* que ça n'avait vraiment pas le goût de l'amour.

Gabe arriva devant les marches raides du perron de leur petite maison mitoyenne. Toutes les lumières étaient allumées – Gabe consulta sa montre et constata qu'il était pourtant une heure moins le quart du matin. Ce qui signifiait que l'Oncle Dan était encore debout, parfaitement réveillé, et conscient que Gabe avait largement dépassé le couvre-feu.

Le garçon essaya d'ouvrir la porte puis de refermer derrière lui le plus discrètement possible, mais son oncle avait l'ouïe d'un berger allemand. À peine la poignée avait-elle tourné que Gabe entendit les pas lourds et irréguliers qui se dirigeaient vers lui, en provenance de la cuisine.

Il avala sa salive et se prépara de son mieux à l'inévitable affrontement. Ce n'est qu'alors qu'il vit réellement la scène qui l'entourait. L'Oncle Dan n'avait pas chômé : le long du couloir qui courait sur tout le rez-de-chaussée, des deux côtés, étaient empilés des cartons bien scellés. Chacun portait une inscription en majuscules, de l'écriture nette de son oncle, comme si une machine à écrire géante avait imprimé les mots. Une pile était marquée « SALON », tandis que celle qui lui faisait face s'appelait « CUISINE ». Tout se reproduisait sous les yeux de Gabe : sa vie entière, à nouveau déracinée, son oncle prêt à l'arracher à tout ce qu'il avait tellement aimé à San Francisco, pour le lâcher à Philadelphie.

Daniel Conway apparut au bout du couloir, et Gabe ne put s'empêcher de serrer les dents.

L'homme était grand, mince, bâti comme un nageur olympique, et ses cheveux blonds et ondulés lui tombaient aux épaules. Déguisé en Robin des Bois et affublé d'un grand arc, il aurait été parfait sur la couverture d'un roman de *fantasy*... enfin, si on oubliait sa prothèse à la jambe, dont on apercevait l'articulation en métal entre le bas du pantalon et la chaussure.

« Comment as-tu pu ? » L'Oncle Dan ne leva pas la voix. Ce n'était pas la peine. Il avait une technique imparable : rien qu'avec le ton qu'il employait, il vous donnait la chair de poule et vous mettait mal à l'aise. En général, Gabe baissait les yeux au sol en marmonnant de vagues excuses, mais ce soir, à sa grande surprise, c'est la colère qui l'emporta.

« Comment ai-je pu *quoi* ? » répliqua Gabe, même s'il savait très bien ce qu'il avait fait de mal.

Son oncle s'approcha de quelques pas en plissant les yeux. Il avait le visage assez marqué, mais une nouvelle ride apparaissait, juste entre les sourcils, lorsqu'il était irrité contre Gabe. « Tu es allé dans mon bureau. J'ignore ce que tu y as pris, mais il est évident que quelqu'un a fouillé dans ces cartons. Tu sais *parfaitement* que tu n'as pas le droit de t'immiscer dans mes recherches. »

C'était plus fort que lui, Gabe roula des yeux en marmonnant : « Ah ouais, tes recherches super-importantes sur la grande illusion. »

L'Oncle Dan plissa les yeux. « Gabe, écoute-moi. Si je garde ces objets enfermés dans mon bureau, ce n'est pas seulement pour protéger des années de travail. C'est aussi parce qu'ils sont dangereux.

— *Dangereux*. Ouais, c'est ça. Un tas de livres et de papiers. Bouh, ça fiche carrément la trouille. »

C'était la première fois que Gabe faisait preuve d'une telle insolence envers son oncle. Il ne lui avait jamais vraiment dit ce qu'il ressentait, à se faire sans cesse ballotter aux quatre coins du pays, au nom de ces *foutaises* imaginaires. « J'ai juste jeté un coup d'œil à tes affaires, et c'était pour vivre une toute dernière aventure avec Brett, Lily et Kaz. Après cette semaine, je ne les reverrai plus jamais, tu te rappelles ? À cause de toi ! C'est la première fois de ma vie que j'ai de véritables amis, dans le monde réel, et tu crois que tu me laisserais les garder ? Non, évidemment ! On va encore déménager, sans aucune raison ! »

L'Oncle Dan se rembrunit brusquement. D'une voix à peine audible, il répéta : « Sans aucune raison. »

Mais Gabe ne s'arrêta pas là. Il sentait un raz-de-marée enfler à l'intérieur de lui, le genre de colère que son oncle lui avait toujours ordonné de contenir, de maîtriser et d'éliminer. *Perdre le contrôle de soi n'est jamais utile, et ça ne t'aidera en rien.* Gabe avait dû entendre son oncle lui rabâcher ce conseil un million de fois.

Pourtant, en cet instant, Gabe *voulait* perdre le contrôle. Il rêvait de faire un gros paquet de tout ce que lui avait appris son oncle, pour le lui balancer au visage. « Tu décides toujours tout en fonction de toi et de tes fichues recherches ! Et moi, alors ? Tu t'es déjà intéressé à ce que moi, je voulais ? Ça ne t'est pas venu à l'esprit de me demander si par hasard je n'étais pas *horriblement malheureux* ? Bien sûr que non ! Parce que tu es trop occupé avec toutes ces *âneries* ! Tu ne fais jamais rien pour personne sauf toi-même ! »

Les yeux bleu gris de l'Oncle Dan s'écarquillèrent. Il inspira, s'apprêta à parler, puis se ravisa. Gabe en ressentit une satisfaction intense – *Ça alors, je lui ai cloué le bec !* –, puis il se sentit immédiatement honteux.

Mais pas assez pour reculer.

L'Oncle Dan se passa la main dans les cheveux. Lorsqu'il reprit la parole, ce fut d'une voix... blanche. « Gabe, tout ça, c'est pour ton bien. Tout ce que je fais, sans exception, c'est pour *toi.* »

Mais Gabe en avait assez d'écouter. Il fit volte-face et s'engagea dans l'escalier, surtout sans se retourner. L'Oncle Dan le suivit en clopinant, martelant les vieilles marches cirées avec sa jambe artificielle, mais le jeune garçon était bien plus rapide et il avait presque atteint le palier lorsque son oncle le rappela.

« Gabe, attends. Je vais t'expliquer, si tu m'en laisses l'occasion. Parlons de tout ça. »

Gabe arriva en haut de l'escalier. « Tu parles, et moi j'écoute, c'est bien ça ? Non merci. » Il fit un pas dans le couloir en direction de sa chambre, mais, après toutes ces années d'obéissance, il ne pouvait résister aux accès d'autorité de son oncle, surtout en mode puissance maximale. « Gabe. *Stop*. »

Il obéit, et se retourna vers son oncle.

Ce dernier poussa un soupir. « Tu es privé de sortie. D'ici à notre départ, le seul endroit où tu es autorisé à aller, c'est en classe. » Il n'avait même plus l'air furieux, juste épuisé.

Gabe s'en moquait. « Alors tu veux vraiment rendre mes derniers jours aussi déprimants que possible, c'est ça ? »

Son oncle haussa les épaules. « Tu l'as cherché. Tu savais que mon bureau était zone interdite, et tu as volontairement transgressé les règles. Nos actes ont des conséquences. Maintenant va dans ta chambre, on discutera demain matin. »

Gabe fut incapable de prononcer un mot. Il laissa échapper un grondement, remonta le couloir d'un pas pesant, passa devant le bureau verrouillé de son oncle, et entra comme une tornade dans sa chambre, en claquant bien la porte derrière lui. Il songea à pousser son énorme commode ancienne devant : s'il ne pouvait sortir, il pouvait au moins s'assurer que personne n'entre non plus. Mais brusquement, il sentit sur ses épaules tout le poids de cette solitude, de cette colère et de cette indignation, ajouté à la fatigue physique et à l'heure tardive. Il était juste *éreinté*.

Il contourna une pile de cartons bien emballés qui trônaient au milieu de la pièce et alla s'affaler sur son lit, la tête dans l'oreiller. Il se serait endormi en trente secondes, si son téléphone ne s'était pas mis à vibrer dans sa poche.

Des textos groupés arrivaient en cascade.

Le premier était de Brett :

SUPER SORTIE PÉDAGOGIQUE CE SOIR !

Puis vint celui de Lily :

C'était gééééant ! Vous êtes les meilleurs !

Et c'est Kaz qui conclut :

Je crois que j'ai attrapé la peste là-dessous.

Gabe ne put s'empêcher de sourire. Mais c'était un sourire triste, car il mesurait le peu de temps qu'il lui restait à passer avec ses amis. Surtout s'il ne pouvait plus les voir qu'en cours.

Une partie de lui avait envie de leur raconter ses malheurs, et de rester éveillé pour échanger des textos au sujet de son crétin d'oncle. Mais il était si tard. Et puis, ça ne changerait rien à sa situation.

Il approcha le téléphone à deux centimètres de son visage et tapa avec un seul doigt – il n'avait même plus le courage de se servir de ses deux pouces :

> Suis privé de sortie. Mais ça valait le coup.
> À demain au collège. Bonne nuit les amis.

Il lâcha son portable et s'enfonça dans le sommeil, tandis que l'appareil vibrait et s'agitait sur la table de nuit.

Lorsque la lumière voilée du matin envahit sa chambre, Gabe serra les paupières de toutes ses forces et remonta sa couette par-dessus sa tête. Il n'avait aucune envie de se lever, encore moins d'aller en cours. Et surtout, il ne voulait pas affronter l'Oncle Dan. Le jeune garçon culpabilisait un peu d'avoir dit des choses pareilles, la veille, mais il se sentait encore en colère. Il savait que son oncle donnait un cours de bonne heure, et il espérait qu'il était déjà parti pour l'université.

Mais ça aurait été trop beau. Gabe entendit la porte de sa chambre s'ouvrir à la volée. Lorsque son oncle s'adressa à lui, le garçon perçut dans sa voix qu'il était encore un peu irrité de la veille, mais surtout mal réveillé. « Bon, je pars travailler. Mais rien n'a changé depuis hier soir. Tu es toujours privé de sortie. Je te fais confiance pour arriver au collège à l'heure ? »

Gabe grogna. Il savait que l'Oncle Dan ne partirait pas avant d'avoir obtenu une réponse claire. « Oui, acquiesça-t-il, la voix étouffée par la couette.

— Bien. Et j'étais sérieux, quand j'ai dit qu'on discuterait plus tard. »

Gabe émit un nouveau grognement.

« Ça va sans dire, mais jusque-là, mon bureau t'est strictement interdit. *Strictement*, c'est bien clair ?

— Oui, oui, oui », marmonna Gabe.

Sa porte se referma, mais il attendit encore une bonne minute avant de repousser la couette pour se lever.

Le temps que Gabe prenne une douche, qu'il s'habille et descende à la cuisine engloutir son petit déjeuner, Dan était parti depuis longtemps. L'adolescent jeta un œil à la pendule : 7 h 36. *Bien trop tôt, pour les êtres humains. Les cours ne devraient commencer que vers 10 h 30. Voire 11 h.* Il venait de placer son bol dans le lave-vaisselle lorsque la sonnette de l'entrée retentit dans le couloir.

En ouvrant la porte, Gabe se retrouva nez à nez avec Brett, Lily et Kaz, en tenue pour le collège, leurs sac à dos à la main. Lily lui décocha un splendide sourire, tandis que Brett et Kaz tentaient de prendre un air joyeux, mais Gabe ne parvint pas à en faire autant. Il leur fit signe d'entrer. « Depuis quand on fait le trajet ensemble ?

— Depuis qu'on sait qu'on n'aura peut-être plus l'occasion de discuter ! On ne pouvait pas rester sans rien faire, après ton texto d'hier soir ! s'indigna Lily.

— Même si tu as royalement ignoré les nôtres. » Brett lui donna un coup de coude amical dans les côtes. « Tu nous lâches un message genre "Je ne vous reverrai plus jamais, adieu monde cruel !" et tu espères qu'on va t'abandonner comme ça ? »

Gabe sentit presque monter un sourire. « Ce n'est pas exactement ce que j'ai écrit. »

Brett lança un regard en direction de l'étage. « Ouais, mais déjà qu'il ne nous restait pas beaucoup de temps... Si tu es privé de sortie, il faut *vraiment* qu'on en profite un maximum. Ton oncle est encore là ?

— Nan, il commençait tôt, ce matin. C'est du

boulot, d'enseigner à ces étudiants toutes ces salades. »

Kaz sortit son Thermos de son sac à dos. « Je t'ai apporté du thé, annonça-t-il. Je me suis dit que tu ne serais pas contre un peu de réconfort. »

Gabe le lui prit des mains. « Merci. Ça sera parfait avec mon déjeuner. » Kaz lui répondit d'un large sourire, et Gabe ajouta : « On devrait décoller. Même si je n'ai vraiment pas envie d'aller en cours, aujourd'hui. »

Brett lança un regard significatif à Lily et Kaz. « Eh bien, dans ce cas... Pourquoi on se forcerait ? »

Gabe s'arrêta net. « Tu veux dire... sécher ? »

Brett gloussa. « Tu sais, ça arrive, de temps en temps. »

Gabe fronça les sourcils et se tourna vers Kaz et Lily. « Et vous deux, vous êtes partants ? Même toi, Kaz ?

— Pour être honnête, rien que d'y penser, ça me donne de l'urticaire, répondit ce dernier en se grattant distraitement le cou. Mais j'aime mieux ça que bâcler nos adieux. »

Sécher les cours ? C'était de la folie. Gabe était déjà en mauvaise posture, avec l'Oncle Dan. Mais à force d'y réfléchir – pendant au moins six ou sept secondes –, il aimait de plus en plus l'idée. Et puis, c'était un peu l'Oncle Dan qui l'avait contraint à cette décision, pas vrai ? En coupant son neveu de ses meilleurs amis, il aurait dû prévoir que Gabe ferait tout son possible pour passer plus de temps avec eux. Il pourrait toujours dire que les trois autres avaient déjà pris leur décision, avant même de venir le chercher. Aucun d'eux n'était du genre à faire l'école buissonnière, mais si *tout le monde* était d'accord, alors...

« De toute manière, ça ne changerait pas grand-chose, si je me faisais prendre, raisonna Gabe à voix haute. Je me ferais priver de sortie encore plus longtemps, c'est sûr, mais ce serait à Philadelphie, où je ne connais absolument personne. Alors... ouais. Ouais ! Oublions les cours pour aujourd'hui ! Faisons un truc marrant ! »

Kaz se racla la gorge. « Euh, je me disais qu'on ne se ferait peut-être pas prendre, si le collège recevait un mot d'un parent. »

Gabe sentit monter un énorme sourire, et une lueur malicieuse brilla dans son regard. « Un parent, ou un *tuteur légal*, pas vrai ? Venez. Je vais envoyer un mail depuis l'ordinateur d'Oncle Dan, pour leur dire qu'on a tous une intoxication alimentaire. Suivez-moi ! »

Ils gravirent tous les quatre l'escalier pour aller s'agglutiner devant la porte du bureau interdit, qu'il découvrirent verrouillée par un cadenas flambant neuf. Gabe roula des yeux. *Pourquoi ne pas annoncer directement : "Je ne te fais pas confiance, mon petit" ?*

« OK, qui sait comment crocheter une serrure ? » Gabe dévisagea tour à tour ses trois amis, qui demeurèrent impassibles.

« On n'est pas exactement des voleurs professionnels, se justifia Lily avec une pointe d'ironie.

— Allez, quoi. » Gabe secoua le cadenas. « À la télé, ils font ça tout le temps ! Ça ne doit pas être bien sorcier. »

Kaz sortit sa tablette de son sac à dos et leva timidement la main. « Je crois pouvoir être utile. Je me rappelle avoir vu des tutos sur YouTube.

— En voilà, une bonne idée ! s'exclama Brett en lui donnant une grande claque sur l'épaule. Balance les instructions ! »

Un quart d'heure plus tard, après avoir visionné plusieurs fois une vidéo intitulée « Toi aussi, crochète une serrure ! » et mis la maison sens dessus dessous pour dénicher deux trombones (« Ce n'est quand même pas ma faute, si Oncle Dan les range dans son bureau ! »), Brett et Gabe étaient accroupis devant la porte, à tenter en vain de forcer le cadenas.

Les mains sur les hanches, Lily observait la scène en haussant un sourcil. « Un vrai duo de génies criminels, voilà ce que vous êtes. »

Brett ne daigna pas lever les yeux. « En attendant, je ne te vois pas faire des miracles. »

Lily lâcha un petit rire sarcastique. « Pousse-toi de là et je vais te montrer comment on s'y prend ! »

Derrière elle, Kaz était appuyé contre le mur du couloir, à regarder des vidéos sur sa tablette, visiblement peu concerné par leurs efforts. « Ouah, ce furet est perché sur un tout petit vélo ! », marmonna-t-il, surtout pour lui-même.

Gabe était trop concentré sur sa tâche pour réagir. Il savait qu'il était censé se servir de l'un des trombones pour décoincer... quelque chose. Et ensuite Brett devait utiliser l'autre pour... Gabe n'était pas bien sûr. Il se tourna vers son ami. « On devrait peut-être regarder la vidéo encore une fois. »

Kaz explosa de rire. « Les gars, venez un peu voir ce furet ! »

Le trombone de Brett lui glissa des doigts et vint se planter dans le doigt de Gabe comme un minuscule pic à glace.

L'adolescent poussa un braillement et sauta en l'air en secouant la main. Il se colla le doigt dans la bouche en jetant un regard noir à Brett. « Hé, fais gaffe à ce que tu fais », s'écria-t-il en articulant tant bien que mal – ce qui donna approximativement : « Hé, éaf aheu uhè ! »

Brett se releva en secouant la tête. « Eh bien, au moins, c'est réglé. » Il désigna le cadenas. Toujours en suçant son doigt blessé, Gabe se pencha vers la porte et sentit ses espoirs s'envoler. Son trombone s'était cassé net dans la serrure et était impossible à déloger. « Ou pour être précis, rectifia Brett, on lui a réglé *son compte*. Ce cadenas est fichu. Désolé pour ton doigt, Gabe. C'est Kaz qui m'a fait sursauter, avec son rire de hyène sauvage. »

Gabe s'enveloppa le doigt dans le bas de sa chemise et serra fort, dans l'espoir que la pression arrête le saignement. Il lança un regard accusateur à Brett, en plissant les paupières : « Ouais, tu as vraiment l'air désolé. Qu'est-ce qu'on va faire, maintenant ? »

Brett dévisagea ses trois amis avant de répondre. « Écoute, Gabe, ton oncle va se rendre compte qu'on a essayé d'entrer. Vu l'état du cadenas, il n'aura aucun doute. »

Lily fronça les sourcils. « Où veux-tu en venir ? »

Bret frappa la porte du bureau des deux poings. « Je veux dire qu'au point où on en est, on n'a plus grand-chose à perdre. On n'a qu'à défoncer la porte. »

Kaz le fixa, bouche bée. « Quoi ? Comme dans un film d'action, c'est ça ? Dis-moi que c'est une blague. »

Brett lui décocha son sourire le plus charmeur. « Allez, quoi, Kaz ! Tu n'as jamais rêvé d'être un voyou ? »

Ces paroles résonnèrent aux oreilles de Gabe. N'était-ce pas ainsi que l'Oncle Dan le considérait déjà ? comme un voyou ? *Dans ce cas, il ne sera pas surpris, pas vrai ?*

Il ne laissa pas à Kaz le temps de répondre. « Brett a raison. Allons-y.

— Les gars, arrêtez ! » Lily s'interposa entre eux et la porte. « Gabe, ça n'en vaut pas la peine. Tu imagines un peu les ennuis que tu vas t'attirer, si tu fais ça ?

— Exactement les mêmes que ceux que j'ai déjà, répondit Gabe, d'un ton à la fois résigné et provocateur. Tu veux bien t'écarter, s'il te plaît ? »

Lily secoua la tête, mais accepta de se pousser. Gabe fit signe à Brett. « On y va, trois, deux, un, zéro ! » À l'issue de ce bref compte à rebours, les deux garçons défoncèrent la porte d'un gros coup d'épaule, et le panneau sauta du chambranle en bois dans un grand craquement.

Le bureau devait au départ être une chambre, si bien qu'il avait à peu près la même taille que celle de Gabe. D'habitude, c'était une véritable caverne d'Ali Baba, remplie d'objets plus bizarres les uns que les autres. Des parchemins anciens, des crânes en cristal poli, des chandeliers sculptés... et des livres. *Tellement de livres*. De toutes les formes et de toutes les tailles, datant tous de Mathusalem, et écrits dans des langues incompréhensibles.

Mais désormais tout avait été emballé, stocké dans les cartons bien fermés et soigneusement étiquetés de l'Oncle Dan. À part ça, il ne restait plus dans la pièce que l'ordinateur posé sur le bureau et une demi-douzaine de bibliothèques vides. Gabe s'installa immédiatement devant l'écran et ralluma l'appareil en veille. « Ça ne prendra pas longtemps, annonça-t-il. J'ai deviné son mot de passe il y a des années. »

Gabe2706. Mon prénom et ma date d'anniversaire. Gabe s'interrompit une seconde pour se demander pourquoi son oncle avait fait ce choix. Mais très vite, il écarta cette pensée.

Lily et Kaz se tenaient dans l'embrasure de la porte arrachée, l'air nerveux et hésitant ; Brett quant à lui déambulait déjà dans le bureau en furetant partout. C'est ainsi qu'ils avaient découvert la carte des Portes dorées : grâce à la curiosité de Brett.

Gabe venait tout juste de terminer de rédiger le mail sur l'ordinateur de l'Oncle Dan – en prenant garde à ne pas se servir de son index droit, histoire de ne pas mettre du sang sur les touches – quand de l'autre côté du bureau, Brett poussa un cri de surprise : « Ouah ! Les gars, regardez un peu ça ! »

Gabe leva les yeux et aperçut un ouvrage étrange entre les mains de son ami, un livre qu'il n'avait jamais vu auparavant. On aurait dit que la couverture était recouverte d'une couche de poussière d'or et un fin ruban écarlate maintenait le tout fermé comme un paquet cadeau. Tandis que Brett le tournait et le retournait entre ses doigts, Gabe remarqua plusieurs symboles étranges, estampillés dans la couche d'or. « Où tu as trouvé ça ? »

Brett montra le côté du bureau. « Il était juste là ! Derrière cette planche. »

Lily et Kaz s'approchèrent pour mieux voir, et Gabe se leva pour aller inspecter la cachette désignée par Brett. En effet, un panneau de bois s'était ouvert, comme une petite porte secrète. « Bon sang, mais comment tu as pensé à regarder là ? »

Brett n'écoutait pas. Avec Kaz, ils étaient en train d'essayer d'ouvrir le livre, mais sans succès. « Mais qu'est-ce qu'il a, ce ruban ? s'exclama Kaz, dépité. Il est collé, ou quoi ?

— Peut-être que vous ne devriez pas l'ouvrir », intervint Lily, mais elle aussi, Brett l'ignora. Il lança le livre à Gabe.

« Essaie, toi, tu auras peut-être plus de chance. »

Gabe scruta l'objet. Il avait quelque chose d'insolite. Le garçon pencha la tête de côté pour mieux voir. Dans le soleil matinal, l'ombre du bras de Brett s'étirait sur le parquet du bureau. Sauf que cette ombre...

s'interrompait brusquement. *Mais qu'est-ce qui se passe ?*

Comme si ce livre n'avait pas d'ombre.

Gabe secoua la tête en fermant les paupières très fort. *C'est ridicule. Ressaisis-toi, Gabe.*

« Ouais, répliqua-t-il. Ou bien je vais le remettre là où tu l'as trouvé. » Il s'apprêtait à ajouter quelque chose sur la manie de Brett de fouiner partout, lorsque le livre entra en contact avec sa main tendue.

La douleur explosa dans son doigt blessé, et une petite traînée de sang tacha la couverture dorée.

C'est alors que tout bascula.

Brusquement la pièce parut se réchauffer. Une vague de chaleur transperça le corps de Gabe, comme si tous les rayons brûlants du soleil estival se concentraient subitement sur lui, amplifiés par une loupe géante. Le garçon vacilla et se rattrapa au coin du bureau pour ne pas tomber. « Gabe ! Ça va ? » s'écria Lily.

Mais il ne put répondre, car sous ses yeux ébahis, le fin ruban qui fermait le livre s'évapora en un nuage de minuscules gouttelettes rouges qui se diffusèrent dans l'air avant de disparaître. L'adolescent tenta de lâcher l'objet, mais sans succès. Aussi incroyable que cela puisse paraître, Gabe avait l'impression qu'il *s'agrippait* à sa main. La poussière dorée qui recouvrait l'ouvrage s'éleva à son tour dans l'air, et dessous apparut une couverture d'un vert émeraude éclatant. Les grains miroitants se mirent à tourbillonner, formant quatre tentacules qui s'enroulaient comme des serpents.

Les yeux exorbités, Kaz laissa échapper un long « ouaaaaaah... » d'émerveillement.

« Les amis ! s'exclama Lily, elle aussi choquée, mais beaucoup moins émerveillée, tout en reculant à petits pas vers la porte. Qu'est-ce que c'est que *ça* ? Les gars ! »

Gabe n'arrivait pas à croire à la chose incroyable qui se produisait pourtant sous ses yeux. C'était *impossible* ! Il se tourna vers Brett, et constata que son ami fixait la poussière ondulante avec un immense sourire.

« Brett ? » réussit à appeler Gabe, juste avant que les lianes dorées se replient pour frapper. En un éclair, les tentacules jaillirent comme des ressorts, chacun fonçant sur l'un des quatre amis, pour s'engouffrer *dans son corps*. Non seulement ils respirèrent la poussière d'or, mais elle satura leur peau et la traversa pour pénétrer au plus profond des tissus. Et alors – *Gabe se retrouva ailleurs. Allongé sur un bloc de pierre, à fixer le plafond, où quatre arches convergeaient pour former une croix. Devant les yeux, il avait un voile rouge. Rouge sang.* C'était *du sang ! Une sorte de membrane l'enveloppait comme un cocon – Gabe se mit à l'arracher, à la déchirer à coups d'ongles, et parvint finalement à se libérer et à s'asseoir.*

Au même instant, les murs de pierre tout autour de lui craquèrent, tremblèrent, et s'effondrèrent. Comme si la gravité s'était inversée, les blocs fusèrent vers le haut, révélant le décor d'une ville que Gabe ne parvenait pas à identifier. Au bout d'un moment, l'évidence le frappa : c'était San Francisco.

Mais pas celle qu'il connaissait : tous les immeubles étaient tordus, comme des arbres massifs et menaçants, terrassés bien longtemps auparavant par un terrible fléau. Le jeune garçon perçut du mouvement, et cligna les paupières. Il le regretta aussitôt : des gargouilles étaient perchées sur les saillies de pierre, de vraies gargouilles vivantes qui tournèrent la tête une à une pour le fixer de leur regard mauvais, comme des vautours observant un animal mourant.

Un vent chaud, humide et écœurant balaya le corps de Gabe, puis un grondement fit trembler le sol sous lui. L'adolescent regarda les gargouilles prendre leur envol et se mettre à décrire des cercles autour des tours lugubres. Au-delà, bien au-dessus de la ville, se détachant sur fond de tourbillons couleur d'ambre et d'or, une autre forme volait. Une silhouette énorme, portée par des ailes multiples. Mon Dieu, il n'y en avait pas qu'une ! Des monstres aéroportés, tous différents, qui ressemblaient à des dragons reflétés dans un miroir déformant.

Le grondement résonna de nouveau, et Gabe en chercha la source du regard. Impossible de deviner ce qui avait pu produire ce rugissement assourdissant, mais il aperçut une ombre, vaste et monstrueuse, qui filait par les rues sombres, se rapprochant de seconde en seconde.

Chapitre 3

Brett émit un grognement et, au bout de deux ou trois essais, réussit à se redresser en position assise. Il avait l'impression qu'un éléphant lui avait piétiné la tête. En fait, on aurait plutôt dit que l'animal était toujours assis sur son crâne. Ou carrément toute la famille, *papa éléphant, maman éléphante et les enfants éléphants*, tous en équilibre sur son cerveau comme si c'était un numéro de cirque.

Ouais. C'était à peu près ça.

Lorsque son champ de vision finit par se dégager, il constata qu'il n'y avait aucun pachyderme en vue, et aussi qu'il ne se trouvait pas du tout dans sa chambre. Bizarre. L'espace d'une seconde, Brett crut qu'il était en train de rêver, mais c'est alors que la brume dans son cerveau se dissipa et que la mémoire lui revient subitement : le bureau du Dr Conway, la Tablette, et...

Mes amis ! Brett bondit sur ses pieds. « Les gars ? Hé, les gars ! »

Derrière lui, il entendit un gémissement et fit volte-face. Kaz et Lily étaient tous deux assis par terre, avec le même air ahuri que devait arborer Brett, et Gabe était en train de se hisser sur les coudes.

« Mais qu'est-ce qui s'est passé ? » demanda Lily en se frottant les yeux.

Se sentant un peu coupable, Brett aida sa sœur à se relever, tandis que Gabe et Kaz se débrouillaient tout seuls. « On dirait qu'on s'est tous évanouis.

— Oui, confirma Gabe. Mais pourquoi ? »

Ouais, pourquoi, Brett ?

Pourquoi ?

Kaz avait l'air de réfléchir intensément. Il récapitula en comptant sur ses doigts : « Eh bien, voyons voir, il a pu y avoir une fuite de gaz. Mais je ne crois pas qu'on s'en serait tirés. Ou bien un léger tremblement de terre qui nous a tous fait tomber, et on s'est cogné la tête par terre... Nan, c'est vraiment débile, comme scénario. Oh ! On a peut-être contracté une infection quelconque, dans les tunnels ! Est-ce que l'un de vous a des hallucinations ?

— C'est toi qui hallucines, si tu crois à ce que tu racontes », répliqua Lily.

Brett dut faire un gros effort pour avoir l'air aussi perplexe que ses amis. Mais il était devenu très bon, dans l'art de garder des secrets.

En voyant Gabe tendre la main pour s'appuyer sur le dossier d'une chaise, Brett bondit pour venir en aide à son ami – la culpabilité lui chauffait les oreilles. « Ça va, mon pote ? Tu n'as pas l'air bien. » *Jamais je ne me le pardonnerai, si un de mes amis était blessé dans cette histoire.*

Et ça lui était déjà arrivé, de ne pas se pardonner.

« Si si, ça va », lui assura Gabe en dégageant doucement son bras. « Je suis juste perplexe, voilà tout. Regardez ça. » Il désigna la Tablette, qui reposait sur un coin du bureau du Dr Conway. « C'est moi qui suis fou, ou bien ce livre était doré ? Vous savez, avant ?

— Eh, tu as raison, confirma Lily. Bizarre.

— C’est une Tablette », intervint Brett, surtout pour lui-même. Lui aussi avait trouvé cette appellation étrange, mais c’est ainsi que disait son Ami. À présent, il comprenait pourquoi : la couche d’or qui recouvrait l’objet avait disparu, et il restait dessous un bloc de pierre verte et miroitante. C’était un matériau vraiment inhabituel, sombre et brillant à la fois, comme s’il contenait à la fois l’ombre et la lumière.

Jusqu’ici, il avait fait tout ce que son Ami lui avait demandé, même quand ça lui paraissait bizarre. Il avait pris la carte des Portes dorées, trouvé la salle spéciale dans les tunnels, et convaincu tout le monde de se livrer au rituel. Il avait même fait une coupure au doigt de Gabe, en s’assurant que le sang de ce dernier entre en contact avec la Tablette.

Brett se frotta la nuque tout en fixant l’objet. La couverture dorée avait-elle disparu aussitôt que le sang de Gabe l’avait touchée ? Il allait demander aux autres ce qu’ils se rappelaient, entre le moment où Gabe avait pris la Tablette et leur réveil, allongés par terre, mais ils se retrouvèrent confrontés à un problème bien plus grave.

Le Dr Conway se tenait dans l’embrasure de la

porte, les fusillant du regard avec une telle intensité et une telle colère que Brett fut surpris qu'aucun d'eux ne soit instantanément changé en pierre. Ou terrassé par la foudre. Ou transformé en torche humaine. *Oh, la vache, s'il est déjà rentré, c'est qu'on est restés dans les pommes un bon moment !* La chevelure blond argenté et les yeux bleus perçants du Dr Conway filaient la frousse à Brett, et puis, il avait *toujours* l'air sérieux. Sauf en cet instant – là, il était passé dans une autre dimension.

Sans réfléchir, Brett fit un pas de côté, masquant la Tablette au Dr Conway.

Le regard laser mortel se fixa sur Gabe. « Après la discussion qu'on a eue hier soir. Ça ne te suffisait pas de sécher les cours, il fallait que tu viennes ici ? Que tu fouilles dans mes affaires ? *Une nouvelle fois* ? » « Gabe, comment peux-tu te montrer aussi irresponsable ? J'ai essayé de t'expliquer combien certains de ces objets étaient *dangereux*. Si je te tiens à l'écart de cet endroit, c'est pour ta propre protection ! »

Gabe inspira à fond. « *Ma protection* ? lâcha-t-il avec une fureur que Brett n'avait jamais vue chez son ami. Eh ben voyons. Ce n'est pas comme si tu étais un grand maniaque qui veut *tout* contrôler. Aucune de ces vieilleries n'est *dangereuse*. Quel mal tu veux qu'elles fassent ? »

Brett eut le sentiment que Gabe avait ruminé ces paroles pendant très longtemps. Pourtant, c'était une réponse étrange. Après tout, la Tablette venait de les envoyer tous dans les vapes, n'est-ce pas ? Il était évident que ce livre était bien plus qu'une « vieillerie ». Brett avait une bosse à l'arrière du crâne qui le prouvait. Ou bien Gabe avait-il mystérieusement tout oublié ?

« Tu veux vraiment que je croie qu'un tas de vieux papiers moisis peut s'en prendre à moi ? poursuivit Gabe. Avoue plutôt que tu aimes me donner des ordres sans arrêt. Tout ça, ce sont des inventions ! »

Le Dr Conway inspira profondément, l'air excédé. « *Des inventions* ?

— C'est bien ce que j'ai dit. De l'illusion. Du grand n'importe quoi. »

Le visage de l'Oncle Dan vira à l'écarlate.

On aurait dit en effet que Gabe avait oublié la Tablette. De plus en plus invraisemblable.

Brett se demanda ce que penserait Gabe, s'il

voyait tout ce que son Ami faisait, avec ce « grand n'importe quoi ». Brett lui-même ne savait pas trop quoi en penser. Mais il profita de la diversion que lui offrait le Dr Conway pour tendre discrètement le bras dans son dos et récupérer la Tablette. La chaleur fusa dans sa main et remonta le long de son bras, puis gagna tout son corps comme du courant rechargeant une batterie, et il faillit bien lâcher l'objet. Est-ce que ces trucs étaient vraiment puissants ? Était-ce pour cette raison que son Ami tenait tellement à les posséder ? À l'œil, on aurait dit que ce livre pesait vingt kilos, pourtant Brett parvint à le soulever d'une main. Il le glissa dans son sac à dos en prenant soin de ne pas attirer l'attention de l'oncle de Gabe.

D'ailleurs il semblait que le monde du Dr Conway s'était réduit à son seul neveu, sur lequel il était totalement concentré. « Comment peux-tu croire que je te *mente* ? » Cette fois, il commença à hausser le ton, lentement, mais de manière effrayante, comme une inondation qu'on ne peut arrêter. « J'ai tenté de t'expliquer, hier soir. J'ai cru que tu étais désormais assez mûr pour m'entendre, mais tu as préféré faire une scène comme un gamin.

— C'est ça, c'est moi le gamin, pourtant c'est toi qui crois aux contes de fées, rétorqua Gabe d'un ton sarcastique. Comment *toi* peux-tu me dire que tu crois à toutes ces... – d'un geste de la main, il désigna les cartons de déménagement alignés dans le bureau – ... *foutaises* ? Tu fais comme si tes recherches étaient capitales, alors qu'en réalité tout ce que tu enseignes, ce sont des histoires crétines et imaginaires que les hommes des cavernes se racontaient autour du feu. Pour expliquer pourquoi le ciel est bleu, ou pourquoi la neige tombe quand il fait froid ! Des bêtises, rien d'autre ! »

Brett n'avait jamais vu Gabe dans une telle fureur. C'était la première fois qu'il l'entendait traiter le travail de son oncle avec autant de mépris. Il échangea des regards avec Kaz et Lily, et la communication passa entre eux sans prononcer un mot : *Partons d'ici tant qu'on le peut.* Brett recula à petits pas, suivant sa sœur et Kaz en direction du couloir.

« Tu ne sais pas de quoi tu parles, hurla le Dr Conway en secouant la tête. Si tu ne comprends pas en quoi ces objets sont dangereux, c'est exactement pour cette raison que je t'interdis de t'en approcher ! Et tant que tu vivras sous mon toit, tu suivras les règles que je te fixe ! »

Gabe croisa les bras sur sa poitrine et pointa le menton en avant d'un air provocateur. « Tu n'es pas mon père. On n'est même pas de la même famille. Pourquoi faire semblant de t'intéresser ou de tenir à moi ? »

Le Dr Conway poussa un soupir de lassitude. Il roula des yeux puis ferma fort les paupières.

Depuis la porte, Brett fixait Gabe. Qu'il soit ou non surprotecteur, qu'il soit ou non son oncle, le Dr Conway était la seule famille de Gabe. Et Brett savait combien la famille était précieuse. Alors il ne put se retenir d'intervenir. « Eh, mon pote ! »

Ce qui attira sur lui, à son grand désespoir, l'attention du Dr Conway. L'homme lança au jeune garçon un regard noir et pointa le doigt vers lui, pourtant ses paroles s'adressaient toujours à son neveu. « C'est à cause d'eux ! Ce sont eux qui te font ça ! Depuis que tu les as rencontrés, tu es devenu incontrôlable ! Dieu merci, nous déménageons. Je peux te dire que je vais te serrer la vis, à Philadelphie, jeune homme. »

Brett eut juste le temps de voir les larmes remplir les yeux verts de son ami avant que sa sœur l'attrape par l'épaule pour le traîner jusqu'à la porte d'entrée et qu'ils quittent cette maison.

L'attente sur le trottoir leur parut durer des heures. À l'intérieur de la maison, Gabe et le Dr Conway se disputaient toujours, parfois si fort que Brett réussissait à distinguer quelques mots, depuis la rue. « Puéril », ainsi qu'« irresponsable », « privé de sortie » et « directement après les cours ».

Kaz frotta nerveusement ses semelles au sol. « Euh… dites, est-ce qu'on va parler de ce qui s'est passé tout à l'heure ?

— Ça n'est pas terminé. » Lily fronça les sourcils en désignant la porte d'un signe de tête. « Tu ne les entends pas, ou quoi ?

— Ce n'est pas de ça que je parlais. » Kaz se frotta l'arrière du crâne et grimaça. « OK, je me suis fait une bosse en me cognant, quand je me suis évanoui. Parce qu'on s'est bien évanouis, n'est-ce pas ? Et c'était plus ou moins à cause de cette… comment tu l'appelles ? Cette Tablette ? » Son regard passa de Lily à Brett. « Vous vous en souvenez, pas vrai ? Je ne suis pas le seul à être tombé dans les pommes, si ? »

Il écarquilla les yeux, soudain inquiet, et se plaqua les mains sur les joues. « Oh mon Dieu, j'étais le seul ? Est-ce que vous m'avez dessiné des horreurs sur la figure pendant que j'étais dans les vapes ? »

La porte d'entrée s'ouvrit à la volée. « Silence ! » siffla Brett en voyant Gabe dévaler les marches en s'essuyant furieusement le visage avec sa manche.

Le jeune garçon avait l'air désesperé, mais son expression s'éclaira quelque peu lorsqu'il aperçut ses amis. « Venez, dit-il en les rejoignant. Dégageons d'ici. »

Brett se tourna vers Kaz et Lily, mais ils n'avaient pas l'air de savoir quoi faire, et Brett encore moins. Aussi suivirent-ils Gabe qui s'éloignait, et firent comme s'ils n'avaient pas remarqué qu'il avait les yeux rouges et gonflés. Une fois ou deux, Gabe se retourna vers la maison, même s'il ne s'attendait pas vraiment à ce que l'Oncle Dan le suive.

Ce qui arrangeait bien Brett, qui venait d'ajouter un article à sa liste. Encore une chose à accomplir pour son Ami, et il aurait rempli sa part du marché.

« Euh, alors, se hasarda Kaz. On va en cours ? »

Brett sauta sur l'occasion. « Pas question ! Tu es dingue, ou quoi ? » Il vérifia l'heure sur son téléphone. « Il n'est que 10 h 30 ! On a toute la journée pour nous ! »

Lily haussa les épaules. « De toute manière, ce qui est sûr, c'est qu'on a déjà été notés comme absents.

— Absolument ! renchérit Brett en hochant la tête. Faisons un truc marrant !

— Un truc marrant, répéta Gabe, et on aurait plutôt dit un vieillard déprimé qu'un adolescent de douze ans. Tu parles, je vais être cloîtré dans ma chambre jusqu'à mes dix-huit ans. »

Brett lui donna un petit coup de coude et lui sourit de toutes ses dents. Il avait besoin que son ami soit de la partie ; son travail pour son *autre* Ami n'était pas terminé. « Raison de plus pour prendre une journée de vacances ! Allez, quoi, tu pars la semaine prochaine. C'est notre dernière chance de vivre une grande aventure ! *La* sortie pédagogique du siècle ! »

Kaz renifla d'un air ironique. « Parce que les tunnels et le rituel ne t'ont pas suffi ? On doit encore prévenir la police, au sujet du squelette, je te rappelle. »

Brett se tourna vers Kaz en fronçant les sourcils. « Ouais, je suis sûr qu'ils vont se précipiter sur un tas d'os vieux de cent ans. »

Kaz bredouilla, chercha en vain une bonne réplique et finit par tirer la langue à Brett.

Ils s'arrêtèrent tous les quatre près d'un banc au bord d'un petit parc. Gabe regarda une ou deux fois en direction de chez lui avant de demander : « Qu'est-ce que vous avez en tête ? »

Lily sourit à Brett. « Si on était plus vieux, on se ferait coffrer pour incitation à la délinquance. »

Brett se mit à fouiller dans son sac à dos. Il essaya de ne pas faire voir aux autres qu'il contenait la tablette, et il lui fallut de gros efforts pour ne pas la toucher de la main. Il n'était pas pressé de retenter l'expérience de la recharge de batterie brûlante. « Ah... Ha ! » Il finit par sentir sous ses doigts ce qu'il cherchait, et l'extirpa du sac d'un air triomphal : la carte des Portes dorées, enroulée et maintenue par son ruban.

Kaz se retrouva bouche bée. « On était censés la remettre dans le bureau du Dr Conway !

— J'ai dû oublier », se défendit Brett d'un air malicieux. *C'est ça, je suis juste un gamin farceur. C'est ma seule motivation. Circulez, il n'y a rien à voir*. Il déroula le parchemin sur le banc et tapota du doigt un gros symbole compliqué, non loin de la côte. « S'il y a un seul endroit dans cette ville qui soit vraiment hanté, c'est forcément celui-ci ! Il faut qu'on aille voir ça avant que Gabe s'en aille ! »

Ce dernier grogna de nouveau. Brett ne savait pas comment interpréter la réaction de son ami – ça pouvait vouloir dire *Mon oncle va me faire jeter en prison*, ou bien *Oh non, par pitié, pas encore ces histoires débiles de fantômes*. Aussi Brett décida-t-il d'insister : « Allez, Gabe, je sais que tu as dit que tu ne croyais pas aux recherches de ton oncle, mais c'est grâce à cette carte qu'on a trouvé la salle super cool, pas vrai ? Il doit y avoir un truc extraordinaire à voir, là-bas, paranormal ou pas.

— Je suis pratiquement certain qu'il n'y avait pas de fantômes, quand on y est allés en sortie scolaire, en CE1, fit remarquer Kaz.

— Ouais, mais c'était avant l'arrivée de Gabe. Avant qu'on forme la bande. » Il passa les bras autour des épaules des deux autres garçons.

« Alcatraz ? » déchiffra Lily en plissant les yeux. Elle avait l'air plutôt sceptique. « Je ne sais pas. C'est payant la visite, non ? »

Brett dut faire un effort pour conserver sa bonne humeur. Il lâcha ses deux amis pour sortir son portefeuille de sa poche. Son Ami l'avait prévenu que ce serait nécessaire, aussi Brett avait-il déjà consulté les tarifs sur Internet, et apporté sa cagnotte « nouveau vélo ». Il exhiba une petite liasse de billets. « Ne t'inquiète pas pour ça, Lil. C'est le dernier tour de piste de Gabe. C'est moi qui régale. »

Déjà, l'intéressé secouait la tête. « Pas question, mon pote ! Je ne peux pas te laisser dépenser une fortune pour moi ! »

Brett lui posa une main sur l'épaule. « Je te l'ai dit. Tu t'en vas. Et OK, je sais bien qu'on se parlera sur Skype et tout, mais c'est ta fête de départ. Ne t'en fais pas pour l'argent, je l'ai eu pour mon anniversaire. »

Lily haussa les sourcils, l'air sidéré. Brett devinait ses pensées : ils avaient le même anniversaire, et jamais elle n'avait reçu une somme pareille ! Mais son frère lui lança son fameux regard *Tais-toi et fais comme moi*, et à son grand soulagement, Lily suivit. Elle fronça les sourcils mais accepta de coopérer.

C'est Gabe qui conclut la discussion en annonçant : « Eh bien, j'ai toujours eu envie de découvrir Alcatraz. »

Les quatre adolescents embarquèrent sur le ferry à la queue leu leu et Brett suggéra qu'ils s'installent sur le pont supérieur. L'air était déjà froid et si haut, le vent était vraiment mordant. Mais de là, en s'appuyant contre le bastingage, ils avaient une vue splendide sur la ville, l'île droit devant, et l'eau en dessous.

Brett ne tenait pas tant que ça à voir l'eau. Depuis que Charlie s'était noyé, Brett détestait la baie de San Francisco. La simple idée de monter à bord d'un bateau suffisait à lui donner le vertige. Mais il le faisait pour Gabe.

Pourtant, ce dernier n'avait pas l'air en état d'apprécier quoi que ce soit. Il paraissait tellement abattu qu'il aurait aussi bien pu se faire tatouer *Je me sens coupable de m'être disputé avec mon oncle* en travers du front.

« J'espère qu'on pourra apercevoir les otaries, depuis le bateau », lança Kaz. En voyant Gabe lever le nez d'un air intéressé, il poursuivit : « Je sais, ça fait un peu naze, mais j'aime bien les regarder, même juste en train de faire leur sieste. »

Gabe sourit, et Lily sauta sur l'occasion. « Les otaries sont bien plus cools que les phoques. Une fois, je suis descendue à Monterey pour aller voir ma cousine, et on est allées sur la côte. Il n'y a pas de plage, rien que des gros rochers, et je venais de me percher dessus quand brusquement, une otarie a sorti la tête de l'eau. Elle me fixait. Et alors j'en ai remarqué une deuxième, puis une troisième. »

Gabe éclata de rire. « Elles flottaient là, comme ça ?

— Ouais ! Je ne sais pas, j'étais peut-être sur leur rocher préféré, en tout cas, j'en ai compté *quatorze*, plantées là en train de me dévisager. C'était un peu flippant. »

Gabe rit de nouveau. Brett détourna le regard. Kaz et Lily possédaient ce qu'on pouvait appeler un « don avec les gens ». Ils étaient tellement... *gentils*. Kaz était du genre anxieux, c'est vrai, mais rien que la semaine dernière il avait donné ses bottes en caoutchouc à Brett – il se les était retirées des pieds pour les prêter à son ami, sous prétexte qu'il avait plus de chemin à faire sous la pluie. Brett n'avait jamais connu un ami aussi loyal que Kaz. Quant à Lily... elle était aimable avec tout le monde. *Tout le monde*. Même son frère. Au retour de l'enterrement de Charlie, elle était restée assise avec lui à discuter pendant cinq heures d'affilée, et elle avait même fini par lui chanter une chanson idiote d'un vieux Disney, rien que pour le voir sourire.

Et Brett savait que pourtant sa sœur devait le juger responsable de la mort de Charlie. Tout comme leurs parents, d'ailleurs.

Son père et sa mère avaient beau ne jamais lui avoir reproché quoi que ce soit, Brett le sentait bien. Il le voyait à leurs regards, l'entendait à leurs voix. Ils le détestaient, à cause de ce qui était arrivé à leur fils aîné, et Lily devait le haïr, elle aussi. Mais ça ne le dérangeait pas.

Parce que celui qui le détestait le plus, c'était lui-même.

Il n'y a qu'un moyen de changer ça.

Il faut que je voie Charlie. Et mon Ami va m'y aider.

En prenant bien soin que personne ne le voie, Brett toucha la chaîne sous son T-shirt, et le pendentif qui y était accroché : la chevalière en or qu'il avait dérobée dans le bureau de l'oncle de Gabe. C'était par *cet objet* que tout avait commencé, pas la carte. Pas le rituel d'amitié. Il avait trouvé la bague bien avant tout ça. Un soir, pendant que ses trois amis jouaient à la Xbox, Brett était allé fouiner dans la chambre du Dr Conway. Dans un tiroir, il avait dégotté une minuscule boîte noire – il s'était senti ridicule, pourtant il avait eu le sentiment que l'objet *l'appelait*. Exactement comme le « *préciiiieuuuux* » de Gollum. Mais Brett avait ouvert l'écrin, aperçu l'éclat de l'or, et sans même s'en rendre compte, il avait glissé la bague dans sa poche.

Une mouette passa à leur hauteur. Brett cligna les paupières et parcourut le pont du regard. Il reconnut cette chaleur dans sa gorge et les larmes qui lui montaient aux yeux, et il se ressaisit. *Oublie que tu es sur l'eau, imbécile. N'y pense pas.*

Pour faire diversion, il toucha l'anneau à travers sa chemise, sentit la bosse formée par la bague, puis la fine chaîne en or. Il n'osait pas sortir le bijou de peur que Gabe le reconnaisse, mais il avait passé tant d'heures à le contempler qu'il aurait pu le décrire les yeux fermés : un W en écriture ancienne, au-dessus d'une sorte de roue à quatre rayons. Sans cette bague, jamais les rêves n'auraient commencé – ces rêves qui se révélaient ô combien réels – et jamais il n'aurait rencontré son Ami. Et il n'aurait pas reçu ses instructions.

Sans la bague, jamais il n'aurait eu l'espoir de reparler à Charlie.

Tandis que Kaz et Lily continuaient leur papotage, qui semblait distraire Gabe de l'apocalypse domestique à laquelle il aurait droit au retour chez lui, Brett plongea la main dans son sac à dos, inspira à fond, et sortit la tablette. Cette fois-ci, il s'était préparé à l'onde de chaleur, et elle ne fut pas aussi puissante que la première fois, aussi ses mains ne tremblèrent-elles pas. C'est seulement à cet instant qu'il se rendit compte que la Tablette n'était pas un bloc de pierre, mais une sorte de livre revêtu d'un étrange cristal vert. À l'intérieur, les pages épaisses étaient étonnamment bien conservées.

Son Ami tenait beaucoup à obtenir cet ouvrage. *Qu'est-ce qu'il va en faire ? En quoi ça va m'aider à revoir Charlie ?* Brett ressassait ces questions.

En tout cas, il était prêt à tout pour voir son frère. Il aurait fait n'importe quoi.

La voix de Gabe le ramena à la réalité. « Brett ! Tu as volé ça dans le bureau d'Oncle Dan ? »

Brett ne sut quoi répondre. Il tenta un sourire un peu penaud, mais eut l'impression que l'effet était plutôt raté. « Ouais, en quelque sorte. » Gabe fit des yeux ronds, et Brett s'empressa d'ajouter : « Ce truc nous a quand même assommés, pas vrai ? Je voulais pouvoir l'examiner de plus près. »

Kaz se plaça derrière Brett pour regarder les pages par-dessus son épaule. « J'avais complètement oublié. Maintenant que tu en parles, je me rappelle qu'on en a discuté une seconde, et puis... le trou noir. C'est curieux, non ? »

Lily se plaça derrière l'autre épaule de son frère. « Je vois ce que tu veux dire. Tout ce qui s'est passé dans le bureau est complètement flou. » Elle fronça les sourcils. « Ce que je me demande, c'est comment il est possible qu'on ait tout oublié. Ça vient *juste* de se produire ! »

Brett haussa les épaules. Depuis la rencontre avec son Ami, il avait appris qu'il n'y avait à peu près rien d'impossible.

Gabe prit un air songeur. « Tout ce que je me rappelle, c'est combien Oncle Dan était furieux. Il l'est toujours, d'ailleurs. Bon sang, et là, ça va être encore pire. » Il se joignit pourtant aux autres pour observer la Tablette.

Brett n'avait jamais vu d'écriture semblable à celle qui remplissait les pages épaisses et légèrement jaunies. Il n'avait aucune idée du sens de ces symboles, mais l'encre était d'un bleu brillant et chatoyant, tellement éclatant que les lettres semblaient flotter au-dessus du papier et dansaient dans les yeux du jeune garçon...

... et son regard glissa du bleu entêtant de la page au courant qui filait sous le ferry. Brett ne s'était plus retrouvé sur l'eau depuis la mort de Charlie. Un frisson lui enserra le cœur, puis se répandit jusqu'au bout de ses doigts et de ses orteils, ainsi que dans chacun de ses cheveux. Sa haine de l'eau, sa révulsion pour la simple *vue* de cet élément déclencha à l'intérieur de son crâne un bruit assourdissant, comme un Klaxon déchaîné. Et pourtant...

Et pourtant, Brett écarquilla les yeux. Les mots d'un bleu miroitant ondulaient mollement entre lui et la mer.

Au-delà, Brett voyait l'eau. Pour la première fois, il la *vit* réellement. L'arrondi minuscule des vagues, le chapeau d'écume blanc comme un sommet enneigé, les tourbillons délicats qui apparaissaient et disparaissaient dans le sillage du ferry. Et en se concentrant, en canalisant assez fort sa volonté, Brett était *certain* de voir les mots mouvants de la Tablette s'imprimer sur la mer même. Comme si l'eau et le texte étaient des voix distinctes, mais chantant la même chanson, dans une harmonie exquise.

« D'après vous, qu'est-ce qui l'a fait passer de la couleur or au vert, comme ça ? » demanda Kaz avec sa curiosité habituelle. Sa voix tira brusquement Brett de sa rêverie. « Et avant, on n'avait pas réussi à l'ouvrir, n'est-ce pas ?

— Regardez un peu comme les lettres sont étranges, fit remarquer Gabe en avançant un doigt au-dessus de la tablette comme s'il s'agissait d'une aiguille ou d'une flamme. Je n'ai jamais vu d'écriture de ce genre. C'est tout pointu et anguleux. Et comment ils ont obtenu ce rouge ? On dirait la carrosserie d'une voiture de sport. »

Lily et Kaz échangèrent un regard et froncèrent les sourcils. « Gabe, intervint la jeune fille, tu as dû te cogner plus fort qu'on le croyait. Ces lettres ne sont pas rouges du tout. Elles sont blanches et argentées. Et l'écriture n'est pas pointue, elle est tout enroulée. »

Kaz roula des yeux. « Mais vous êtes daltoniens, tous les deux, ou quoi ? Vous êtes sûrs qu'on regarde le même livre ? J'ignore de quelle langue il s'agit, mais avec ces gros blocs de symboles, je n'appellerais même pas ça de l'écriture. Les dessins ont été imprimés, avec des cailloux gravés ou quelque chose de ce genre. »

Voyant que Gabe et Lily le dévisageaient d'un air perplexe, Kaz conclut : « Et l'encre est verte. OK, les gars, vous me regardez vraiment bizarrement. J'ai une crotte de nez qui dépasse, ou quoi ? »

La baie monopolisait l'attention de Brett et éclipsait les voix de ses amis. Elle avait beau lui chanter une mélodie, Brett n'aimait pas l'eau. Il y avait quelque chose d'envoûtant, dans ces paroles mystérieuses qui remplissaient tous les creux et les courbes de la mer, mais il voyait aussi le visage de Charlie, englouti par les vagues, et la bouche de son frère ouverte dans un dernier cri.

Brett brûlait de descendre de ce bateau, de retrouver la terre ferme. Le ferry était rapide, mais c'était encore trop lent pour le jeune garçon. Il aurait voulu être déjà arrivé à Alcatraz. *Plus vite*, répétait-il intérieurement en fixant les symboles bouillonnant juste sous la surface froide. *Plus vite*. La baie l'attirait irrésistiblement, et lorsqu'il baissa de nouveau le regard vers l'eau, les mots convergèrent en un seul symbole

– rond, mouvant et puissant. Brett le savait, car il en *sentait* la puissance.

Pour tenter d'imprimer ce symbole dans sa mémoire, le garçon le traça du doigt dans l'air, et faillit lâcher la Tablette sous l'effet du choc : sous ses yeux, le signe *se matérialisa* là où il l'avait tracé, resta en suspens comme s'il était porté par le vent, d'abord d'un bleu aveuglant, avant de virer au doré profond et scintillant.

Plus vite.

Brusquement, le ferry prit une allure vertigineuse. Dans l'accélération inattendue, la tête de Brett bascula violemment en arrière. Tous les passagers présents sur le pont dégringolèrent lorsque l'embarcation fut soulevée par une vague géante, et projetée vers la côte rocheuse.

Chapitre 4

Le ferry se souleva si rapidement et si puissamment que l'espace d'une seconde, Gabe crut que le pont s'était dessoudé et était venu lui percuter la tête. Ce n'est que quand il se mit à glisser de côté qu'il comprit qu'il avait perdu l'équilibre et s'était cogné.

Pris de panique, faisant de son mieux pour ne par hurler, Gabe parvint à attraper au vol un des poteaux du bastingage, et s'y accrocha fermement. Le navire piquait dangereusement du nez, et tandis que les passagers traversaient le pont en mugissant et en battant des bras et des jambes, ils fonçaient tous vers la côte en tourbillonnant, comme un boulet de canon.

Mais en même temps que le cerveau de Gabe enregistrait la vitesse terrifiante, tout autour de lui se mit à ralentir. Un homme en costume chuta devant lui, les pieds touchant à peine le pont, pourtant Gabe réussit à lire l'heure sur sa montre. Et même, en plissant un peu les yeux, la marque de la montre.

Lily s'était elle aussi arrimée à un poteau, à un mètre à peine de Gabe. Ses cheveux noirs s'agitaient en tous sens dans le vent furieux, et Gabe sentait, *voyait* presque chaque souffle, chaque vrille et chaque volute de ce vent comme des entités individuelles.

En dessous de lui, l'adolescent entendit tous les rouages gémir et crisser lorsque le capitaine passa en marche arrière. Il sentit l'énergie mécanique – le *feu* – bondir dans les machines poussées à fond. Cette conscience inouïe, cette connaissance du monde qui l'entourait traversa la coque du bateau pour aller s'enfoncer dans les profondeurs glaciales de la baie. Des courants glacés glissaient sur sa peau en vibrant et en tressautant, dérangés par les mouvements minuscules des poissons. Interloqué, Gabe se força à regarder vers le ciel, mais ses yeux furent instantanément attirés par le soleil incandescent, comme par un aimant. Soudain, Gabe se sentit écrasé par la chaleur. Il ne devait pas faire plus de vingt degrés, dans la Baie – à San Francisco, il ne faisait jamais *vraiment* chaud –, pourtant il aurait juré que des flammes lui embrasaient la peau. Le soleil lui brûlait les yeux, mais il ne parvenait pas non plus à en détacher le regard. Il n'avait jamais remarqué combien l'astre était *beau*. Et puissant…

« Gabe, qu'est-ce qui se passe ? » Le charme se brisa et le jeune garçon fit un brusque écart sur le côté. Il cligna plusieurs fois des paupières pour éclaircir sa vision, et dévisagea Lily, qui lui avait attrapé le bras.

« Tu ne dois pas regarder le soleil en face comme ça, ordonna-t-elle. Ça va ?

— Bien sûr, répondit-il, peut-être un peu rapidement. Et toi ? »

Lily secoua la tête comme si elle n'en savait rien.

Mais qu'est-ce qui nous arrive ?

Gabe resserra son emprise sur le bastingage. En esprit il s'évada une nouvelle fois vers l'eau, toucha le fond de la baie puis rejaillit à la surface pour raser la terre en alternant piqués et remontées et finalement s'enrouler autour des montagnes environnantes. Il se sentait si petit, minuscule et insignifiant, simple particule dans la vaste mosaïque qui composait cette planète. Et pourtant, il en faisait bel et bien partie, tout comme elle faisait partie de lui. C'est comme si son esprit était à vif, libéré de son enveloppe, *restructuré*. Des larmes roulèrent sur les joues de Gabe tandis qu'il s'émerveillait de tant de beauté.

Mais tout comme les fragments de rêve se dissipent au réveil, ce sentiment, terrible et magnifique, s'évanouit et Gabe se retrouva seul et effrayé, accroché au bastingage d'un ferry devenu fou, à tenter de sauver sa vie. La côte rocheuse approchait dangereusement, leur promettant une mort atroce écrasés sous l'engin, et Gabe articula en silence : *Stop. Stop. Stop !*

Près de lui, Lily se redressa, lâcha la rambarde et leva les bras comme pour se protéger le visage de l'impact... C'est alors qu'une rafale surpuissante se leva et vint percuter la proue du ferry dans un rugissement. Les rares passagers qui avaient réussi tant bien que mal à se remettre sur pied s'effondrèrent de nouveau sur le pont. Gabe dut s'accrocher encore plus fort – pendant un instant, il eut l'impression qu'il avait passé la tête dans un couloir d'air – mais Lily resta plantée là, sans se tenir à rien, les bras levés en posture défensive, solide comme un chêne centenaire en pleine tempête.

Elle demeura ainsi tandis que le ferry ralentissait et chassait sur un côté. Ce n'est que lorsqu'il s'immobilisa dans un sursaut qu'elle abaissa les bras.

Gabe était abasourdi.

« Qu'est-ce qui s'est passé ? » demanda Kaz tandis que Brett et lui se relevaient. D'autres passagers autour d'eux firent de même, chancelants, s'accrochant aux rambardes ou à leur voisin pour se stabiliser. Kaz secoua la tête. « Mais qu'est-ce que c'était, à la fin ? »

Gabe dut faire un gros effort pour lâcher le bastingage. Derrière Kaz, Brett tenait toujours la Tablette mais semblait l'avoir oubliée. Lily n'avait pas bougé. Elle restait debout à fixer ses mains, se demander ce que pouvaient bien être ces étranges objets qui gigotaient au bout de ses poignets.

Gabe déglutit avec difficulté. « Une lame de fond, peut-être ? Brett, ça va ?

— Ça va. Je... Je vais bien. » Il finit par retrouver une vision nette et tourna vivement la tête en direction du bâtiment massif dressé au-dessus d'eux.

« Tu as eu ton compte, en matière de bizarrerie, Brett ? persifla Kaz. On peut rentrer, maintenant ?

— Tu plaisantes ? » Gabe n'aurait su dire pourquoi, mais à présent que cette mystérieuse crise avait pris fin, l'idée de débarquer sur l'île le remplissait d'énergie et d'enthousiasme. Soudain, il n'avait plus qu'une envie : descendre de ce ferry pour explorer l'île. « On est arrivés ! Allez, allez, on y va !

— Mais vous ne croyez pas qu'il faut d'abord qu'on... remplisse un rapport, je ne sais pas ? hasarda Kaz. Et comment savoir si on ne s'est pas fait le coup du lapin ? Ou un traumatisme crânien ? Les gars, est-ce que j'ai les pupilles dilatées ?

— D'abord ce truc dans le bureau de ton oncle, et maintenant, ça, intervint Lily en secouant la tête. Je n'aurais jamais cru qu'on pouvait dépasser la sortie d'hier soir, mais je dois dire qu'on a fait très fort, là.

— Et encore ! On n'est pas rentrés ! » fit remarquer Gabe.

Après la visite d'un gardien du site touristique – qui s'excusa pour les événements inattendus, puis s'excusa une deuxième fois, avant de suggérer que ce serait super si personne n'attaquait le parc en justice –, Gabe fit débarquer ses amis sur le quai. À mesure qu'ils grimpaient sur l'île, le jeune garçon était de plus en plus ébahi. En jetant un œil pardessus son épaule, il voyait la baie qui s'étirait vers le large, et la ville au loin, étendue et scintillante à flanc de colline.

Ouvrant la marche, une guide fringante menait la visite pour un groupe qui se trouvait à bord du ferry. Elle leur expliqua d'un ton guilleret l'histoire de l'île – baptisée en 1775 par les Espagnols, « la isla de los Alcatraces », ou « île des Pélicans », ce qui avait ensuite donné « Alcatraz ». Elle leur apprit également que les Indiens qui vivaient dans les parages se tenaient à bonne distance de l'île car ils la croyaient maudite.

« Génial, marmonna Kaz. Exactement ce qu'il nous fallait.

— Cette balade en ferry m'a paru bien maudite, elle aussi », renchérit Lily. Elle jeta un regard sombre en contrebas de la pente raide, en direction du quai.

Tout en se tenant un peu à l'écart du groupe de touristes, les quatre amis passèrent devant la charpente de l'ancien mess des officiers, dévidé par le feu, et devant le phare de l'île. « Le phare le plus ancien de toute la côte ouest ! » s'extasia la guide. Elle leur raconta que, lorsque les militaires américains avaient décidé de construire un fort là, ils avaient trouvé l'île recouverte d'une couche de fiente d'oiseaux, du fait des très nombreux volatiles qui nichaient là. « Ils l'ont même surnommée "l'île de Guano !" » Elle s'interrompit pour rire, et Gabe se dit qu'elle devait préparer son petit effet depuis un bon bout de temps.

Il se tourna vers ses amis et constata que Kaz était resté en arrière, planté au milieu du sentier, à scruter le sol. « Kaz ? Tout va bien ? »

Ce dernier leva un pied, puis l'autre, avant de répondre à son ami. « Les gars ? Vous ne trouvez pas que le sol… bourdonne ? »

Lily vint le rejoindre. « Bourdonne ? »

Kaz hocha la tête. « Oui, qu'il vibre. Ça va et vient, c'est régulier, comme… je ne sais pas. »

Lily haussa un sourcil. « Quoi, comme une machine ? Tu penses qu'il y a un gros moteur, là-dessous, et que c'est ça que tu sens ? »

Visiblement troublé, Kaz secoua la tête. « Non, ça ressemble plutôt à… un ronflement ?

— *Un ronflement* ? répéta Gabe.

— Je n'en sais rien ! Je dis juste que je sens quelque chose.

— Brett, tu le sens, toi ? » demanda Lily. En se retournant, elle vit que son frère se tenait à une dizaine de mètres et contemplait le vide. « Hé ! *hermano* ! qu'est-ce que tu fabriques ? »

Brett secoua la tête puis les rejoignit. « Désolé. Je rêvais. Qu'est-ce qu'il y a ? »

C'est Gabe qui résuma la situation. « Kaz sent une sorte de vibration dans le sol. Comme si quelque chose ronflait.

— Ronflait », répéta Brett d'un ton plein d'ironie qui voulait dire : *Je vais te la ressortir pendant un moment, celle-là.*

Kaz poussa un soupir. Lily s'agenouilla pour poser les deux paumes sur la terre. Elle secoua la tête. « Je ne sens rien. Désolée.

— Ouais, soupira de nouveau Kaz en enfonçant les mains dans ses poches. Laissez tomber. Ça doit être mon imagination. Pardon. » Gabe chercha le groupe de touristes du regard et vit qu'ils se préparaient à pénétrer dans l'attraction centrale de l'île : le pénitencier. Une étincelle s'alluma dans ses yeux. Il s'apprêtait à presser ses amis, mais fut pris de vitesse par

Brett : « Allez, les gars ! » Il avait l'air aussi surexcité que Gabe. « On y va, on y va ! »

Gabe n'avait jamais rien vu de tel. Il avait regardé des films et des émissions où apparaissaient des cellules de prison, mais, en descendant « Broadway », le couloir principal du bâtiment, et en jetant un œil dans les cellules, l'adolescent eut la chair de poule. Ce n'était pas vraiment effrayant, mais il émanait de tout cet endroit une atmosphère de désespoir. La peinture d'un beige triste, l'enfilade de barreaux... Il ne s'imaginait pas tenir une semaine ici, alors s'il avait fallu y passer des années... Il se tourna vers Kaz, le seul d'entre eux à écouter les commentaires audio dans le casque qu'on leur avait tendu à l'entrée.

Kaz parut comprendre les pensées de Gabe. Il tapota son écouteur. « C'était une prison pour les pires criminels imaginables, annonça-t-il d'une voix un peu forte. Le but n'était pas de les réhabiliter, mais de les *punir*. »

Gabe scruta l'une des minuscules cellules, meublée d'un simple lit de camp, d'un évier et d'une cuvette de toilettes. « Comment ils s'y prenaient ?

— Les détenus devenaient dingues. Si on considère où ils passaient seize heures par jour, je peux comprendre. »

Lily s'approcha et passa la main le long d'un barreau. « Alors c'était un fort, avant d'être reconverti en prison ? Qu'est devenu le fort ? »

À quelques mètres d'eux, c'est Brett qui répondit, juste assez fort pour que ses amis l'entendent : « C'est drôle, que tu poses cette question. » Il se tenait près d'une fenêtre, et avait déroulé la carte des Portes dorées. Les trois autres le rejoignirent. « On dirait que tu as trouvé quelque chose », commenta Gabe.

Brett leur désigna un point sur le document. Gabe se pencha par-dessus son épaule pour mieux le voir, et pour la première fois, il en comprit en partie le sens. Toute la carte était recouverte d'illustrations étranges, de notes en latin et dans une autre langue qui lui était inconnue. Gabe n'avait pas fait très attention au symbole dans un des coins. Mais à présent qu'ils étaient réunis tous les quatre *dans* la carte, l'évidence lui sauta aux yeux : c'était un plan de la Prison d'Alcatraz. Et surtout, un fil d'or traversait le dessin, comme un chemin à suivre.

Mais vers où ?

« Oh, mon Dieu, souffla Lily. C'est ici, n'est-ce pas ? C'est nous. À Alcatraz. »

Kaz approcha le visage, touchant pratiquement le parchemin du bout de son nez. « Et c'est quoi, cette version miniature du *Chemin sans Retour* ? Il est censé aller où ? »

Brett serra la mâchoire, balaya les alentours du regard pour vérifier que personne ne pouvait les entendre, puis répliqua avec un sourire malicieux : « On va bientôt le savoir. » Puis il se dirigea au fond de la cellule d'un pas décidé.

Les trois autres le suivirent, un peu hésitants. « Attends une minute ! l'appela Lily. Hé ! Attends, *hermano* ! Si on se fait prendre dans une zone de sécurité, on se fera arrêter ! Et pire encore, ils préviendront papa et maman ! »

Brett ne daigna pas se tourner vers sa sœur. « On dirait Kaz. Je te signale que la dernière fois qu'on a suivi cette carte, elle nous a menés à la Salle de l'Amitié, dans les tunnels, pas vrai ? Détends-toi. »

Kaz fronça les sourcils. « La Salle de l'Amitié ? Depuis quand on l'appelle comme ça ? »

Brett haussa les épaules. « Depuis que je l'ai décidé, il y a dix secondes. Et peu importe. Il faut qu'on suive ce fil d'or.

— Et pour quelle raison ? À part que tu l'as ordonné, je veux dire ? » Les yeux noirs de Lily lançaient des éclairs. « On peut voter, non ? Gabe ? »

Gabe avait le tournis. Ce fil d'or semblait lui avoir brûlé la rétine et pour une raison qu'il ne parvenait pas à s'expliquer, lui aussi était très impatient de voir où il menait. Il eut la présence d'esprit de prendre un air désolé pour répondre à Lily. « Moi aussi je suis curieux de voir, en fait. »

La jeune fille poussa un grognement. « Les garçons, je vous jure. » Elle lança un regard suspicieux à Kaz. « Je suppose que tu es partant, toi aussi ?

— Si je disais le contraire, tu accepterais de laisser Brett et Gabe ici, et de rentrer avec moi par le prochain ferry ? »

Elle roula des yeux. « Aucune chance. »

Kaz hocha la tête. « C'est bien ce que je me disais. Je reste avec le groupe. »

Gabe détestait l'idée que Lily ne soit pas à fond dans le plan. À quelques jours à peine de son départ pour Philadelphie, il ne voulait surtout pas laisser à ses amis une mauvaise impression de leurs derniers moments ensemble – surtout à Lily. Mais impossible de le nier : il mourait d'envie de découvrir la destination indiquée par la carte.

Sans se soucier de ses amis, Brett s'immobilisa devant une étroite porte métallique recouverte de peinture écaillée, et sur laquelle un panneau annonçait : « RÉSERVÉ AU PERSONNEL ». Il vérifia que personne ne les observait, saisit la poignée, et tira. Dans un bruit métallique sourd, la porte s'ouvrit à la volée.

Des marches en béton craquelé descendaient dans l'obscurité épaisse. Avec un grand sourire qui découvrit ses dents scintillantes, Brett passa devant sa sœur sans un mot et s'engagea dans l'escalier. Lily émit un grondement, néanmoins elle le suivit, et Kaz et Gabe leur emboîtèrent le pas en silence. Gabe jeta un dernier coup d'œil pour s'assurer que personne n'irait raconter aux autorités qu'ils ne faisaient pas partie du « personnel ». Il vérifia également que la porte avait une poignée en état de marche des deux côtés, et qu'elle n'était pas verrouillée, avant de la tirer derrière lui dans un bruit mat.

L'escalier sentait mauvais. À mesure qu'ils descendaient, Gabe essayait d'identifier l'odeur et, lorsqu'il glissa sur quelque chose de visqueux, il se dit qu'il devait s'agir de moisissures. Il s'attendait à ce que Kaz se plaigne de risquer une maladie respiratoire mais, à présent que l'inquiétude était réelle, Kaz ne disait mot.

Gabe n'aurait su dire quelle profondeur ils avaient atteinte. Il lui semblait qu'ils descendaient depuis un long moment et, quand ils débouchèrent tous les quatre dans un couloir ressemblant à un tunnel, il eut l'impression de pénétrer dans un autre monde.

Alors qu'au-dessus d'eux la prison était en béton lisse et acier renforcé, le couloir où ils se trouvaient semblait faire partie d'un château médiéval. Le sol inégal, les murs constitués de gros blocs de pierre, et surtout les cellules sombres et humides aux portes voûtées, tout le décor avait un aspect lugubre et oppressant. On se serait cru en plein âge des ténèbres, dans le genre d'endroit où on emprisonnait les âmes, avant de les oublier là. Condamnées à se flétrir et à mourir dans le noir et le désespoir. Gabe sentit un drôle de frisson dans sa nuque, et se rendit compte qu'il avait tous les poils dressés sur la peau.

« Mais qu'est-ce que c'est que cet endroit ? demanda Lily d'une toute petite voix.

— Un reste de l'ancienne citadelle, répondit Kaz en regardant autour de lui avec ses yeux de chouette. Lily, tu voulais savoir ce qu'il y avait ici, avant la construction de la prison ? Eh bien, on est en plein dedans. »

L'adolescente passa sous l'une des arches pour entrer dans une pièce. « D'accord, mais je veux dire : *ici*, c'est quoi ? Ce sont des cellules ? Pourquoi il n'y a ni portes ni barreaux ?

— Elles devaient être en bois, suggéra Gabe après quelques instants de réflexion. Et le bois n'a pas résisté au temps.

— Allez, intervint Brett, le nez dans la carte des Portes dorées. Suivez-moi. »

Il s'éloigna à grands pas rapides, le dos droit, passant de l'ombre à la lumière sous l'enfilade de faibles ampoules qui jalonnaient de loin en loin le plafond du couloir.

Gabe suivit son ami en se demandant si cette sensation étrange sur sa peau allait s'apaiser, ou s'il allait rester ainsi pour toujours. Ça ne ressemblait pas à leur excursion dans la « Salle de l'Amitié », comme l'appelait Brett. Gabe ne pouvait s'empêcher de penser, de *pressentir* que quelque chose de bien plus sombre qu'un vieux squelette desséché les guettait dans les sous-sols de la forteresse.

« Attendez ! » lança Kaz, mais Brett n'avait aucune intention de ralentir, aussi Gabe maintint-il le rythme et Kaz et Lily furent-ils obligés de se mettre à courir pour les rattraper.

« On ne fait pas une course, Brett », objecta Lily.

Gabe s'apprêtait à faire un commentaire, lorsqu'il aperçut une forme traversant le couloir juste devant Brett – un mouvement fugitif, d'une seconde à peine. Il faillit s'étouffer. « Brett ! Arrête-toi ! »

Mais Brett se contenta de jeter un œil par-dessus son épaule, à l'instant même où il atteignait l'endroit où cette... chose était apparue. « Magnez-vous ! cria le jeune garçon. On y est presque ! »

Gabe fit volte-face et retourna en arrière pour rejoindre Lily et Kaz. « Vous avez vu ça, les gars ?

— Vu quoi ? demanda Kaz.

— Qu'est-ce que, *toi*, tu as vu, Gabe ? » s'enquit Lily d'une voix prudente.

Gabe se tourna de nouveau vers Brett et, tout en scrutant les cellules et les recoins obscurs, poussa un long soupir. « Rien, j'imagine. Peut-être que j'ai trop regardé *Chasseurs de fantômes*.

— Eh bien, mon père prétend que ce genre de séries fait pourrir le cerveau », commenta Kaz pour soutenir son ami. Lily lui balança un coup de coude dans les côtes.

« Tu peux parler, monsieur Je-sens-la-terre-ronfler. »

Devant eux, Brett prit brusquement un tournant et disparut de leur vue. « Hé ! s'écria Gabe. Brett ! Attends ! » Mais cette fois, Brett ne prit même pas la peine de regarder derrière lui. Gabe se mit à courir.

Brett s'était engagé dans un embranchement plus étroit. À en juger par les trous dans le sol et les murs, l'entrée du passage était jadis marquée par une lourde porte massive, qui à présent bâillait. Il ne semblait pas y avoir de lumière à l'intérieur, et les ampoules du couloir principal ne parvenaient pas à percer les ténèbres. « Brett ! cria Gabe. Brett, tu es là-dedans ?

— Bien sûr, que je suis là-dedans, répliqua la voix de son ami. On y est. C'est là que mène la carte ! »

Gabe sortit son téléphone de sa poche et alluma la fonction lampe torche. « OK, OK ! On arrive ! » Il se tourna vers Lily et Kaz. « Vous êtes prêts à vous lancer dans le tunnel tout noir qui fiche les jetons ? »

Se guidant grâce aux lumières de leurs portables, Gabe, Kaz et Lily s'engagèrent donc dans le passage, qui s'incurvait vers la droite. Bientôt, Brett réapparut dans leur champ visuel, debout au milieu du couloir, examinant la porte en métal rouillé de la cellule tout au bout. Allez savoir pourquoi, il tenait à nouveau à la main le livre étrange pris dans le bureau de l'Oncle Dan.

Gabe s'approcha de lui. « Alors ? Tu as dit qu'on y était. C'est quoi, exactement ? On est où ? »

Gabe faillit faire une attaque lorsqu'une voix inconnue lui répondit : « Isolé. » Lily laissa échapper un petit cri aigu. Kaz trébucha et se retrouva assis sur le sol en pierre, mais s'empressa de se relever.

Un garçon se tenait de l'autre côté de la porte. Il semblait avoir environ dix ans, avait une chevelure blond pâle et portait une sorte d'uniforme scolaire. Dès qu'il aperçut le visage de l'enfant, Gabe ressentit un sentiment de familiarité – une familiarité *dérangeante*.

« Pas de visiteurs, poursuivit le jeune garçon. Pas de lumière. Pas de contact. Imaginez-vous dans un lieu pareil pendant des semaines. » Il avait une diction parfaite, un peu démodée. En dessous du halo de cheveux blonds, les yeux d'un bleu intense dévisagèrent les adolescents un à un. « Et maintenant, imaginez-vous emprisonnés ici pendant plus d'un siècle.

— Qui es-tu ? » tenta d'articuler Gabe, mais sa voix resta coincée dans sa gorge.

Parce que le garçon qui se tenait devant la porte de la cellule *rayonnait*.

Chapitre 5

Tout d'abord, Jackson Wright perçut les enfants comme des flammes de bougies à travers un rideau.

Il plissa les paupières et se concentra. Bien décidé à les voir clairement, pour la première fois depuis *si longtemps*.

Les flammes se rapprochèrent, plus vives et plus distinctes. Une verte, une rouge, une bleue et la dernière d'un argenté éblouissant. La substance épaisse et oppressante qui tenait lieu d'air dans l'Umbra, cette substance qui s'était immiscée de force dans ses poumons pendant tant d'années, de décennies, pendant *un siècle*, commença à se retirer.

C'est la flamme bleue qui était la plus proche. La verte, la rouge et l'argentée avançaient plus lentement, hésitantes. Comme si elles avaient peur. *Eh bien, peut-être ont-elles raison.*

La flamme rouge prit pourtant la parole. Avec inquiétude, mais aussi courage. « Tu es *quoi*... exactement ? »

Jackson pencha la tête sur le côté. « Je suis un garçon. Comme toi. » C'était un mensonge, et en même temps, pas vraiment. De même qu'il était ici, et pas tout à fait ici. Des souvenirs ressurgissaient lentement à la surface de sa mémoire. Et ces souvenirs étaient attirés par la flamme bleue. *Brett*. Et ses amis étaient Gabe, Lily et Kaz.

Jackson sentit soudain son cœur tambouriner dans sa cage thoracique, si fort qu'il sursauta.

Il savait avec précision combien de temps il avait passé dans l'Umbra, ce lieu atroce et lugubre où régnaient les ombres impénétrables, et qui était à la fois son foyer et sa prison. Il pouvait faire le décompte des années, des jours, des secondes, et dans sa tête le *tic-tac* de l'horloge ne s'arrêtait jamais, *jamais*.

Si seulement il ne s'était pas fait prendre. Si on ne l'avait pas trahi. Si seulement la dague ne s'était pas enfoncée dans son cœur.

Les flammes des bougies finirent par prendre la forme d'enfants. Et il l'aperçut, entre les mains de Brett : la Tablette d'émeraude. Un des autres garçons avait des yeux incroyables, du même vert perçant. Ce devait être Gabe. Ça ne pouvait être que lui.

Jackson se força à inspirer.

Au fil des ans, dans son interminable exil dans l'Umbra, Jackson avait découvert que cet endroit était un maillon faible, la fracture dans le mur qui séparait l'Umbra de – il osait à peine formuler l'expression – *chez lui*. S'il avait le moindre espoir de rentrer, ce serait par ici, relié à ces enfants. La présence de la bague de son grand-père, ainsi que de la Tablette, devrait *tout juste* suffire pour qu'il glisse un orteil dans le monde réel. C'est pourquoi il s'était donné tant de mal pour attirer Brett ici.

Le pied de Jackson toucha la pierre. Il en sentit la dureté froide à travers la semelle de sa chaussure.

Et l'air – du *vrai* – envahit ses poumons.

Les enfants le dévisageaient avec un mélange d'admiration et d'effroi. Ils avaient l'air tellement ordinaires – seuls détonnaient leurs vêtements saugrenus. *À mon époque, jamais une fille n'aurait osé porter un pantalon en public !*

Jackson se demanda ce qu'eux voyaient, en le regardant. Il leva la main droite pour la contempler. Il avait oublié la peau pâle, les os fins, le réseau de veines bleutées visible par transparence.

Il lui fallut plusieurs secondes pour s'apercevoir que la lumière froide et dure qui irradiait de son corps n'était pas normale. Il n'était toujours pas humain, mais il était presque arrivé chez lui. Il était *si proche.*

La fille, Lily, se rapprocha timidement du garçon aux yeux très verts. Elle avait le même regard que Brett, profond et noir d'encre dans la demi-pénombre. « Tu ne parles pas comme un enfant, fit-elle remarquer. Mais plutôt comme... comme un professeur. »

Ils ont des pensées tellement simples. Jackson mesurait sa chance d'avoir réussi à entrer en contact avec eux. Ils avaient beau être extraordinaires, contrairement aux apparences, ils restaient des enfants. Et même s'il avait l'air à peu près du même âge qu'eux, Jackson Wright n'en était plus un. Il savait combien il était facile de manipuler les plus jeunes : pendant un temps, il s'était immiscé dans la tête de Brett, il lui avait rendu visite en rêve, l'amadouant et lui chuchotant des instructions à travers le voile de l'Umbra. Il avait plié Brett à sa volonté, et à présent les trois autres suivraient. *Je ferai tout pour les garder à distance du continent.* Il fallait laisser le temps à l'Aurore d'accomplir ce qu'elle faisait le mieux. Traquer sa cible. Exécuter le rituel. L'Aurore devait avoir le champ libre. *Et alors je pourrai rentrer chez moi. Enfin !*

Depuis l'apparition de Jackson, Brett était resté planté là, Tablette en main, à le fixer. De temps à autre, ses paupières tressautaient et il fronçait les sourcils, mais il n'avait pas prononcé un mot. Jackson se demanda vaguement quelles sortes de pensées galopaient dans l'esprit de l'adolescent. La peur ? L'exaltation ? La confirmation que le spectre qui hantait ses rêves était en fait bien réel ?

Mais aucun des trois autres n'était au courant du lien qui les unissait. Jackson avait fait en sorte que le garçon garde cette information pour lui. Il était donc temps de se faire de nouveaux amis. « Je m'appelle Jackson Wright. Et vous, si je puis me permettre ? »

À la surprise de Jackson, c'est Brett qui répondit le premier, d'une voix râpeuse. « Brett. Brett Hernandez. » De sa main libre, il désigna la fille. « Voici ma sœur. Lily. »

Le plus petit se racla la gorge. « Je suis Kazuo Smith. Mais tout le monde m'appelle Kaz. »

Puis ce fut le tour du garçon aux yeux verts. « Gabe Conway. »

Jackson dut faire un effort pour ne pas froncer les sourcils. *Conway, dis-tu ? Avec des yeux pareils ? J'en doute.* Mais cette conversation allait devoir attendre.

« C'est un grand plaisir de vous rencontrer tous. » Jackson s'inclina, ce qui fit glousser Lily, mais il n'aurait sur dire si c'était parce que ce geste l'amusait ou parce qu'elle était au bord de la crise d'hystérie.

« Je... euh... je pense qu'on devrait reposer la question de Gabe, dit-elle. Tu es... *quoi*, exactement ? »

Jackson se mit à faire les cent pas devant eux, ravi de sentir le sol sous ses pieds. « Je vais répondre par une autre question. L'un d'entre vous a-t-il remarqué des événements étranges, ces dernières heures ? Des événements auxquels il n'existe pas d'explication plausible ?

— Ouais ! s'exclama Kaz comme si un barrage venait de lâcher à l'intérieur de lui. On a trouvé un livre avec une couverture dorée, et après l'avoir touché, on s'est tous évanouis, et quand on a pris le ferry pour venir jusqu'ici, il y a eu une – une lame de fond, et le ferry a failli s'écraser, et ensuite j'ai eu l'impression que... euh, que le sol... Non rien, aucune importance. » Kaz fit une pause pour reprendre son souffle. Il pointa le doigt en direction de la Tablette que tenait Brett. « Le voici, le livre. Pendant qu'on était dans les vapes, il est devenu vert. J'aurais dû le dire plus tôt. »

Kaz s'était ouvert comme un emballage déchiré, mais les trois autres, y compris Brett, continuaient à fixer Jackson d'un air très suspicieux. Gabe et Lily en particulier le regardaient de travers, comme s'il était un nid de frelons et attendait la moindre provocation pour déchaîner contre eux ses insectes grouillants et redoutables. Jackson poussa un soupir. De son temps, les gamins n'étaient pas si méfiants.

À cette pensée, il sentit une décharge douloureuse dans sa poitrine. Pas une douleur physique, mais plutôt un coup de poignard dans son cœur brisé. Au fil des décennies passées dans l'Umbra, il avait oublié beaucoup de choses, concernant ce monde-ci, mais la vision du visage de son père, tandis que ce dernier lui retirait sa chevalière du doigt, restait aussi claire et atroce qu'au premier jour.

J'ai été stupide de faire confiance à mon père, il y a toutes ces années. Ces enfants seraient encore plus stupides, s'ils croyaient un inconnu sur parole. Cette idée ne le réconfortait guère : s'il avait été un peu plus sur la défensive, petit, peut-être ne lui aurait-on pas volé sa vie. Peut-être n'aurait-il pas été condamné à passer cent ans dans l'Umbra.

Lily donna nerveusement un coup de pied dans un caillou, qui vint rebondir contre la chaussure de Jackson. Il prit une nouvelle inspiration en la savourant bien, puis poursuivit : « Je ne suis pas surpris que vous ayez constaté des anomalies. Voici la vérité : vous êtes en train de vous accorder aux vibrations de l'univers. Cette capacité, ce talent est connu sous le nom d'Art. Plus vous en comprendrez le sens, plus chacun de vous sera capable d'utiliser l'Art pour modifier la réalité même. Cet Art est une forme de Magie. »

Jackson se remémora le jour où il avait appris que la Magie était réelle, et l'émerveillement qui avait été le sien. Tout devenait *possible*. Mais les temps avaient probablement changé. La peau bronzée de Brett avait pris une teinte grisâtre et des gouttes de sueur perlaient à ses tempes. Était-il physiquement malade, ou bien seulement anxieux ? Le petit, Kazuo, semblait sur le point de vomir et Gabe fixait le vide en fronçant les sourcils. Peut-être étaient-ils en train de mesurer le sens des paroles de Jackson.

Seule Lily restait imperturbable et le jaugeait de ses yeux d'aigle. Il faudrait qu'il la surveille de près, celle-là.

Le regard perturbant de Gabe passa sur chacun de ses amis avant de se poser sur Jackson. « Qu'est-ce que tu nous veux, exactement ? »

Jackson prit soin de bien choisir ses mots. Ce garçon, Gabe Conway – puisqu'il tenait tellement à ce qu'on l'appelle ainsi – était de loin le plus important du groupe. Celui dont il devait à tout prix gagner la confiance. Jackson donna à sa voix une note apaisante. « Tous les quatre, vous êtes désormais liés par un rite immémorial et sacré. » Jackson jeta un coup d'œil en direction de Brett, qui semblait toujours faible et tremblant, puis vers la Tablette qu'il avait entre les mains. *Brett mesurera-t-il un jour combien il a été manipulé ?* « Vous avez également déverrouillé le texte sacré de *Tabula Smaragdina*. La Tablette d'émeraude d'Hermès Trismégiste, en personne. C'est un texte fondamental, dans l'Art de la Magie. »

Lily fronça les sourcils. « Tris... Désolée, qui ça ? »

C'est Kaz qui lui répondit, à voix basse : « Une sorte de magicien grec égyptien, euh... dieu de l'écriture... ce genre-là. »

Cette réponse simpliste fit monter à l'intérieur de Jackson une vague de colère inattendue : comment pouvait-on décrire ainsi une entité aussi puissante ? Il lutta pour se calmer. « Je disais donc que tous les quatre, vous êtes capables de voir des choses invisibles pour les autres ; quant à ce que vous pouvez *faire*... pour l'instant, cela dépasse votre imagination. Vous avez ouvert la Tablette, n'est-ce pas ? »

Gabe hocha la tête, sur ses gardes.

« Et vous pouviez voir l'écriture sur les pages, non ? Laissez-moi deviner : c'était différent pour chacun d'entre vous. C'est exact ? » Personne ne dit mot, mais Lily lâcha un soupir saccadé et Brett serra la Tablette contre sa poitrine. « Chacun a vu le langage caché d'un élément spécifique. Vous êtes liés à ces éléments. Unis à un élément immuable de la sphère terrestre. »

Lily se tourna vers Kaz, mais ce dernier haussa les épaules, visiblement dépassé. « Je suis largué depuis Hermès Trismégiste.

— Parle normalement, tu veux bien ? » intervint Lily, la voix tremblante malgré son assurance. Jackson réprima un sourire. Sous ses airs bravaches, la petite avait peur de lui. *Parfait.*

« Garde bien ce courage », répondit Jackson en essayant de sourire d'un air sincère. Mais visiblement, cela ne fit qu'inquiéter encore plus Lily, alors il changea de tactique. « Vous en aurez tous besoin, pour affronter ce qui vous attend. »

Gabe fit face à Brett. « C'est pour *ça* que tu voulais qu'on descende ici ? Tu étais au courant de ce... de cette *monstruosité* ? »

Brett cligna les paupières et avala sa salive. « Tout ce que je voulais, c'était voir où menait le chemin d'or ! » D'un geste vague de la main, il désigna Jackson. « Je ne savais pas qu'on allait tomber sur ce Garçon fantôme, là ! »

Jackson se renfrogna. Il sentait que la rencontre était en train de mal tourner. « Écoutez-moi ! Vous *devez* m'écouter. Tous les quatre, votre destin est tracé. Et vous *devez vous y plier.* »

Gabe se détourna de Brett pour affronter Jackson. « Écoute bien, *Garçon fantôme*, lança-t-il en plissant les yeux. On ne comprend pas ce qui se passe ici, et tant que tu ne nous auras pas un peu mieux expliqué de quoi il s'agit, je te conseille de laisser tomber tes salades sur les éléments, le destin et tout ce cirque. C'est clair ? »

Et, comme une brindille desséchée, Jackson craqua. Soudain, son corps parut s'embraser, et la lumière aveuglante illumina les murs anciens. « Bande d'imbéciles ! » tonna-t-il. Sous le choc, les quatre adolescents reculèrent, même Brett. « Vous avez entrevu le pouvoir qui est maintenant le vôtre, on vous a *avertis* des dangers et de la destinée qui vous attendent, et vous gaspillez de précieuses secondes dans des *absurdités* ? »

Les yeux verts de Gabe étincelèrent de colère, ce qui fit taire Jackson. Une partie de lui voulait s'excuser, les consoler, leur expliquer d'un ton calme afin qu'ils comprennent tout. *Ou, du moins, ce que je* veux *qu'ils comprennent.* Mais il voyait bien que la situation était en train de lui échapper et il savait qu'il ne pouvait rien y faire. Il était resté bien trop longtemps dans l'Umbra, sans aucun contact humain, et tout ça l'avait *abîmé*.

Mais...

Il refusait de regarder en face la cause de ce désespoir qui montait en lui. Il fallait qu'il reprenne le contrôle ! C'est lui qui devait déplacer ces enfants comme des pions sur un échiquier ! Et pourtant, tandis qu'ils reculaient d'un pas vacillant, il avait envie de leur crier la vérité :

Je me suis senti tellement seul !

« Vous ne pouvez pas partir ! » Il aurait voulu que ça sonne comme une requête, mais sa voix tremblait de colère. Lily blêmit et Kaz parut refouler ses larmes. « Restez ici ! » insista Jackson, mais ce qu'il entendit n'était pas une supplication. C'était un ordre.

Une menace.

« Dégageons d'ici ! » hurla Gabe à ses amis. L'espace d'une seconde, sa voix craqua comme les flammes. Jackson sentit sa peau se rétracter sous l'effet de la vague de chaleur qui s'engouffra dans le couloir.

Kaz s'enfuit le premier, suivi de près par Lily. « Brett, dépêche-toi ! » s'écria Gabe en fonçant à la suite de ses amis.

Mais Brett s'attarda. Jackson lutta pour se maîtriser, pour juguler ce raz-de-marée qui menaçait de l'engloutir, dans le chaos et la fureur. Brett était son ami. Lui, il comprendrait.

« Où est-il ? » chuchota Brett. Dans sa voix se mêlaient la peur et le désespoir. « Tu m'avais promis. Tu avais *juré*. Où est Charlie ? »

Non ! Non, non, non, il n'était pas prêt pour cette question ! C'était trop tôt ! Et sa colère devait se lire sur son visage, car Brett recula en tremblant, leva vivement une main pour se protéger le visage de l'éclat éblouissant du corps de Jackson. Des ombres grotesques dansaient sur les murs du couloir. Brett se retourna et détala.

Les larmes montèrent aux yeux de Jackson. « Non ! » Il espéra que Brett s'arrêterait, qu'il reviendrait vers lui, mais tout comme ses amis, le garçon avait pris ses jambes à son cou. Dans un gémissement qui lui fit honte, Jackson s'écria : « Ne me laisse pas seul ! *Pas encore une fois, je t'en supplie !* »

Pour seule réponse, il n'entendit que les pas précipités de Brett.

Un sentiment de calme glacial envahit Jackson. Ces enfants étaient sa seule issue. Il savait qu'il ne pouvait les laisser s'enfuir. Pas encore. Pas avant d'avoir mené à bien son plan.

Il bondit derrière Brett. S'il réussissait à en forcer un à rester, les autres coopéreraient. Ils n'étaient pas du genre à abandonner l'un des leurs, si ? Non. Les semelles de ses chaussures frottaient sur la pierre. Loin devant, il percevait des cris de peur et de confusion. L'un d'eux s'était trompé de chemin. *Parfait. Oui. Tournez en rond, ainsi je pourrai vous attraper !*

Tout en courant, Jackson prit conscience de son environnement. Cette prison, *Alcatraz*, grouillait de chuchotements, de sifflements et de coups – c'étaient les échos de l'angoisse, les cicatrices profondes de la pire des souffrances humaines. Alcatraz était maudite, pensa-t-il. Était-ce pour cette raison qu'il avait réussi à franchir le voile ici ? Et qu'il se sentait tellement à l'aise entre ces murs, même si cette évidence était douloureuse pour lui ? Jackson Wright était à sa place, ici.

Car qui, dans tous les mondes, pouvait être aussi maudit que lui ?

Chapitre 6

Fuir d'ici !

Cette pensée obsédante résonnait dans la tête de Gabe à chaque foulée.

Le petit couloir, puis à droite dans le couloir principal, puis remonter l'escalier ! Rien de plus simple !

Dans ce cas, pourquoi Kaz, dans la panique, venait-il de quitter le couloir étroit en prenant à gauche ? Lily l'aperçut, faillit se cogner au mur, et s'engouffra derrière lui. « Kaz !

— Kaz s'est trompé de chemin ! hurla Gabe par-dessus son épaule, en direction de Brett. On doit le récupérer et – » Mais ses mots se perdirent dans l'obscurité. Brett n'était pas derrière lui, aussi l'adolescent s'immobilisa-t-il. *Oh merde, ce Garçon fantôme détient Brett !* Une minute, non : il aperçut son ami, qui fonçait vers lui.

« Mais qu'est-ce que tu fiches ? cria Brett. BOUGE ! »

Gabe n'eut ni le temps ni l'envie de demander ce qui s'était passé, car le Garçon fantôme déboula juste derrière, courant comme un dératé, et de son corps émanaient des gerbes de lumière qui pulsaient comme un cœur surnaturel. « Arrêtez ! beugla-t-il. Vous devez vous arrêter ! »

Gabe repartit au moment où Brett le rejoignait, et ensemble ils débouchèrent du couloir étroit. Gabe prit à gauche. « On doit aller chercher Kaz et Lily ! »

Brett hocha la tête sans poser de questions, et ils s'enfoncèrent plus profond dans le labyrinthe souterrain de la citadelle, précédés de leurs ombres allongées et effrayantes, projetées par la lumière blafarde du Garçon fantôme.

Gabe se perdit presque aussitôt, incapable de dire par où se trouvait la sortie. Il percevait la voix effrayée de Kaz devant lui, ainsi que les paroles raisonnables de Lily pour tenter de le calmer, mais eux aussi devaient être en train de courir, car à chaque nouveau tournant, ils n'apparaissaient toujours pas dans le champ visuel de Gabe.

« Comment on sort d'ici ? *Il faut qu'on sorte d'ici !* souffla Brett derrière lui, hors d'haleine.

— Je sais, je sais ! » Gabe risqua un regard par-dessus son épaule. Le Garçon fantôme n'était pas tout près, mais à chaque seconde ses rayons blafards gagnaient en intensité dans le couloir qu'ils venaient de quitter. « Magne-toi ! »

Gabe toujours en tête, ils prirent tous deux une bifurcation et tombèrent sur Lily. Gabe et elle s'effondrèrent au sol dans un entremêlement de bras et de jambes et il se retrouva le visage enfoui dans le cou de son amie. La partie instinctive de son cerveau lui envoya une information inattendue (*Ouah, elle sent super bon*), mais il n'eut même pas le temps de se sentir embarrassé par la situation. Il se releva d'un bond et hissa Lily sur pied, puis aperçut Kaz qui se cachait, ou du moins tentait de se cacher à l'intérieur d'une cellule sans porte.

« Allez allez allez ! ON FONCE ! » hurla Gabe et Brett saisit Kaz par le bras pour le sortir de la cellule, pendant que les deux autres filaient devant.

« Tu sais où on va ? » demanda Lily, et Gabe s'apprêtait à répondre qu'il n'en avait aucune idée, quand – incroyable ! – il repéra un fin rai de lumière sous une porte métallique dans le mur devant eux. *La lumière du jour ?*

Gabe se précipita sur la porte et, en y mettant toutes ses forces, l'ouvrit d'un coup brusque. Il reçut de plein fouet la lumière vive et radieuse du soleil ainsi qu'une délicieuse vague d'air marin ; il aurait voulu prendre une demi-seconde pour savourer, mais il en fut empêché par Brett et Kaz, qui bousculèrent Lily et vinrent le percuter par-derrière. Ils s'affalèrent tous les quatre en pleine lumière, sur un petit sentier en pierre qui semblait longer l'arrière de la prison.

Gabe tendit le bras. « Le quai est par là ! Courez !

— Je vous en prie, non ! »

La voix du Garçon fantôme l'arrêta net. Le ton de menace avait disparu. Gabe n'entendit que la voix d'un petit garçon apeuré. Il ne voulait pas tourner la tête, pourtant il ne put se retenir et il se rendit compte que Kaz, Lily et Brett en faisaient tous autant.

Le Garçon fantôme – Jackson Wright, ainsi qu'il avait dit s'appeler – se tenait dans l'encadrement de la porte de la prison. *Peut-être qu'il ne peut pas venir en pleine lumière ! Peut-être qu'on est en sécurité, ici !*

Mais Jackson Wright *pouvait* sortir. Dès qu'il s'avança sur le sentier, Gabe le regretta amèrement car, au contact des rayons du soleil, le corps de Jackson devint totalement transparent.

Non, pas exactement. On aurait plutôt dit que le garçon était invisible, que Jackson Wright était brusquement devenu une fenêtre. Un portail apparu dans le monde réel, mais qui offrait une vue sur un autre monde, très différent. Et, avec un frisson d'horreur, Gabe reconnut le décor.

Lorsque Jackson bougea, Gabe aperçut un ciel d'or et d'ambre tourbillonnant autour de bâtiments gigantesques, aux formes grotesques. Une gargouille s'envola et s'éleva jusqu'à l'emplacement des yeux de Jackson, et quelqu'un poussa un cri, peut-être Lily ou Kaz. Le cerveau conscient de Gabe avait beau être trop pétrifié pour prendre une décision rationnelle, les pieds du jeune garçon agirent de leur propre volonté. Gabe fit volte-face et s'arracha à cette vision ensorcelante, et ses trois amis suivirent. Ce n'est qu'alors qu'il comprit que le cri était sorti de sa propre gorge.

Le chemin de pierre émergea d'un bosquet de buissons pour rejoindre le sentier à pic qui montait vers l'entrée principale de la prison. Gabe fut heureux de profiter de la pente et dévala la colline quasiment en volant. D'un regard derrière lui, il vérifia que ses amis étaient toujours là, et que Jackson Wright ne les suivait pas.

Ils ne s'arrêtèrent qu'une fois qu'ils eurent atteint la quai, où Gabe s'affala contre un muret en béton pour reprendre son souffle. Brett et Lily étaient essoufflés, mais ils récupérèrent beaucoup plus vite que lui – il faut dire que Lily brandit son inhalateur de secours pour en prendre une grande bouffée. Quant à Kaz, il fut pris d'une quinte de toux interminable.

Gabe se dirigea vers ce dernier, qui était plié en deux, les mains posées sur les cuisses et s'accroupit pour se retrouver à la même hauteur que lui. « Ça va, mon pote ?

— J'ai un tas de mots qui me viennent, pour décrire mon état actuel, haleta Kaz. Terrifié, horrifié, complètement halluciné, mort de trouille genre à un niveau *cosmique*. » Il finit par se redresser. « Mais « ça va » n'est pas sur la liste. »

Le garçon se dirigea en vacillant vers un banc et s'assit en laissant sa tête pendre vers l'avant. Gabe prit place à côté de lui. À chaque fois qu'il fermait les paupières, l'adolescent revoyait l'image de la ville difforme qu'il avait aperçue à travers le corps de Jackson Wright.

J'ai déjà vu cet endroit. Le ciel, les tours, les... créatures. Juste après avoir touché le livre. La Tablette.

Gabe refusait d'y croire. Il ne pouvait accepter d'avoir eu une vision d'un autre monde, surtout aussi atroce que celui-là. Rien que l'idée lui donnait l'impression d'être... *contaminé*. Comme si cette ville même était toxique.

Peut-être avait-il imaginé tout ça ?

Mais tous ses espoirs s'évanouirent lorsque Lily lui secoua l'épaule en disant : « Tu as vu toi aussi ? »

Gabe releva la tête et remarqua vaguement que Brett se tenait un peu à l'écart du groupe et regardait en direction de la forteresse. « Vu quoi ? demanda Gabe, devinant déjà la réponse.

— Ce Gamin fantôme. » Lily serra les bras autour d'elle-même en frissonnant. « Je voyais *à travers* lui. Un autre endroit. C'était *terrible.* »

Gabe se tourna vers le quai. Le ferry à bord duquel ils étaient arrivés repartait lentement vers le continent, apparemment à vide. Un autre ferry venait de rejoindre l'embarcadère et il vit la file de passagers monter.

Je suis prêt à parier qu'aucun d'eux n'a croisé de fantômes flippants.

L'épuisement se fit brusquement sentir. Gabe se surprit à vouloir remonter le temps, pour revenir à la veille. Avant que le monde devienne complètement dingue. *Être dans l'ignorance, c'est le paradis. On ne s'en rend compte qu'une fois qu'on l'a perdue, j'imagine.*

« Venez, lança-t-il. Tirons-nous d'ici. »

Kaz grogna, mais se leva. Lily fit signe à son frère, qui la suivit. Ils restèrent bien groupés et, après s'être retournés plusieurs fois vers la prison perchée sur son rocher, ils quittèrent l'île d'Alcatraz.

Maintenant qu'il était un peu rassuré, puisqu'il n'avait vu aucune trace de Jackson Wright le Garçon fantôme depuis qu'ils étaient montés à bord du ferry, Gabe sentit son moral s'effondrer. Toute cette journée était une erreur. Ils n'auraient jamais dû faire les idiots avec les affaires de l'Oncle Dan. Et ils n'auraient surtout pas dû sécher les cours et venir ici. C'est vrai, Gabe avait voulu vivre une dernière aventure en compagnie de ses amis. Mais là ? *J'ignore ce qui s'est passé aujourd'hui, mais ce qui est clair, c'est qu'on est totalement dépassés.*

Cette fois, ils choisirent des sièges à l'intérieur. Brett n'avait aucune envie de s'approcher à nouveau de l'eau, ni les autres d'ailleurs. Gabe aurait facilement pu se laisser gagner par le vide, regarder dans le vague comme... eh bien, comme Brett. Alors que d'habitude il était le premier à blaguer ou à charrier ses amis, Brett avait visiblement besoin de silence pour faire face à l'énormité de ce qu'ils venaient de vivre. Gabe espérait seulement qu'il ne se renfermerait pas complètement.

Au bout de quelques minutes, c'est Kaz qui prit la parole, et à sa voix il semblait avoir dominé sa panique et retrouvé ses soucis.

« Bon... on va en discuter, ou pas ? »

Lily fit un geste évasif de la main. « Je ne sais même pas par où commencer.

— Eh bien, par ce gamin, par exemple. » Kaz frissonna. « Qu'est-ce que c'était ? »

Gabe haussa lentement les épaules. « Je suis largué. Est-ce que ça pouvait... Est-ce qu'il est possible qu'on ait vu un fantôme ?

— Mais on a vu autre chose, *à travers* lui, objecta Lily après un temps de réflexion. Je n'ai jamais entendu d'histoire de fantôme de ce genre.

— Mort on ne disparaît pas », murmura Brett d'une voix à peine audible.

Il avait les yeux brillants, et Gabe comprit que son ami était à deux doigts de fondre en larmes. « Mort on ne disparaît pas ? Brett, qu'est-ce que ça signifie ? »

Brett secoua la tête et se mit à fixer ses pieds. « Pardon. C'est à propos des fantômes. Je pensais à... à Charlie. » Lily lâcha une sorte de petit soupir, et Brett détourna la tête et se tut.

Gabe sentit qu'il venait de remuer le couteau dans la plaie la plus douloureuse des jumeaux, et il sut qu'il fallait faire machine arrière.

Kaz se pencha vers lui et murmura : « Est-ce qu'ils vont bien ? »

Il jeta un regard en direction de Brett, puis de Lily, qui venait apparemment de se rendre compte que la baie dehors était le spectacle le plus fascinant de toute la planète. Gabe secoua la tête d'un air de dire : *Laisse-les tranquilles.* Kaz reçut le message et recula dans son siège, jetant de petits coups d'œil furtifs vers les jumeaux.

Gabe se leva et se dirigea vers les vitres à l'autre bout de la cabine. Au-delà de la ville, un mur de brouillard s'était amassé au sommet des montagnes et se déversait sur la cité comme une avalanche au ralenti. Les bâtiments, les routes et les collines étaient engloutis. Debout là à regarder la vue, Gabe ressassait les paroles du Garçon fantôme, qui s'entre-choquaient sous son crâne comme des cailloux tombant dans une boîte de conserve.

Chacun de nous est relié à un élément ?

Il se remémora le décor qui mettait en scène le feu, l'eau, le vent et la terre, dans la pièce secrète, la « Salle de l'Amitié ». Puis il se rappela avec quelle insistance l'Oncle Dan lui avait affirmé que les objets dans son bureau étaient dangereux. Et maintenant, le discours délirant du Garçon fantôme.

Gabe n'avait jamais accordé grande importance aux livres et aux objets de son oncle. Il était sincère, en parlant de « tours de passe-passe ». Pour lui, ce n'étaient que des histoires inventées qui vampirisaient Dan, et auxquelles il s'intéressait bien plus qu'à son propre neveu. Était-il possible que ces objets sous son toit aient eu un réel pouvoir ?

Et que sans le vouloir, Gabe et ses amis aient *libéré* ce pouvoir ?

Est-ce que je suis en train de perdre la tête ?

À vrai dire, Gabe ne se sentait pas dans son état normal, depuis qu'il avait touché la « Tablette d'émeraude ». À chaque fois qu'il repensait à la vision déformée de San Francisco qu'il avait aperçue, il éprouvait un vide au creux de son ventre. Il ignorait pourquoi, mais cet endroit lui semblait... comment appelait-on ça, déjà ? *un mauvais présage ?* Comme un signe annonçant des événements terribles. Mais cette jumelle maléfique de la ville n'avait rien à voir avec les éléments, n'est-ce pas ?

À moins que...

Gabe se retourna vers ses amis. « À propos de ce que ce Jackson a dit... Est-ce que vous avez ressenti des trucs bizarres, récemment ? À part l'histoire avec le livre. »

Kaz le dévisagea en clignant les paupières. « Et se faire chasser d'une prison par un fantôme, tu veux dire ?

— Oui, Kaz, à part ça. Repensez à ce qu'il a dit. Des choses liées à... aux éléments.

— Eh bien… » dit Lily, avant de se raviser et de secouer la tête.

Kaz lui lança un regard de côté. « Eh bien quoi ?

— Quand on était sur le ferry, à l'aller, quand tout est devenu dingue avec cette… euh… cette lame de fond ? Eh bien, juste avant qu'on s'immobilise… »

Gabe revit la scène : Lily, solide comme un roc sur le pont, les bras en l'air comme pour se défendre, juste avant que le ferry ralentisse.

« J'ai eu l'impression que… que j'y étais pour quelque chose. Je parle de cette énorme bourrasque. On allait beaucoup trop vite, alors j'ai imaginé qu'on fonçait dans un grand mur d'air, comme une tornade, et que ça amortissait la vitesse. J'y ai pensé tellement fort que je l'ai presque *ressenti*. Et alors c'est arrivé. Je ne sais pas comment.

— Le vent. Et c'est l'air que tu as choisi comme élément, pour le rituel d'amitié. »

Quel était celui de Gabe ? *Évidemment, le feu.* Il se rappela subitement la sensation du soleil qui le bombardait, des flammes qui lui transperçaient la peau.

Pouvait-il s'agir d'une coïncidence ?

Kaz regarda tour à tour Lily, Gabe, puis Brett, mais ce dernier était toujours ailleurs. Kaz se leva d'un bond et les interpella en gesticulant. « Non mais vous vous entendez parler ? Vous savez que vous avez l'air complètement frappés, quand on vous écoute ? »

Gabe haussa les épaules. « Alors comment tu l'expliques ? De l'hystérie collective ?

— Oui ! Peut-être bien ! Qui sait, c'est peut-être la faute de cet étrange livre vert ! Il nous a quand même envoyés dans les vapes, pas vrai ? Peut-être que c'est aussi lui qui nous a donné des hallucinations !

— Kaz, objecta Lily avec lassitude, je suis comme toi, je veux trouver une explication. Mais tu n'as pas dit toi-même que tu avais ressenti quelque chose de bizarre, dans le sol, sur l'île ? »

Kaz avança le menton d'un air de défi. « Et alors ? Toi tu es bien là à raconter que tu “sentais l'air”. »

Lily tendit les mains devant elle. « Dans ce cas, si ce livre nous donne à tous des hallucinations, pourquoi ne le fait-il pas en permanence ? Pourquoi un coup moi, puis toi vingt minutes plus tard, et Brett pas du tout, alors que c'est lui qui le trimballe dans son sac à dos ? »

Gabe fit la moue. Il s'approcha de Brett, et c'est avec un grand soulagement qu'il constata que son ami avait maintenant les yeux secs. Il avait juste l'air épuisé.

« Salut. Je crois qu'il faudrait qu'on jette encore un œil à la Tablette. » Désormais, dans son esprit, Gabe ne pouvait s'empêcher d'écrire le mot avec une majuscule. Brett désigna le sac posé à ses pieds, sans un regard pour Gabe ni personne d'autre. Gabe prit ça pour une autorisation, ouvrit le sac et en sortit la Tablette.

Ouah ! On dirait qu'elle est chaude. Puis la sensation s'évanouit si rapidement que le jeune garçon se demanda s'il n'avait pas rêvé.

En revanche, ce qu'il observa en plaçant l'objet sous une des lampes de la cabine n'était pas le fruit de son imagination : La Tablette ne projetait pas d'ombre. Encore une bizarrerie de plus.

Il vint s'asseoir à côté de Brett et fit signe à Lily et Kaz de les rejoindre.

« Qu'est-ce que tu fais ? demanda l'adolescente.

— Je vérifie un truc.

— Oh, oui, super idée, grommela Kaz en s'asseyant à son tour près de Gabe. Et si on reprenait une petite dose de Super Mystère qui vous embrouille la tête ? »

Gabe avait les mains qui tremblaient légèrement et il serra les poings pour se calmer. Puis il ouvrit la Tablette à l'une des pages épaisses et jaunies, sur laquelle s'étalait la même écriture pointue, d'un rouge orangé scintillant, qu'il avait vue la première fois. D'ailleurs ce n'était pas vraiment de l'écriture, plutôt des signes et des symboles. Il avait beau ne rien comprendre à ces dessins, ils lui étaient pourtant familiers.

Il remonta à la toute première page du livre – et faillit le lâcher dans un petit cri.

Du feu dansait en travers du parchemin. Du feu réel. Non plus des inscriptions rouge orangé, mais de vraies flammes qui léchaient la page en ondulant et en craquant.

« Gabe ? fit Lily, alarmée. Gabe, qu'est-ce qui se passe ? Qu'est-ce que tu vois ?

— Le feu, répondit-il d'une voix rauque. Ça brûle... et aucun de vous ne le voit, n'est-ce pas ? »

Kaz secoua lentement la tête, puis Lily. Brett ne prit même pas la peine de regarder.

« Très bien, dit Gabe en fixant les flammes. Qu'est-ce que vous voyez ? »

Kaz mit plusieurs secondes à répondre. « C'est de la pierre. Du granit, je dirais. Avec de la mousse qui pousse dans les fissures, à la surface. »

Lily se pencha en avant, et fit onduler sa main au-dessus de la Tablette. Puis elle sourit. *Ça faisait combien de temps qu'ils n'avaient plus souri ?* Une éternité. « C'est de l'air. Je le vois ! Il y a un peu de brouillard, ça tourne et ça souffle et... » Les larmes lui montèrent aux yeux. « Les amis, c'est splendide. Encore plus que l'écriture de la dernière fois. J'aimerais que vous voyiez ça. »

Gabe commençait à se faire une idée. Ou presque. « Brett ? »

Le garçon se tourna et jeta un regard noir à la surface du livre comme s'il s'agissait d'un serpent venimeux. « De l'eau, lança-t-il d'un ton excédé. C'est de l'eau, OK ? C'est comme si je regardais ce foutu océan. Vous êtes contents ? »

Gabe sentit une onde de chaleur le traverser et son cœur battre à tout rompre.

« Vous pigez, pas vrai ? On voit chacun l'élément qu'on a choisi hier soir. » *Est-ce qu'on est tous en train de devenir fous ?* Mais Gabe était persuadé que ce n'était pas de la folie.

C'était de la Magie.

La Magie était réelle.

Soudain pris de fureur, Kaz bondit de son siège. « Non ! Non ! C'est débile ! C'est plus que débile, c'est impossible ! Ça ne peut pas arriver ! Tu l'as dit toi-même à ton oncle, Gabe – tous ces trucs, c'est de l'illusion ! C'est obligé ! Vous ne comprenez pas, ou quoi ? » Il pointa un doigt accusateur sur la Tablette. « C'est cette chose ! Ce livre ! Il... Il, il est radioactif, je ne sais pas ! Il nous détraque le cerveau ! Tu m'étonnes qu'on ait tous des visions ! Il faut se débarrasser de ce livre, Gabe ! Balance-le par-dessus bord ! Fais-le ! Fais-le tout de suite, ou bien on va tous mourir irradiés ! »

Pas question pour Gabe de jeter un des livres inestimables de son Oncle Dan dans la baie, aussi Brett prit-il les devants. Il fusilla Kaz d'un regard menaçant, puis s'empara de la Tablette pour la fourrer dans son sac à dos, qu'il pressa contre sa poitrine. Il n'eut pas besoin d'ajouter : « Venez me la prendre, si vous osez. »

Kaz se rassit en tremblant.

Gabe bascula la tête en arrière et ferma les paupières. Kaz avait raison. Une explication scientifique – même totalement farfelue – avait plus de sens que tout ce cirque surnaturel.

Mais il ne pouvait pas nier ce qu'il ressentait. Ça ressemblait vraiment aux histoires dans les vieux livres flippants de l'Oncle Dan. *Quelque chose a changé.*

Alors que le ferry se rapprochait de la terre, Gabe scruta la ligne des toits de la ville et à la place des gratte-ciel en verre bien découpés, il revit des tours tordues et difformes.

Ils rentrèrent directement chez Gabe. L'atmosphère n'était pas joyeuse ; le silence qui était tombé après l'explosion de Kaz les suivit pendant tout le trajet en tramway puis à pied. Mais ils étaient tous d'accord sur un point – ou disons, dans le cas de Brett, qu'il n'était pas en désaccord : quelque chose clochait chez eux, et l'Oncle Dan leur paraissait la première personne à qui s'adresser. Personne n'osait l'avouer, mais Gabe était certain qu'ils pensaient tous la même chose : s'il s'agissait d'un phénomène surnaturel, qui était mieux placé qu'un professeur de mythologie et de traditions folkloriques pour savoir quoi faire ?

Ou bien, dans le cas où l'Oncle Dan penserait qu'ils avaient été drogués ou intoxiqués, il pourrait au moins les conduire aux urgences. Quoi qu'il en soit, Gabe savait qu'il serait furieux. Sécher les cours, c'était vraiment le comble. Mais Gabe ne pourrait pas y couper, et à présent, il avait réellement envie de s'excuser. Il aurait donné très cher pour avoir l'Oncle Dan près de lui, à Alcatraz, quand tout ça s'était produit... Et même s'il avait du mal à l'admettre, il est vrai qu'il n'aurait pas dû fouiller dans le bureau de son oncle. En levant les yeux, le jeune garçon vit que de lourds nuages noirs s'amoncelaient au-dessus d'eux, et il espéra que ce n'était pas le présage d'autres horreurs à venir.

Tandis qu'ils gravissaient tous les quatre les marches du perron, Gabe essaya de répéter intérieurement ce qu'il dirait à son oncle ; mais lorsqu'il franchit la porte d'entrée, il resta bouche bée et dut prendre appui contre le chambranle tant ses genoux tremblaient.

« Oh, mon Dieu » s'exclama Lily derrière lui.

Gabe n'avait jamais vu pareil spectacle. L'entrée et le couloir avaient été littéralement atomisés.

Le parquet avait explosé en divers endroits, laissant des cratères qui évoquaient un champ de mines. De grandes auréoles calcinées tachaient le plafond. Tous les cartons proprement emballés par l'Oncle Dan avaient été déchiquetés et le contenu répandu par terre, et les rares portions intactes du sol étaient jonchées de vêtements déchirés et de papiers noircis. Atterré, Gabe parcourut la pièce, mesurant les dégâts. Et il n'avait pas encore vu la cuisine. Quelque chose s'était déchaîné là, une force tellement immense qu'elle avait réduit tout l'arrière du bâtiment à l'état de gravats. La porte de derrière avait tout simplement disparu.

Pourquoi la police n'est-elle pas là ? Et les pompiers ? Est-ce qu'aucun des voisins n'a entendu le vacarme ?

« Oncle Dan ? ONCLE DAN ! TU ES LÀ ? »

Gabe ne reconnaissait même plus l'écho dans les pièces. La maison avait été tellement dévastée qu'il n'avait plus l'impression d'être chez lui. Un million de questions jaillirent dans son cerveau, mais son inquiétude pour son oncle prit le dessus.

« Gabe ! appela Kaz depuis l'entrée. Gabe ! Viens jeter un coup d'œil par ici !

— J'arrive ! » répondit-il en filant d'abord en direction de l'escalier. Là-haut, les ravages étaient tout aussi impressionnants, sinon pires – comme si une pluie de grenades avait explosé sous le plancher. Gabe vérifia dans toutes les pièces, et dut bien se rendre à l'évidence : son oncle n'était pas là.

Dieu merci. Il n'aurait pas survécu, s'il avait assisté à une chose pareille. Personne ne pourrait survivre à ça.

Gabe redescendit au rez-de-chaussée en essayant de ne pas penser à ce qu'il aurait fait, s'il avait découvert le cadavre de son oncle. « Qu'est-ce qu'il y a ? »

Kaz désigna l'un des cratères dans le sol. « Regarde là-dedans. »

Gabe s'approcha pour examiner l'intérieur du trou. Un symbole avait été gravé sur les lambourdes : un glyphe étrange et arrondi, comme il en avait vu dans la Tablette, sauf que cette fois, l'encre était argentée. « Comment est-ce que... ? On dirait qu'il est là depuis des mois.

— Je sais, confirma Kaz. Qui peut bien ramper au sous-sol pour graver des symboles bizarres ? »

Gabe n'en avait aucune idée. Pour ne pas devenir fou, il décida de se concentrer sur autre chose, et chercha Lily du regard. « C'est ça, que tu vois ? dans la Tablette ? Une écriture argentée, tout enroulée comme ça ? »

Lily hocha la tête. « C'est la bonne forme et la bonne couleur, mais il y a quelque chose qui cloche. »

Gabe fronça es sourcils et s'accroupit près du

cratère. Il comprenait ce que Lily voulait dire. Il n'avait pas vu le Langage de l'Air dans la Tablette, mais celui qu'il avait aperçu rayonnait de vie. Alors que ce symbole gravé dans le bois paraissait… inerte. Gabe n'aurait su dire pourquoi, mais il avait la nette impression que ce dessin était *mort*. Épuisé, vidé de l'énergie qu'il possédait autrefois.

Il se dirigea successivement vers deux autres trous dans le parquet, et ne fut par surpris de trouver des inscriptions similaires à l'intérieur. « Comment ils sont arrivés là ? Est-ce qu'ils y étaient déjà, quand on a emménagé ? »

Lily l'interrompit. « Il y en a d'autres. » Elle mena Gabe jusqu'à un pan de papier peint qui se décollait du mur branlant. La jeune fille tira sur la bande, dévoilant un autre symbole argenté, mort lui aussi, gravé dans le plâtre.

Gabe pris sa tête dans les mains et ferma les paupières le plus fort possible. L'être – ou la chose – qui avait fait ça était à l'évidence bien plus redoutable qu'un simple cambrioleur, et tout était lié à cette fichue Tablette d'émeraude. *Et qu'avait-il fait de l'Oncle Dan ?* « Il faut qu'on le retrouve », dit Gabe d'une voix étranglée, et il devait avoir l'air très abattu, car Lily lui prit instantanément le bras, comme sil risquait de s'évanouir sur-le-champ.

Brett errait dans la pièce, le regard vague. Comme envoûté. Gabe ne put s'empêcher de se sentir furieux que le plus fort de ses amis, celui dont il aurait bien apprécié l'aide, soit aussi... *absent*. « Brett. »

Ce dernier tourna vivement la tête au son de la voix de Gabe. « Hein ?

— Mon pote, tu pourrais essayer de revenir parmi nous, au moins ? Ma maison est une scène de guerre et mon oncle a disparu ! »

Brett cligna les yeux et sembla brusquement enregistrer les dégâts aux murs, au sol et au plafond. Il se frotta la nuque et hocha la tête. « Désolé. Ouais. De quoi tu as besoin ? Qu'est-ce que je peux faire ?

— On devrait continuer à chercher ici, suggéra Kaz. Voir si on peut trouver un indice de l'endroit où se trouve le Dr Conway, ou de qui l'a emmené. »

Gabe acquiesça. La pièce tournait autour de lui et il cligna plusieurs fois des paupières pour se débarrasser de ce qui lui brûlait les yeux – il n'avait pas senti monter les larmes. « Commençons par le bureau. »

Gabe mena ses amis à l'étage, dans le domaine de

son oncle. On aurait dit un décor d'un de ces films d'horreur que les quatre adolescents aimaient regarder ensemble, tard le soir. Comme au rez-de-chaussée, les affaires soigneusement empaquetées par le Dr Conway avaient été réduites en lambeaux, et les étagères vides auraient pu servir de petit bois pour un feu de camp. En fouillant parmi les débris, Gabe remarqua un détail : les « objets » collectionnés par l'Oncle Dan avaient disparu, tous jusqu'au dernier. Son ordinateur était toujours là, mais renversé par terre.

Du bout de la pièce, Kaz laissa échapper un petit gémissement étranglé.

« Kaz ? demanda Gabe en le rejoignant. Ça va ?

— Ça va, ouais. Mais je ne peux pas en dire autant du propriétaire de cette chose. » Il tendit le doigt, et, découvrant ce qu'il lui montrait, Gabe faillit s'étouffer lui aussi.

Au milieu d'une flaque de liquide ambré gisait... une jambe ? En tout cas, c'est ce qui s'en rapprochait le plus. On aurait dit la patte arrière d'un très gros chien, arrachée au reste de son corps. Et surtout, il paraissait évident qu'on l'avait *dépouillée de sa peau*. Les muscles, les veines et les tendons étaient bien visibles, et se terminaient par une série de griffes monstrueusement acérées. Gabe se pencha pour examiner le membre de plus près, et des relents de patte-pourrie-arrachée-à-un-chien-écorché le firent reculer d'un bond.

« Ah oui, dit Kaz, j'aurais dû te prévenir, pour l'odeur. Tu penses que ça appartient à la créature qui a dévasté la maison ?

— Je l'ignore. Je n'arrive même pas... Je ne sais pas quoi penser de tout ça. »

Mais si, tu sais. Il va juste falloir que tu admettes que ton oncle avait raison depuis le début. Tout ça est bel et bien surnaturel.

Gabe ne pouvait plus nier la réalité. Aucun homme ni même aucune bête issue du monde réel ne pouvait avoir fait ça.

« Gabe, n'envisageons pas le pire, d'accord ? tenta Lily pour le rassurer. Ton oncle n'est pas ici. Il était peut-être même absent, quand ça s'est produit. Ne commençons pas à imaginer qu'il lui est arrivé quelque chose tant que nous n'en savons rien, d'accord ? »

Gabe essaya de se raccrocher aux paroles de son amie. Au fond de lui, il savait que son oncle l'aimait, et que c'était pour cette raison qu'il se montrait excessivement protecteur avec lui, même si ça mettait Gabe hors de lui. Et bien qu'il ne lui ait jamais dit, Gabe aimait son oncle, lui aussi. C'était la seule famille qu'il ait jamais connue.

Et Lily disait vrai. Peut-être que l'Oncle Dan n'était pas là, pendant l'attaque. Il était peut-être à l'université. Ou parti faire des courses. Ou bien… n'importe où. Il pouvait très bien débarquer en boitant d'une seconde à l'autre, et demander d'un air ébahi à Gabe ce qu'il avait fait à la maison pendant son absence.

De l'autre côté du bureau, Brett se racla la gorge. « Les gars ? Venez voir… »

Gabe le rejoignit en trébuchant, les jambes sur pilote automatique et le ventre noué par la peur. Par terre gisait la prothèse de l'Oncle Dan, calcinée et distordue. Gabe se plaqua la main sur la bouche pour ne pas hurler. Il n'y avait plus de doute possible : son oncle était bien présent, et l'attaquant l'avait enlevé. L'Oncle Dan n'aurait pu aller nulle part sans sa jambe !

Ils l'avaient emmené, ou bien… Gabe songea à cet autre membre arraché, gisant dans sa flaque.

Ils l'ont emmené, ou ils l'ont mangé.

Gabe sentit ses jambes se dérober sous lui. Il dut

se rattraper au bord du bureau, pendant que Lily se baissait pour ramasser quelque chose, partiellement dissimulé sous des papiers déchirés. C'était une vieille photo encadrée, que Gabe n'avait jamais vue auparavant, représentant quatre personnes avec des tenues et des coiffures démodées. Une fissure dans le verre coupait le visage de l'Oncle Dan en deux.

« Qui est-ce ? » demanda Lily.

Gabe désigna un à un les protagonistes. « Là, c'est mon père. Là, ma mère. Et ça c'est l'Oncle Dan, mais avec une meilleure coupe de cheveux, et là... je ne sais pas qui c'est. » L'inconnue avait la quarantaine, les cheveux grisonnants et les yeux d'un bleu très clair.

« Eh, Brett, donne-moi un coup de main, tu veux ? » appela Kaz. Gabe les regarda distraitement assembler les pièces éparpillées de l'ordinateur de son oncle, tandis que son esprit désespéré tournait en boucle : *Ne pense pas au pire. Ne pense pas au pire. Ne pense pas au pire.*

Je t'en prie, ne sois pas mort.

Bien que sérieusement endommagé, l'ordinateur redémarra. « La vache ! » s'exclama Kaz en se penchant vers l'écran.

Gabe cligna les paupières. « Quoi ?

— Regarde ! Ton oncle était en train de rédiger un mail ! »

Kaz s'écarta pour laisser Gabe s'approcher.

DE : dconway@supermail.com

À : greta.jaeger@brookhavenmed.org

SUJET : Nouveau déménagement

Doc,

Je ne peux plus garder Gabe à SF, ce n'est plus sûr. J'ai sécurisé la maison à la perfection, mais l'Aurore se rapproche de jour en jour. Je le sens dans l'air – tu vois ce que je veux dire.

Tu n'imagines pas à quel point c'est frustrant. Je suis À DEUX DOIGTS d'obtenir des réponses pour localiser Aria. Mais, comme toujours, la sécurité est la priorité. Je

Lily prononça à haute voix ce que Gabe pensait tout bas : « Quoi, c'est tout ?

— Il n'est pas allé plus loin, répondit Kaz d'une petite voix. Je me demande ce que c'est que l'Aurore ? »

Brett se pencha à son tour vers l'appareil. « Et qui est Aria ? »

Gabe avait la tête qui tournait. Pour commencer, il se sentait écrasé sous une montagne de culpabilité. Ces déménagements incessants de ville en ville – l'Oncle Dan avait toujours prétendu que c'était pour Gabe qu'ils le faisaient, mais ce dernier ne l'avait jamais cru. À présent qu'il voyait dans quel état était leur maison, il lui était *impossible* de ne pas le croire. Et il n'y avait pas que ça.

« Aria, c'est ma mère, dit Gabe.

— Mais, euh... elle n'est pas, tu sais... hasarda Lily d'un ton prudent.

— Si. » Gabe se racla la gorge. « Elle et mon père sont morts dans un accident de voiture, quand j'avais trois ans. » Qu'avait bien pu vouloir dire l'Oncle Dan, quand il parlait de *réponses pour localiser Aria* ?

Kaz avait sorti son téléphone et tapait furieusement sur son clavier. « Eh bien, je tiens quelque chose. L'adresse mail est rattachée à un hôpital en périphérie de la ville. Cette Greta Jaeger doit y travailler.

— Et à l'évidence, elle en sait plus que nous sur ce qui se passe, fit remarquer Lily. Vous pensez à la même chose que moi ? »

L'air égaré, Brett répondit : « On doit aller là-bas. »

Gabe s'appuya un peu plus contre le bureau. Son esprit filait dans toutes les directions à la fois. Il n'entendit qu'à moitié ce que racontait Lily, qui élaborait des hypothèses sur les activités secrètes de l'Oncle Dan. « Parce que vous voyez bien que ce n'est pas un cambriolage classique. Il s'est passé un truc fou, ici. Ça doit être lié à ce qui est arrivé sur le ferry et avec le Garçon fantôme », conclut-elle, énonçant les pensées mêmes de Gabe, quelques minutes plus tôt.

L'adolescent était ailleurs. Submergé par l'idée que tout ça, tous les drames qui s'étaient produits étaient entièrement de sa faute. Il aurait dû écouter son oncle. Il n'aurait pas dû fouiner dans son bureau. Ni laisser Brett le convaincre de sécher les cours pour aller à Alcatraz. *J'aurais dû être ici ! J'aurais pu...*

Faire quoi ?

Il l'ignorait, et ça le rendait encore plus malheureux. Lorsque la sonnette de l'entrée résonna, ce fut presque un soulagement, en comparaison de tous les cris qui lui remplissaient la tête. « Je vais aller voir qui c'est, annonça-t-il à ses amis. Pendant ce temps, trouvez comment se rendre à cet hôpital, d'accord ? »

Lily acquiesça. Gabe sortit du bureau et s'engagea au pas de course dans l'escalier. Mais il s'immobilisa net à mi-chemin. *Une minute.* Et si ceux qui avaient fait ça étaient revenus pour lui ? Il était peu probable que ce genre de visiteur sonne à la porte, mais… Et si c'était un voisin ? Comment Gabe expliquerait-il à Mme Binkowski pourquoi la maison ressemblait à un champ de bataille ?

Par la fenêtre à petits carreaux de la porte d'entrée, il aperçut la forme familière de képis de policiers, et une vague d'espoir l'envahit. *Finalement quelqu'un a dû entendre le vacarme et appeler les flics ! Ils vont pouvoir lancer les recherches pour disparition suspecte ! Ils nous aideront à retrouver l'Oncle Dan !*

Gabe avait pratiquement la main sur la poignée lorsqu'il entendit une voix familière derrière lui. « Je ne ferais pas cela, si j'étais toi. »

Gabe lâcha un petit cri et fit volte-face. Jackson Wright se tenait à moins de trois mètres de lui et le dévisageait d'un air grave. Le Garçon fantôme n'avait pas l'air aussi vaillant que dans les entrailles de la prison, mais Gabe constata avec soulagement qu'au moins il ne voyait plus cette ville atroce à travers son corps. « Tu nous as *suivis* ? *C'était toi ?* Où est mon oncle ? Qu'est-ce que tu lui as fait ? »

Jackson resta totalement impassible. « Malheureusement, tu ne peux rien pour lui. »

Gabe retroussa les lèvres comme un animal féroce. Il se demanda ce qui pouvait bien se passer, quand on balançait un coup de poing à un fantôme. « Où est-il ?

— Je te répète que tu ne peux pas l'aider. Mais *moi*, je peux vous aider.

— Ah oui ? Et comment ? siffla Gabe, la mâchoire serrée.

— Eh bien, pour commencer, je te recommande de ne pas laisser entrer ces agents. Ils ne sont pas ce qu'ils paraissent. »

L'air suffisant du Garçon fantôme donna à Gabe envie de hurler. « Tu sais ce que moi je te conseille ? De prendre ton aide et de te la fourrer où je pense. » Il se retourna et saisit la poignée.

« Tu ne dois pas ! » s'écria Jackson, perdant tout à coup son assurance. Il bondit sur Gabe mais, lorsque sa main tendue toucha l'épaule du jeune garçon, elle la traversa, et Gabe ne ressentit qu'un vague courant d'air froid sur sa peau.

Gabe repoussa le Garçon fantôme d'un geste exaspéré, comme s'il s'agissait d'un vulgaire moustique. « Fiche-moi la paix ! » L'effet produit dépassa les espérances de Gabe : Jackson Wright s'évapora dans un petit nuage de fumée. Très satisfait, l'adolescent ouvrit la porte et se retrouva nez à nez avec deux policiers solidement charpentés, qui à en croire les badges sur leurs uniformes s'appelaient Duffy et Holmes.

Gabe ne leur laissa pas le temps d'ouvrir la bouche : ses paroles se déversèrent comme un raz-de-marée. « Messieurs je suis content que vous soyez là quelqu'un a complètement ravagé ma maison et mon Oncle Dan était là mais je crois qu'ils l'ont enlevé parce qu'il a une prothèse à la jambe et que j'ai retrouvé sa jambe en haut vous pouvez m'aider je vous en prie il faut que vous m'aidiez ! »

Tandis qu'il reprenait son souffle, l'agent Holmes considéra l'entrée avec des yeux ronds et siffla entre ses dents. « Eh bien, on ne voit pas ça tous les jours. Qu'est-ce qui s'est passé ? »

Gabe secoua la tête. « Je ne sais pas. »

L'agent Duffy lui adressa un sourire rassurant et sortit un bloc-notes et un stylo. « Très bien, fiston, on va s'en occuper. Pour commencer, comment t'appelles-tu ?

— Gabe. Gabe Conway. Et mon oncle s'appelle Daniel Conway.

— Et tu peux nous dire quand c'est arrivé ?

— Ce matin ! Tout allait bien quand je suis parti, il y a quelques heures, mais je viens de rentrer et j'ai trouvé la maison comme ça ! »

L'agent Holmes sortit lui aussi un bloc et un stylo. Dans le ciel gris charbon, le tonnerre gronda. « D'accord, Gabe, encore un peu de patience, on doit juste vérifier qu'on a bien toutes les informations, et ensuite on jettera un œil à l'intérieur. Dis-moi, tu vis ici avec ton oncle ?

— Oui. Oui, monsieur.

— Juste tous les deux ?

— C'est exact. »

Les deux policiers griffonnèrent sur leurs blocs. « Et depuis combien de temps vis-tu à San Francisco ? » demanda l'agent Duffy.

Gabe se dit que c'était une drôle de question, mais il n'allait pas faire le tatillon, alors que ces gars allaient l'aider à retrouver l'Oncle Dan. « Seulement un an. On allait déménager.

— Ah oui ? Voilà qui est utile. OK, maintenant,

dis-moi, est-ce que Daniel Conway et toi êtes vraiment de la même famille ?

— Hein ? Euh, non. Il m'a adopté après la mort de mes parents. »

L'agent Holmes hocha la tête. « Fascinant. Fascinant. Très bien, maintenant, aurais-tu vu quelque chose qui ressemble à une tablette en pierre ? de couleur verte ? ou peut-être dorée. Tu as vu un objet de ce genre, Gabe ? »

Gabe faillit s'exclamer : *Vous êtes au courant, pour la Tablette ?* Pendant une fraction de seconde, il songea que la police était déjà renseignée, et qu'elle allait savoir quoi faire !

Mais alors, une boule glacée se forma au creux de son ventre. Les paroles du Garçon fantôme résonnèrent dans sa mémoire : « Ils ne sont pas ce qu'ils paraissent. »

« Pourquoi me posez-vous cette question ? »

Le regard de l'agent Duffy prit un éclat dur. Lorsque Gabe se tourna désespérément vers l'agent Holmes, ce dernier n'avait pas l'air plus amical.

« Pourquoi on n'entrerait pas, pour se protéger de la pluie, Gabe ? On pourra en discuter posément. »

Le Garçon fantôme avait raison !

Gabe recula d'un pas et claqua la porte aussi violemment qu'il le put, puis poussa aussitôt le verrou. Une seconde après, les deux hommes se mirent à tambouriner sur le panneau : « Gabe ! Ouvre, petit ! »

« Qu'est-ce qui se passe ? »

Gabe sursauta et vit Lily, Brett et Kaz au pied de l'escalier, qui le dévisageaient avec de grands yeux effrayés. « Ces types ne sont pas réellement des flics ! siffla-t-il. Courez !

— Courir où ? lança Kaz. La porte de derrière est effondrée !

— À l'étage ! Remontez ! ordonna Gabe en agitant frénétiquement les bras. Allez, allez, allez ! »

Ils grimpèrent tous les quatre, mais Lily cria pardessus son épaule : « C'est de la folie ! On va se retrouver coincés là-haut !

— Tu as une meilleure idée ? répliqua Gabe. Non ? Alors on monte ! »

Il s'engouffra dans l'escalier derrière eux, mais à l'instant où il atteignait le palier, la porte d'entrée vola littéralement en éclats, catapultant des bouts de bois aux quatre coins de l'entrée. Lorsque la poussière se dissipa, les deux flics pénétrèrent à l'intérieur et, sous le regard médusé de Gabe, une série de glyphes s'animèrent brusquement par terre, dessinant un demi-cercle scintillant autour de la porte, d'abord argenté, puis doré. Duffy se précipitait déjà vers Gabe, lorsque Holmes aperçut les glyphes et tenta de retenir son complice, mais trop tard. C'est alors que les glyphes *explosèrent*. Une détonation gigantesque secoua l'entrée, envoyant valser les deux hommes dehors comme de vulgaires poupées de chiffon.

C'est en cet instant que Gabe Conway se mit à croire à la Magie, et ce, pour toujours.

C'est donc ça que voulait dire l'Oncle Dan, quand il parlait de « sécuriser la maison à la perfection » !

La déflagration avait envoyé Holmes et Duffy de l'autre côté de la rue, où ils avaient percuté une voiture garée, mais déjà ils se relevaient. Gabe était convaincu que le véhicule avait été plus amoché qu'eux.

« Je n'arrive pas à le croire ! » s'exclama Kaz.

Gabe fit volte-face et vit que ses trois amis étaient là, à fixer eux aussi les policiers. « Qu'est-ce que vous faites en bas ? Je vous avais dit de vous réfugier à l'étage !

— Ouais, c'était super, comme plan, commenta Brett, qui avait retrouvé un peu de son énergie. De nous coller dans un cul-de-sac, sans aucun espoir de fuite. En plus, c'est trop tard, pas vrai ? Tu viens d'atomiser les flics. »

Mais déjà, Duffy et Holmes se traînaient sur le trottoir. Le second se mit deux doigts dans la bouche et produisit le sifflement le plus aigu et le plus sonore que Gabe ait entendu de sa vie. Deux créatures sorties tout droit de ses pires cauchemars surgirent d'un coin d'ombre de l'autre côté de la rue, et foncèrent sur la porte pulvérisée.

Elles ressemblaient vaguement à des chiens, mais sans peau, exactement comme la patte arrachée qu'ils avaient trouvée dans le bureau, et elles étaient énormes, aussi hautes que des poneys. Mais le pire était qu'elles n'avaient pas de visage. Horrifié, Gabe ne pouvait en détacher le regard. Ces choses avaient une gueule, gigantesque et remplie de crocs, avec une grosse langue noire pendante et dégoulinante de bave répugnante. Mais rien d'autre : pas de nez, ni d'yeux, ni même d'oreilles.

Gabe inspira, sentit les battements de son cœur décuplés et comme ralentis, et il rugit : « *Montez, MONTEZ IMMÉDIATEMENT !* » Il aurait volontiers traîné ses amis de force à l'étage, mais il n'eut pas à en arriver là, car ils avaient tous vu la même chose que lui et gravissaient déjà les marches quatre à quatre. Gabe les suivit aussi vite qu'il le pouvait.

Derrière eux, les créatures écorchées surgirent dans la maison comme un ouragan. L'une d'elles *remonta le long du mur*, et l'autre *courut au plafond*, comme si elles étaient parfaitement à plat.

Gabe accéléra encore sa course et ils déboulèrent tous les quatre dans sa chambre. Il claqua la porte, poussa le verrou et s'écria : « Aidez-moi ! » en s'agrippant à la commode. Brett et Lily vinrent tous deux à la rescousse pour pousser le lourd meuble devant la porte.

Des grognements leur parvinrent, tellement rauques et puissants qu'on aurait dit d'énormes moteurs plutôt que des animaux. Gabe recula, rejoignit ses amis agglutinés au centre de la pièce, et ils virent deux séries de griffes affûtées comme des poignards empaler la porte et l'arracher de ses gonds.

Lily et Kaz poussèrent un hurlement, mais Gabe se ressaisit : « Le lit ! Retournez-le et planquez-vous derrière ! » C'était la seule solution qui lui venait, et apparemment elle réussit au moins à convaincre Brett, car ce dernier se précipita sur le grand lit et, à deux, ils le firent basculer sur le côté, pieds pointés vers la porte. Ils se réfugièrent tous les quatre derrière, serrés dans un coin.

Dans un bruit d'explosion, les créatures nues et aveugles firent voler la commode en l'air et se mirent immédiatement à déchiqueter le matelas. De grosses boules de bourre emplirent l'air tandis que les monstres labouraient frénétiquement le capitonnage pour atteindre les quatre adolescents. Sous leur poids, Gabe fut violemment repoussé contre le mur, écrasant au passage Kaz, qui laissa échapper un cri mêlé de sanglots.

« Traqueurs ! » C'était la voix de Duffy, en provenance du couloir. « Il nous les faut vivants !

— Enfin... certains d'entre eux », rectifia Holmes.

Chapitre 7

Grâce aux éclairs fulgurants de l'orage, Brett voyait toute la scène dans les moindres détails, jusqu'aux griffes énormes qui broyaient les ressorts du matelas juste sous son nez. Lorsque les monstres finiraient par traverser le lit pour leur trancher la gorge, Brett était persuadé qu'il n'en raterait pas une miette non plus. Génial. *Est-ce que tout est ma faute ?* Cette question tournait en boucle dans sa tête, mais il la repoussa. Son Ami l'avait prévenu qu'il faudrait souffrir, s'il voulait revoir Charlie. Alors quelle que soit la souffrance, ça valait la peine.

Parce que ce n'était rien, comparé à ce qu'avait enduré Charlie.

Les créatures – les « traqueurs », comme les avaient appelées les faux policiers – continuaient à déchiqueter le lit en grognant et en rugissant férocement mais, pendant un instant, un gigantesque coup de tonnerre masqua tous les sons.

L'un des traqueurs fourra la truffe dans le trou qu'il venait de lacérer, et fit claquer ses crocs tout près du visage de Brett, le balayant de son haleine infecte aux relents de soufre.

« Épargnez le garçon aux yeux verts, entendit-il Duffy ordonner. Et la fille. Tuez les deux autres. »

Brett était abasourdi. On se serait cru dans un film. Un truc vraiment gore, le genre que sa grand-mère n'apprécierait *vraiment pas* qu'il regarde.

Il fit de son mieux pour ne pas penser à ce qu'il ressentirait, lorsque ces crocs meurtriers lui laboureraient la chair. Kaz, Lily et lui s'accrochèrent de toutes leurs forces au sommier, tentant désespérément de le maintenir en place. Brett estimait qu'ils ne pourraient pas retenir les monstres plus de quelques secondes, mais ces secondes étaient précieuses. *S'ils veulent me tuer, je me battrai jusqu'au bout ! Et tant que je respirerai, je ne les laisserai pas toucher à ma sœur !*

Brett tourna la tête et s'apprêtait à hurler : « Tenez bon ! Ne lâchez pas ! », lorsqu'il remarqua que Gabe ne s'accrochait pas du tout.

Il s'était ratatiné dans le coin, aussi loin qu'il le pouvait, et faisait de petits gestes vagues avec ses mains, comme pour repousser quelque chose. « Stop, murmura-t-il. Stop ! Allez-vous-en ! »

« Gabe ! rugit Brett. Mais qu'est-ce que tu *fiches* ? Aide-nous ! » Mais on aurait dit que Gabe ne l'entendait pas, et Brett décolla littéralement du sol lorsque les traqueurs finirent par pulvériser le matelas. Les deux créatures s'accroupirent, babines retroussées et dégoulinantes de bave, prêtes à mordre et à déchiqueter. Les faux flics se tenaient juste derrière elles, un horrible sourire aux lèvres. *Le genre de rictus qu'on a quand on s'apprête à dévorer une proie dont on rêve depuis longtemps.*

Brett frissonna en comprenant que les traqueurs attendaient les ordres.

Duffy donna un petit coup de coude à Holmes. « Moi c'est le moment que je préfère, pas toi ?

— Stop », intervint Gabe d'une voix un peu plus assurée.

Le sourire de Holmes s'élargit encore, menaçant de briser son visage en deux. « Après ce que ton oncle a fait à mon alpha de compétition ? Je veux ma revanche. »

De toutes ses forces, Gabe hurla : « *Stop !* » L'éclair qui s'ensuivit était si vif que, l'espace d'une seconde, Brett crut que la maison avait été frappée par la foudre.

Toutes les ampoules au plafond et la lampe de chevet de Gabe explosèrent – le verre s'évapora en poussière ultrafine et de grandes gerbes d'électricité bleue jaillirent des douilles pour se mettre à danser autour des mains de Gabe. Lily et Kaz poussèrent un hurlement à l'unisson et reculèrent en rampant, mais Brett resta pétrifié, fasciné par la scène. L'énergie d'un blanc bleuté tourbillonnait et bondissait, et en un clin d'œil, elle vira au rouge orangé. La couleur des flammes. Un brasier semblable à un soleil miniature se mit à tourner en craquant entre les mains de Gabe, et son éclat furieux se reflétait dans les prunelles du garçon. Ce dernier se releva, inspira à fond, et sa voix gronda et crépita comme un incendie de forêt :

« NE VOUS APPROCHEZ PAS DE NOUS ! »

Un cône enflammé traversa la pièce, tellement brûlant et aveuglant qu'on ne pouvait que s'en détourner.

Sentant la chaleur faiblir, Brett se risqua à regarder ce qu'il restait de la chambre de Gabe. Une énorme marque calcinée en forme de V barrait le sol, et sa pointe désignait Gabe, comme une flèche. Le lit n'était plus qu'un petit tas de brindilles noircies et rougeoyantes contre le mur du fond. Les traqueurs se tordaient par terre, jappant et vagissant de douleur, le corps fumant. Brett les regarda se remettre debout, foncer vers une fenêtre et se jeter dans l'orage en faisant exploser la vitre.

Il ne vit pas ce qu'étaient devenus les faux flics.

Une énorme rafale de vent rabattit un mur d'eau par la fenêtre brisée, et le cerveau de Brett enregistra que c'était une bonne nouvelle, vu que le plafond était dévoré par les flammes. Elle avait beau être sacrément amochée, le jeune garçon s'imaginait que ni Gabe ni le Dr Conway ne voudraient voir leur maison réduite à un tas de cendres.

« Euh... Qu'est-ce qui s'est passé ? » Gabe titubait, au bord de l'évanouissement. Brett se releva tant bien que mal pour soutenir son ami.

« J'ai une autre question plus pertinente, intervint Kaz en désignant le couloir. Pourquoi on ne dégagerait pas d'ici ? »

Brett regarda dans la direction qu'indiquait Kaz. Holmes et Duffy gisaient à terre, la peau noircie et les vêtements en lambeaux... mais tous les deux en vie, tressautant et grognant de douleur.

« Viens, aide Gabe, lança Lily. Partons d'ici. »

Tandis que Kaz ouvrait prudemment la marche, Brett et Lily s'avancèrent en soutenant Gabe, encore chancelant, et tous les quatre contournèrent les deux flics à demi inconscients pour se ruer dans l'escalier.

Brett fut le dernier à embarquer dans le tram. Tandis que le véhicule démarrait, il prit quelques instants pour se ressaisir.

De longs éclairs furieux et crépitants assaillaient la ville, ponctués de grondements assourdissants, et des rideaux de pluie s'abattaient sur les fenêtres. Brett regarda l'heure. Il n'était que 14 h 30, mais il aurait aussi bien pu être 23 heures, à en juger par la pénombre.

À peine sortis de chez Gabe, ils avaient couru sans s'arrêter sur plus de trois cents mètres, pour ne ralentir qu'en vue d'une rue plus passante. C'est alors que Brett s'était rendu compte qu'il était trempé jusqu'aux os. C'était complètement dingue, une pluie pareille – en général, ce genre d'averse torrentielle ne durait pas plus de quelques minutes.

Ils s'étaient arrêtés en route pour acheter des ponchos en plastique, qui ne leur avaient pas été d'une grande utilité.

Brett rejoignit ses amis, serrés les uns contre les autres au fond du wagon. Par ce déluge, la plupart des gens s'étaient réfugiés chez eux, et ils étaient pratiquement seuls dans le tram, ce qui arrangeait bien Brett.

La pensée qu'il avait eue dans la chambre de Gabe revint le hanter : *Est-ce que tout est ma faute ?* Les instructions de Jackson lui avaient paru si simple, sur le coup. Mais malgré les mises en garde du Garçon fantôme, jamais Brett n'aurait pu imaginer ce qui l'attendait. La destruction de la maison de Gabe, la disparition du Dr Conway, et maintenant ces créatures démoniaques lancées à leur poursuite. Et ces faux flics – est-ce qu'il y en aurait d'autres ?

D'ailleurs, comment étaient-ils au courant, pour la Tablette ? Cet objet se trouvait au cœur du marché que Brett avait conclu avec Jackson. Aller avec ses amis à Alcatraz, donner la Tablette à Jackson, et ensuite Brett pourrait revoir Charlie. Voilà ce qu'ils avaient convenu. D'accord, tout ne s'était pas passé exactement comme prévu, à Alcatraz, et Jackson n'avait pas récupéré la Tablette. Mais ce n'était pas à cause de Brett. Alors, où était son frère ?

Et puis, c'était effrayant de voir combien le comportement de Jackson était différent, dans la réalité, par rapport à ce que Brett avait vu du garçon dans ses rêves. Quand il lui apparaissait la nuit, c'était un gamin normal. Enfin, pas *totalement* normal, puisqu'il était... Brett ne voulait pas dire « un fantôme ». Un ancien vivant ?

Un citoyen décédé ?

Un zombie ?

Brett réprima un gloussement nerveux, et se calma rapidement en se remémorant le discours bizarre que leur avait tenu Jackson, dans les entrailles de la prison. Dans la vie réelle, il était un peu… angoissant. Et en colère. Pourquoi était-il tellement en colère ?

Quoi qu'il en soit, Brett avait bien l'intention de garder la Tablette avec lui, tant qu'il n'aurait pas obtenu ce qu'on lui avait promis.

Il vint s'installer à côté de Gabe. Son ami semblait s'être un peu remis de ses émotions avec le feu. Brett n'avait pas les mots pour décrire ce qu'il avait vu. Ce qu'il avait *ressenti*. Mais il avait encore la peau qui tirait, après la chaleur intense qui l'avait frôlé. Peut-être Kaz refusait-il toujours d'y croire, pourtant même ce grand sceptique se rendait compte qu'il niait la réalité, et que ça n'avait pas de sens. Mieux valait l'accepter. Ils l'avaient tous vu : *Gabe savait maîtriser le feu.*

Et si c'était vrai, est-ce que ça signifiait que Lily maîtrisait l'air et Kaz… quoi, les cailloux ? *Est-ce pour cette raison qu'il a cru entendre le sol ronfler, à Alcatraz ?* Brett regarda à travers la vitre le déluge qui continuait. *Pourquoi a-t-il fallu que je choisisse l'eau ? Si j'avais su que j'allais me retrouvé lié pour de bon à ce fichu élément, j'aurais échangé avec Lily ou Gabe. Quel crétin. Même le truc le plus facile, il faut que je le rate.*

Brett voulait revoir Charlie plus que tout au monde, mais il n'avait pas prévu qu'il lui faudrait mettre ses amis en danger. Sinon, jamais il n'aurait accepté ce pacte.

Parce qu'en matière de culpabilité, il était déjà servi.

« Le Dr Jaeger aura des réponses », disait Lily à Gabe. C'était à elle que s'adressait le message qu'écrivait le Dr Conway, au moment de l'attaque. « Elle nous expliquera ce qui se passe, et elle saura quoi faire. »

Gabe semblait à peine l'entendre. Il parlait, mais à personne en particulier. « Le Garçon fantôme savait que ces flics étaient dangereux. »

Brett releva brusquement la tête. « *Quoi ?* Tu as reparlé à Jackson ? Quand ? Où ?

— Il a débarqué chez moi. Juste avant que j'ouvre la porte à ces imposteurs. Il m'a dit de ne pas le faire, et je l'ai ignoré. » Gabe leva les yeux vers le plafond. « Et si tu m'écoutes en ce moment : tu aurais pu me prévenir, au sujet des monstres-chiens sans visage ! Ça aurait été sympa ! »

Brett ferma les paupières de toutes ses forces. Jackson lui avait affirmé qu'il ne pouvait apparaître qu'à Alcatraz. *Combien de mensonges m'a-t-il racontés ?*

À moins qu'il y ait une autre explication. Et si son Ami était en train de gagner en puissance ? Dans ce cas, peut-être pouvait-il faire d'autres choses que Brett ne soupçonnait pas. Peut-être Jackson avait-il toujours l'intention de faire revenir Charlie ! C'était forcément ça. Leur plan avait juste rencontré un petit obstacle, rien de plus.

Kaz sortit son téléphone et se mit à taper. « L'hôpital du Dr Jaeger se situe à environ cinq cents mètres à pied du terminus de la ligne.

— La balade ! » Brett sourit de toutes ses dents. « Ça va nous prendre, quoi, cinq minutes ! » C'était un sourire sincère, à présent qu'il savait que Jackson ne l'avait pas laissé tomber. Leur marché tenait toujours. « Nos ponchos nous protègeront de la pluie. Enfin, un peu. »

Kaz jeta un regard triste vers la ville détrempée. « Vu comment se déroule la journée, à tous les coups on va choper une pneumonie. »

Brett poussa un soupir.

Au final, le trajet se révéla un peu plus long que prévu, entre le terminus du tram et l'entrée des visiteurs de l'Institut médical Brookhaven. Les quatre adolescents étaient loin d'être ravis, surtout Kaz, car en mettant le pied dans ce qu'il avait pris pour une petite flaque, il s'y était enfoncé jusqu'au genou. « J'aimais beaucoup ces chaussures, s'était-il lamenté. C'étaient de très bonnes chaussures. Maintenant, je vais devoir les retirer derrière le cabanon et leur tirer une balle dans la tête.

— Tu n'as pas de cabanon, fit remarquer Lily, impassible.

— Et maintenant je n'ai plus de bonnes chaussures non plus. »

Brett était certain que Kaz allait se mettre à geindre qu'il allait *réellement* attraper une pneumonie, mais lorsqu'ils arrivèrent en vue de Brookhaven, ils oublièrent tout le reste. Au premier regard, l'Institut ressemblait à un énorme hôtel haut de gamme, avec bâtiments luxueux en brique et jardin à la française sur le côté. Mais en s'approchant, ils remarquèrent le grillage de trois mètres de haut surmonté de barbelés acérés, et les barreaux aux fenêtres. Le panneau près de l'entrée principale vint confirmer leurs soupçons : INSTITUT DE RÉHABILITATION PSYCHIATRIQUE BROOKHAVEN.

C'est Lily qui osa le dire tout haut : « C'est un asile de fous !

— Peu importe ce que c'est, répondit Gabe. Dans son mail, l'Oncle Dan parle de protection, celles qu'il a installées autour de la maison. Des protections *magiques*. On doit découvrir ce que sait cette femme. »

Ils franchirent tous les quatre l'entrée principale. Brett n'aimait pas le dispositif de sécurité de cet endroit. Quelles sortes de patients vivaient ici, pour qu'on ait besoin de barbelés pour les retenir ? Mais il fallait bien qu'ils parlent au Dr Jaeger. Si elle savait ce qui était arrivé au Dr Conway, Brett pourrait réparer les dégâts qu'il avait fait subir par accident à ses amis.

Tandis qu'il traversait le hall d'entrée, Kaz observait tout avec des yeux comme des soucoupes. « Ça ressemble exactement à l'endroit où ils retenaient Sarah Connor dans *Terminator 2* ! » Kaz faisait toujours référence à des vieux films que Brett n'avait pas vus. Il décida de ne pas faire de commentaires.

À côté d'une porte imposante, visiblement verrouillée, ils aperçurent un petit coin propret, mélange de guichet d'accueil et de poste de soins. En les voyant approcher, une femme en blouse d'infirmière leva les yeux des documents qu'elle était en train de remplir. « Que puis-je faire pour vous ? » demanda-t-elle. Brett trouva qu'elle les dévisageait d'un air suspicieux. Comme si elle leur disait : « Pourquoi n'êtes-vous pas à l'école ? Je devrais peut-être appeler vos parents ? »

« Nous sommes ici pour voir une de vos employées », expliqua Gabe. Des quatre, c'était lui le plus doué, pour s'adresser aux adultes.

L'infirmière haussa un sourcil et tendit la main vers son téléphone. « Oh ? Qui ça ? Je peux l'informer de votre présence.

— Greta Jaeger. »

L'infirmière fronça les sourcils. « Je vous demande pardon ? »

La confiance de Gabe se fissura un peu, mais il ne se découragea pas : « Greta Jaeger ? C'est une amie de mon oncle.

— Oh, j'en doute fortement, jeune homme. »

Gabe se retrouva sans voix. Lily s'avança à côté de lui pour prendre le relais. « Excusez-moi, mais qu'est-ce que vous entendez par là ? Gabe ici présent a vu un mail de son oncle au Dr Jaeger. Elle a une adresse mail de Brookhaven.

— Le *docteur* Jaeger ? » Ce fut au tour de l'infirmière de prendre un air surpris. « Elle a peut-être été médecin par le passé, mais je peux vous assurer qu'elle ne l'est pas *ici*.

— Attendez, vous voulez dire qu'elle est... » Brett s'interrompit.

« Une patiente. Oui. »

Brett se tourna vers ses amis. Ils avaient l'air tout aussi choqués que lui.

L'infirmière reprit. « Dites donc, je ne sais pas si c'est censé être une plaisanterie, ou si vous êtes juste extrêmement mal informés, mais si vous imaginez que je vais laisser quatre enfants débarquer comme ça pour parler à une *meurtrière*, eh bien vous vous trompez lourdement. »

Brett sentit son visage blêmir et son estomac se nouer. Il dévisagea un à un ses amis et vit qu'ils étaient dans le même état.

Une meurtrière ?

Brett connaissait l'expression française pour désigner l'endroit où ils s'étaient tous assis. Une *porte cochère.* L'année dernière, il avait eu un gros coup de cœur pour une fille du nom de Melissa Stockard, et comme elle parlait français, il avait décidé de s'y mettre un peu. Elle avait finalement préféré sortir avec un gars de son quartier qui allait dans un collège privé pour snobs, mais Brett avait conservé quelques restes de ses leçons. Notamment parce que le français n'était pas *très* différent de l'espagnol. Même si l'espagnol de Brett n'était pas extraordinaire, au grand regret de sa grand-mère.

Une porte cochère était donc une partie couverte où les voitures pouvaient s'abriter de la pluie et déposer des passagers. Un peu comme un auvent, quoi.

Celle de l'Institut Brookhaven ouvrait sur une cour grande et chic, avec une fontaine au milieu, sur le rebord de laquelle Brett, Gabe, Lily et Kaz étaient assis à regarder la pluie tomber en se demandant ce qu'ils allaient faire. Le déluge s'était un peu calmé, mais l'orage perdurait, comme si quelqu'un avait ouvert un robinet géant dans le ciel au-dessus de leurs têtes. Brett n'avait pas hâte de refaire le chemin à pied jusqu'au terminus du tram, mais aucun d'eux n'avait assez sur lui pour payer un taxi.

« Je ne sais pas, dit Gabe à Lily, en réponse à une

question que Brett n'avait pas entendue. On ne peut pas entrer la voir, mais on ne peut pas non plus baisser les bras, n'est-ce pas ? C'est la seule piste qu'on ait. On devrait peut-être aller au FBI ? »

Kaz laissa échapper un petit rire amer. « Tu sais même où ça se trouve, le FBI ? »

Gabe haussa les épaules. « Ils ont des bureaux dans les grandes villes, non ? Il y en a forcément une quelque part, à San Francisco.

— Ouais, acquiesça Lily d'un air abattu. On va là-bas et on leur dit quoi, au juste ? »

Brett ouvrait la bouche pour répondre – il se disait même qu'il pourrait tenter une petite blague pour détendre l'atmosphère –, lorsque quelque chose attira son attention. Au départ, il ne sut pas dire ce que c'était. Un bourdonnement ? un écho ? Il l'entendait et le ressentait en même temps, au plus profond de son cerveau. Ça ressemblait plutôt à un courant. Comme le chant d'une rivière bondissant sur des cailloux, et qui l'attirait irrésistiblement vers la fontaine.

En se retournant, il eut l'impression que l'eau *vibrait* et se pencha au-dessus du bassin pour mieux voir.

Brusquement, il eut la nausée.

Une écriture flottait, juste sous la surface, exactement comme sur le ferry, et la panique lui vrilla le ventre. *Qu'est-ce que je fais, qu'est-ce que je fais ?* Mais tandis que cette pensée lui traversait l'esprit, Brett sentit sa main se lever, presque d'elle-même. Il *savait* quoi faire. De l'index, il traça le symbole dans l'air – et il poussa un petit cri en se relevant d'un bond.

« Quoi ? s'exclama Lily. Brett, ça va ? »

L'index toujours tendu, il désigna l'eau.

Ses amis se tournèrent vers le bassin, et Kaz poussa un hurlement strident. Gabe lâcha un « Oh mon Dieu » et Lily vint prendre la main de son frère. La sienne tremblait.

À l'emplacement du symbole, un *visage* flottait, tout près. Celui d'une vieille femme aux longs cheveux, gris et fins. Elle avait les joues creusées et la peau très ridée, mais ses yeux brillaient d'une farouche intelligence. Une intelligence mêlée de *volonté*.

« Mais qui c'est ? chuchota Lily.

— Je crois... » Gabe se pencha vers l'eau. « *Oh, ouah*. Ça doit être Greta Jaeger. Vous vous rappelez cette photo, dans le bureau de l'Oncle Dan ?

— Elle a l'air beaucoup plus vieille. » Kaz jeta un œil par-dessus l'épaule de Gabe. Brett eut le sentiment que son ami n'avait aucune envie de s'approcher plus près. « Mais j'imagine que quelques années dans un asile de fous, ça doit faire vieillir plutôt vite, hein ?

— On dirait qu'elle essaie de nous parler. » Lily inclina la tête, tournant son oreille vers l'eau. « Ce son qu'on entend, ça pourrait être des mots très déformés, non ? »

Brett laissa échapper un long gémissement. C'était donc ça. « Les gars... je crois qu'il va falloir que je colle la tête là-dessous. Sous l'eau. »

Lily recula. « Quoi ? Non ! Brett, tu n'es pas obligé – je veux dire – et si elle t'attire vers elle ? » Lily savait ce que son frère ressentait, à l'égard de l'eau.

Brett secoua la tête. « Je n'ai pas l'impression qu'elle soit dangereuse. » Il déglutit avec difficulté. « Je *sais* que c'est ce qu'il faut que je fasse, c'est tout. »

Gabe hocha la tête. « Parce que ton élément c'est l'eau. »

Brett n'était pas franchement ravi d'être le seul à pouvoir résoudre la situation, mais après tout, c'est lui qui les avait entraînés dans cette pagaille. Il devait faire tout son possible pour les en sortir. « Souhaitez-moi bonne chance. » Avant que Lily se remette à protester, Brett prit une grande inspiration, se pencha au-dessus du bassin, et plongea la tête dedans.

Il cligna plusieurs fois les paupières, surpris que l'eau ne lui irrite pas les yeux. Au contraire, Brett eut brusquement l'impression que pour la première fois, il voyait clairement. Et juste en face de lui, comme si elle était présente en personne, se tenait Greta Jaeger.

« B... Bonjour ? » Brett sentit les bulles d'air s'échapper de ses lèvres. Mais si la logique aurait voulu qu'il entendit un gargouillis, sa voix était aussi limpide que s'il se trouvait sur la scène d'une salle de concert.

« Bonjour, Brett. » Greta Jaeger avait la voix grave et voilée. « C'est la pluie qui m'a dit ton nom. La pluie me raconte un tas de choses. » Le regard de Greta glissa sur le côté, comme si elle regardait un autre interlocuteur. « Oui, je comprends. Nous n'avons pas beaucoup de temps. »

Une pensée traversa l'esprit de Brett : *Cette dame*

est internée dans un hôpital psychiatrique, et elle dit qu'elle parle à la pluie. Mais qu'est-ce que je fiche ?

Greta Jaeger se tourna de nouveau vers le jeune garçon. « J'ai senti que tu avais sollicité ton élément, tout à l'heure... Quand tu as convoqué cette vague, sur la baie. »

Brett sortit la tête de la fontaine, hors d'haleine. *C'est moi qui ai convoqué cette vague ?* Il avait refusé de l'admettre, mais au fond, il le savait depuis le début. *J'ai bien failli atomiser le ferry. J'ai failli tous nous faire tuer !*

Lily bondit près de lui : « Alors ? Est-ce que ça fonctionne ? Tu l'entends ? Qu'est-ce qu'elle dit ?

— Elle connaît mon nom. » Brett toussa. « Elle prétend que c'est *la pluie* qui le lui a dit. »

Lily, Gabe et Kaz se mirent à parler tous en même temps, enchaînant les questions, mais Brett leur fit signe de se taire et replongea la tête dans la fontaine.

Greta regarda par-dessus l'épaule de Brett et s'exclama : « Juste ciel, tu as un cercle complet ! Comment est-ce possible ? »

Quoi ? Un cercle complet ?

« Hein ? fit Brett.

— Tes compagnons. Je les vois. Vous êtes tous

liés aux éléments. Et cela signifie que vous courez un danger terrible. »

Brett ressortit, souffla pour chasser l'eau de ses narines et inspira le plus d'air possible pour remplir ses poumons au maximum. Il détestait profondément l'eau, mais il fallait qu'il en apprenne plus. Il n'attendit pas la batterie de questions de ses amis pour replonger la tête dans la fontaine.

Parler sous l'eau n'était pas facile, mais Brett s'accrocha. « Pourquoi l'infirmière vous a-t-elle traitée de meurtrière ? »

Greta recula, hésitante. « Écoute-moi, Brett. » Sa voix se fit plus grave, encore plus intense. « Ce n'est pas le moment d'aborder ce sujet.

— C'est le meilleur moment, au contraire ! Comment voulez-vous qu'on vous fasse confiance, si on ne connaît pas la vérité ? »

Greta regarda une nouvelle fois sur le côté. Après un bref hochement de tête, elle se tourna vers le jeune garçon. « Il y a eu un terrible accident. C'était une tragédie, mais un grand nombre de gens étaient responsables. »

Brett était sur le point de répondre, lorsque la tête de Gabe apparut près de lui. Son ami les regarda tous deux d'un air effaré, puis tenta de parler, mais il ne s'échappa de sa bouche que des gargouillis incompréhensibles. Gabe ressortit, et Brett le suivit pour se remplir les poumons.

« Qu'est-ce qui t'a pris ? lança Brett.

— Je voulais juste lui parler. » Gabe s'essora les cheveux et éternua violemment. « C'était pas franchement une réussite. J'imagine que tu es le seul à pouvoir utiliser le Téléphone de la Fontaine magique. »

Brett haussa les épaules, inspira à fond et y retourna. Dès qu'il rouvrit les yeux, il lut le choc dans le regard de Greta Jaeger. « Quoi ? Qu'est-ce qu'il y a ?

— Ton ami. C'est la première fois que je voyais aussi bien son visage. Il ressemble tellement à son père ! » Elle se détourna pour parler de nouveau à la pluie. « Oui, oui. Ça explique tout.

— Ça explique quoi, au juste ?

— Brett, j'ai besoin que tu me dises tout ce qui s'est passé, comment vous en êtes arrivés là. Quand tous ces événements ont-ils débuté, pour vous ? S'il te plaît, essaie de ne rien oublier. »

Il lui fallut remonter un bon nombre de fois pour refaire le plein d'air, mais Brett réussit à donner un récit sommaire des deux dernières semaines : depuis la carte dans le bureau de l'Oncle Dan et le rituel d'amitié souterrain, jusqu'aux faux flics et leurs créatures cauchemardesques. Il laissa de côté ce qui concernait l'anneau, et son Ami, Jackson le Garçon fantôme. Ce dernier lui avait annoncé clairement dès le départ que leur lien devait rester secret, et Brett avait encore besoin de son aide, pour retrouver Charlie.

Greta l'écoutait en silence, et tout en parlant, Brett se rendit compte qu'il lui était de plus en plus facile de rester sous l'eau. Comme si l'air contenu dans ses poumons durait plus longtemps à chaque plongée.

Lorsqu'il eut terminé, Greta hocha la tête d'un air songeur. « La Tablette d'émeraude... » Elle s'interrompit. Brett allait la presser de poursuivre, lorsqu'elle ajouta : « Vous devez être très prudents, avec cette Tablette. Vous n'imaginez pas combien elle est dangereuse. »

Brett remarqua que son champ visuel s'obscurcissait un peu sur les côtés. Il ne s'en soucia pas, impatient d'en apprendre plus. Il commençait à sentir des élancements dans la tête, mais là encore, il ignora le signal.

« Mais comment êtes-vous au courant ?

— Ton ami. Gabriel. Son oncle, Daniel, est un vieil ami à moi. » Le regard de Greta se fit flou, comme si elle revivait de vieux souvenirs. « J'étais proche des parents de Gabriel, aussi. On faisait front ensemble contre l'Aurore éternelle.

— L'Aurore éternelle ? » Brett se remémora le mail du Dr Conway. « Qu'est-ce que c'est que ça ? »

Greta se concentra de nouveau et plissa les yeux. « Une secte, lâcha-t-elle d'un ton méprisant. Catastrophique. Apocalyptique. Si on les laissait faire, ils détruiraient intégralement le monde. »

Brett s'apprêtait à répondre, lorsqu'il se rendit compte que quelque chose clochait. *Vraiment*. Il faillit inspirer à fond, faire entrer l'eau dans ses poumons, et soudain l'évidence le frappa.

L'eau *voulait* qu'il inspire.

Ce n'était pas qu'il arrivait mieux à retenir son souffle... C'est l'eau qui le forçait à le croire.

Depuis combien de temps je ne suis pas remonté respirer ?

Trop longtemps...

Sa vision s'obscurcit un peu plus. Il ressentait comme un vertige et faillit recracher le peu d'air qui lui restait dans les poumons, lorsqu'il comprit que c'était l'eau qui *poussait*. Qui s'insinuait comme une créature vivante dans ses narines, dans sa bouche, qui essayait de descendre dans ses bronches.

Laisse-moi entrer.

La voix lui parvenait comme un chuchotement, à peine audible, mais qui se fit bientôt insistant et gagna en puissance.

Brett. Laisse-moi entrer.

Il vit vaguement Greta écarquiller les yeux sous l'effet de la peur. « Brett ! Ne cède pas à l'eau ! Tu as le pouvoir de la maîtriser, mais l'élément a une volonté propre ! Un *désir* ! Tu dois résister fermement, ou ton élément pourrait te tuer ! Ou pire encore. »

Brett essaya de remonter pour respirer, mais son corps refusa de coopérer. Non, il était plus agréable de rester sous l'eau. Il fallait qu'il accepte l'eau, qu'il la laisse le remplir. Une partie de lui n'attendait que ça.

Trois paires de mains le saisirent pour le hisser de force hors de la fontaine. Brett s'affala sur les pavés, pris d'une quinte de toux qui lui fit jaillir l'eau du nez, de la bouche, peut-être même des oreilles. Puis il vit que quelques tentacules liquides l'avait *suivi hors du bassin*, des bras translucides tendus vers lui, cherchant à le happer et à le ramener sous l'eau. Au bout de quelques secondes, ils se rétractèrent et disparurent. Brett n'était pas certain que ses amis avaient vu la scène, et à cet instant, il s'en moquait. Il resta allongé sur le dos, haletant, et soudain...

Il se retrouva *ailleurs*. Dans la même position, à fixer le ciel, mais jamais il n'en avait vu de pareil. Il n'était pas bleu, mais d'un jaune doré, profond et étrange, comme de l'ambre. Des tours gothiques, noires et incroyablement hautes se détachaient sur ce ciel dérangeant et... des formes volaient tout autour. Des êtres énormes, surnaturels.

Mais qu'est-ce que c'est que ça ?

Peu à peu, il perçut des cris. Puis les sons se transformèrent et il reconnut les voix de ses amis qui l'appelaient. Le ciel d'ambre et les tours sombres et terrifiantes s'évanouirent, remplacés par la porte cochère.

Jamais Brett ne s'était senti aussi soulagé. Gabe l'aida à se redresser en position assise et à s'adosser à la fontaine. « Ça va ? »

Brett cligna les paupières, secoua la tête et se palpa les bras et les jambes d'un air distrait. « Je crois. Ouah. C'était *horrible*.

— Qu'est-ce qui s'est passé ? demanda Lily en venant s'accroupir près de lui. On aurait dit que tu étais... *piégé* sous l'eau. »

Brett allait expliquer que c'était exactement ce qui lui était arrivé, lorsqu'il aperçut quelque chose et plissa les yeux. « Hé ! » Il pointa le doigt en direction d'une bande de pelouse qui s'étirait entre les bâtiments de l'Institut et la rue. « On dirait... qu'il pleut *plus fort*, là-bas. Vous le voyez, vous aussi ? »

Sans laisser aux autres le temps de répondre, il se remit debout d'un bond et sortit sous la pluie. Gabe, Kaz et Lily se précipitèrent à sa suite.

Sur une surface d'environ cinq mètres sur cinq, la pluie martelait si fort le sol qu'elle arrachait des touffes d'herbe, exposant la terre nue en dessous. En y regardant de plus près, Brett constata que les impacts dessinaient des lignes et des courbes. La pluie était en train *d'écrire* sur le sol, et un horaire et une adresse apparurent sous ses yeux effarés. Puis, dessous, une autre ligne :

Vous trouverez des réponses là-bas. Ne vous faites pas voir. Soyez prudents. G.

Lily se tourna vers Kaz. « Et maintenant, tu en dis

quoi, le Grand Sceptique ? Tu penses toujours qu'il y a "une explication logique à tout ça", hein ? »

Brett n'entendit pas la réponse de Kaz, car un mouvement fugitif attira son regard vers une fenêtre, au dernier étage de l'Institut. Une silhouette à chevelure grise se tenait là, à le fixer, comme pour le saluer.

Chapitre 8

Gabe resserra le col de son blouson autour de son cou pour se protéger du vent glacial qui sifflait autour d'eux. Ils s'étaient réfugiés tous les quatre sous l'auvent d'une banque fermée, près du quartier Mission District, dans l'espoir de réussir à se sécher un peu. En vain. Le tonnerre continuait à déchirer le ciel au-dessus d'eux, dans un déluge implacable.

Ils avaient passé la dernière demi-heure, d'abord en marchant puis dans le tram, à écouter Brett leur répéter les paroles de Greta Jaeger.

Gabe avait été profondément contrarié à l'idée de déménager de San Francisco, mais changer de ville et prendre ses marques dans une nouvelle école, il l'avait déjà fait et pouvait l'accepter. Mais toute cette Magie, ces créatures étranges et ces sectes apocalyptiques, c'était trop pour lui. *Mais qu'est-ce que je fabrique ?*

Pourtant, il possédait la réponse à sa propre question. Son foyer avait été détruit, et son oncle kidnappé.

Mais de tout ce qui s'était passé dans cette journée, de tous les événements incroyables et terrifiants qu'il avait affrontés... ce qui l'obsédait le plus, c'était cette phrase, dans le mail de l'Oncle Dan :

> Je suis À DEUX DOIGTS d'obtenir des réponses pour localiser Aria.

Gabe n'osait même pas réfléchir à ce que ça pouvait signifier.

Après tout ce temps, était-il possible que sa mère soit *vivante* ?

Il fallait qu'il tire tout ça au clair. C'était une priorité.

« Donc voilà, conclut Brett. Vous savez tout. Elle a dit que si je ne contrôlais pas mon élément, c'est lui qui pouvait prendre le dessus. Et me faire du mal. » Il dévisagea tour à tour ses trois amis. « J'imagine que ça vaut aussi pour vous, les gars, hein ?

— Une secte. » Kaz croisa les bras, l'air sombre. Bien sûr, que c'est une secte ! Et pas n'importe laquelle ! Le genre magique et apocalyptique ! Il ne manque plus que quelques aliens et on aura la totale.

— On a déjà tout ce qu'il faut ! Je te rappelle qu'on est plantés là comme des crétins », objecta Lily en agitant le bras en direction du gros bâtiment sombre, un peu plus haut dans la rue. Sa silhouette noire et massive détonnait vraiment, au milieu des petites maisons colorées et des murs couverts d'énormes graffitis qu'ils avaient dépassés en chemin. « Tout ça à cause des délires d'une folle. Une folle *meurtrière*, si on part du principe que l'infirmière disait la vérité.

— Mais c'est la seule piste qu'on ait. » Gabe aurait voulu qu'il en soit autrement mais, comme aimait à le répéter l'Oncle Dan : *Si nos désirs étaient des chevaux, alors on galoperait tous dans la plaine*. Gabe avait toujours trouvé archi-nazes les figures de style de son oncle. Et pourtant, en cet instant, elles lui manquaient douloureusement. « On ne peut pas faire confiance aux flics. Et on n'a personne d'autre à qui s'adresser. Ce qu'on a vu aujourd'hui, c'est de la folie pure. »

Lily haussa les épaules, les sourcils froncés. « Ce n'est pas moi qui dirai le contraire.

— Toujours aucun signe de ces traqueurs, intervint Kaz, qui surveillait la rue. Ou bien on est plus doués en camouflage que je le pensais, ou bien ils manquent de renforts. D'ailleurs, ça fait vingt minutes que je n'ai vu *personne*. J'imagine qu'on est les seuls assez stupides pour sortir sous une pluie pareille. »

Gabe plissa les yeux en direction de l'immeuble dont Greta Jaeger leur avait livré l'adresse : le théâtre de Liberty Street. Brett connaissait déjà les lieux. Il leur avait raconté en chemin qu'il avait eu l'idée d'une sortie pédagogique, dans cet endroit, pour faire un peu de spéléologie urbaine. « Il est abandonné depuis les années 1940, leur avait-il appris. Je suis même surpris qu'il tienne encore debout. »

Kaz se tourna vers Lily. « Il se fait vraiment tard. Est-ce qu'on ne devrait pas dire à nos parents où on est ? »

Gabe fronça les sourcils, et Lily devina ses pensées. « On ne peut pas leur dire la vérité », fit-elle remarquer.

Kaz secoua la tête. « Compte tenu de ce qu'on a vu jusqu'ici, en plus de ce que Mme Foldingue a raconté à Brett, moins nos familles en sauront, mieux elles se porteront. Mais si on ne leur dit pas au moins *quelque chose*, ils appelleront la police, pas vrai ? »

Un par un, ils approuvèrent d'un air solennel. Lily prit le taureau par les cornes, et envoya des textos aux parents de Kaz et à leur grand-mère pour leur dire qu'ils dormaient les uns chez les autres. Gabe fit semblant de ne rien remarquer quand Lily se rendit compte que son ami n'avait plus personne à prévenir – il n'y avait plus besoin d'inventer d'excuses pour l'Oncle Dan, lui qui avait toujours été le plus strict parmi tous leurs parents. Gabe s'attendait à ce que Brett tente quelques mots de réconfort, mais ce dernier était retombé dans le silence, et observait fixement le théâtre.

Une fois les derniers textos partis, Gabe se leva. « Très bien. Allons voir à quoi ressemble cet endroit.

— Il y a quoi, là-dedans, d'après vous ? » demanda Kaz d'un air incertain.

Brett haussa les sourcils d'un air théâtral. « Si seulement je le savais. Mais je n'en ai aucune idée.

— Je déteste quand les gens disent ça, dans les séries, ajouta Lily, mais... *Il n'y a qu'un seul moyen de le savoir.* »

En longeant les murs, à la fois pour se protéger un peu de la pluie et pour rester discrets, Gabe prit la tête du groupe et remonta la rue jusqu'au théâtre. Il tenta d'ouvrir la porte d'entrée, mais elle était verrouillée. *Évidemment.* Il leur fit signe de se rabattre sur le côté de l'immeuble, dans une petite ruelle étroite, où ils s'abritèrent sans grand succès sous une échelle d'incendie.

« OK, lança Kaz sous la capuche dégoulinante de son poncho. Et maintenant, on fait quoi ?

— Vous commencez par sortir de là ! »

Ils sursautèrent tous les quatre, et Lily se plaqua les mains sur la bouche en voyant Jackson Wright se matérialiser juste derrière eux. Il avait la même apparence que dans l'entrée de chez Gabe. Il rayonnait faiblement et était *extrêmement* flippant. Et, à en juger par la tête qu'il faisait, très irrité.

« Je savais que vous étiez des imbéciles, mais j'ignorais qu'en plus vous étiez totalement fous », dit-il d'un ton encore plus sec que d'habitude. « Vous avez déjà ignoré ma mise en garde concernant les agents de police, alors cette fois, vous *devez* m'écouter. Le danger auquel vous vous exposerez si vous pénétrez dans ce théâtre est indescriptible. Je ne parle pas de faux policiers ou de chiens diaboliques. Si vous trouvez le moyen d'entrer dans cette maison des horreurs, vous y affronterez l'Aurore éternelle dans toute sa puissance. Ce serait du suicide. Pur et simple.

— Rien de ce que tu nous as raconté jusqu'ici n'était "pur et simple", répliqua Gabe. Écoute, Greta nous a dit que c'était notre seule chance d'obtenir des réponses. Et peut-être de sauver mon oncle. »

Jackson haussa les sourcils de manière théâtrale et éclata de rire – un rire glacial qui donna la chair de poule à Gabe. « Vous prenez conseil auprès de *Greta Jaeger* ? Je suppose qu'elle a omis de mentionner pour quelle raison elle était incarcérée dans ce lieu ignoble ? »

C'est Lily qui répondit, sans une trace de peur dans la voix. Gabe lui envia son assurance. « L'infirmière nous l'a déjà dit. Elle a dit qu'elle était là pour meurtre.

— Pour *plusieurs* meurtres, rectifia Jackson. Deux victimes. Il y a dix ans. Ça te rappelle quelque chose, Gabriel ? »

Les paroles de Jackson rebondirent dans le cerveau de Gabe, et son estomac se noua comme un poing serré. Jackson poursuivit, confirmant l'horrible pressentiment du jeune garçon : « Si Greta se trouve dans cette institution, c'est parce que c'est elle qui a tué tes parents. »

Quelqu'un lâcha un petit cri. Lily ? Gabe se retourna, et constata que c'était Kaz. Quant aux jumeaux, ils avaient juste l'air furieux. Gabe recula d'un pas pour prendre appui contre le mur en pierre brute du théâtre. *Mes parents ont été assassinés ?* L'Oncle Dan lui avait toujours dit qu'ils avaient péri dans un accident de voiture.

Mais l'Oncle Dan était un spécialiste en cachotteries.

Sauf que... dans son mail, l'oncle de Gabe sous-entendait que la mère du jeune garçon était peut-être encore en vie ! Et si c'était vrai, peut-être Jackson Wright ne savait-il pas de quoi il parlait ? *Ou bien il me ment volontairement.* Gabe ne pouvait laisser passer ça. Comment le Garçon fantôme était-il si bien informé sur cette Aurore éternelle ?

Toutes ces incertitudes tambourinaient sous le crâne et dans le cœur de Gabe, et il sentit bientôt la colère monter. Il se tourna vers Jackson. « Qu'es-tu, exactement ? Au nom de quoi devrait-on croire tout ce que tu racontes ? »

Jackson poussa un soupir en roulant des yeux. « Est-ce que je ne t'ai pas dit la vérité, au sujet de ces policiers à ta porte ? Mais si cela ne te suffit pas, qu'à cela ne tienne. Je vais t'éclairer. » Il se rapprocha de Gabe et ses yeux luisants rétrécirent jusqu'à n'être plus que deux fentes. « Je suis quelqu'un qui s'est retrouvé au bord du précipice où tu te tiens toi-même en cet instant. Quelqu'un qui sait ce que l'Aurore et ses agents sont prêts à faire. Et qu'ils feront volontiers. »

Gabe laissa échapper un grognement sarcastique. « Que des foutaises. » Jackson recula d'un pas, et Gabe en ressentit une grande satisfaction. « Tu déballes juste des belles phrases qui ne veulent rien dire ! Écoute, ou bien tu nous dis clairement ce que tu sais, et sur-le-champ, ou bien tu n'as qu'à retourner d'où tu viens ! »

Jackson parut brièvement sous le choc, mais retrouva presque aussitôt son air suffisant et insupportable. « La connaissance, c'est dangereux. Tu l'apprendras bien assez tôt, mais pour l'instant, j'essaie de faire en sorte qu'il ne t'arrive rien. *Encore une fois*. Alors écoutez-moi, vous tous : *n'entrez pas dans ce théâtre.* »

Gabe lança un long regard mauvais à Jackson. « Très bien, *très bien*, finit-il par répondre. On suivra tes conseils. Pour cette fois. »

Jackson croisa les bras en travers de sa poitrine. « Parfait. Dans ce cas, je vous dis à bientôt. À *très* bientôt. »

Son corps translucide s'évapora comme un petit nuage de brouillard, et Brett s'écria : « Attends ! » Mais là où se tenait Jackson Wright quelques secondes plus tôt, il ne restait plus que l'obscurité, et la pluie.

Gabe fit volte-face. « Quoi ? Qu'est-ce que tu voulais lui demander ? »

Brett détourna de nouveau le regard. « Je... Je ne comprends pas pourquoi il ne joue pas franc-jeu avec nous. Il avait l'air d'en savoir beaucoup plus qu'il n'en disait, non ? »

Gabe se sentit soulagé. Brett avait paru absent, ces derniers temps, mais visiblement il avait retrouvé toute sa lucidité. Gabe se dirigea vers l'arrière du théâtre. « Venez. Allons voir si la sortie des artistes est verrouillée, elle aussi.

— Hein ? » s'exclama Lily derrière lui.

Kaz attrapa son ami par le bras. « Une seconde ! Tu viens de promettre au Garçon fantôme qu'on n'entrerait pas là-dedans ! »

Gabe lança un vague regard à Kaz, sans s'arrêter pour autant. « Écoute-toi un peu parler. Ce matin même, tu ne croyais pas aux fantômes. » Gabe tenta de sourire pour adoucir ses paroles. Et aussi pour se sentir un peu moins mal. Il avait toujours aimé son oncle, d'ailleurs il l'aimait toujours, mais comment savoir ce que l'Oncle Dan lui avait caché d'autre ? Est-ce que toute la vie de Gabe n'était qu'un mensonge ? Il avait bien l'intention de le découvrir.

Il atteignit la porte de derrière, verrouillée comme l'entrée principale. Il se tourna vers ses amis. « Écoutez, ce Jackson avait peut-être raison au sujet des flics, mais si entrer là-dedans me permet de savoir ce qui est arrivé à Oncle Dan, alors tant pis pour le danger. » Il marqua une pause et les regarda tour à tour dans les yeux. « Mais ça nous concerne, moi et mon oncle. Si vous ne voulez pas m'accompagner, je comprendrai parfaitement. »

Brett et Kaz échangèrent un regard. Gabe ne pouvait leur en vouloir d'hésiter. Lily, en revanche, hocha lentement la tête. « Laisse-moi une seconde avec Kaz et mon frère, tu veux bien ? Je voudrais leur parler. »

Lily entraîna Brett et Kaz un peu à l'écart, et ils rapprochèrent leurs têtes comme pour une mêlée de rugby. Gabe resta là, à attendre, heureux d'avoir son poncho, tout en se demandant quand même si son corps trempé jusqu'aux os réussirait à se réchauffer un jour.

Il se surprit à espérer que ses amis le suivraient. Il savait qu'il devait faire face à ce qui l'attendait à l'intérieur, mais – surtout si c'était aussi dangereux que le prédisait Jackson Wright – il n'avait aucune envie de l'affronter seul.

Au bout de deux minutes, ses amis revinrent. D'une voix douce, Lily annonça : « Gabe, si tu tiens vraiment à faire ça, on t'aidera. » Kaz et Brett acquiescèrent.

Ému par la réaction de ses amis, Gabe mit un moment à trouver les mots. Car même sous la pluie glaciale, il sentait une vague de chaleur lui réchauffer le cœur. « C'est pour ça que je ne voulais pas déménager. » Il lutta pour refouler ses larmes. S'il flanchait, Brett et Kaz n'en finiraient pas de le charrier ! « Vous êtes les meilleurs.

— Alors, intervint Brett. Qu'est-ce que tu décides, *jefe* ?

— Je ne fais pas confiance au Garçon fantôme. Je veux aller jeter un coup d'œil à l'intérieur. »

Kaz hocha la tête. « Dans ce cas, on vient avec toi. »

Lily prit une bouffée de son inhalateur puis piqua un sprint jusqu'à l'échelle d'incendie, qu'elle se mit à escalader comme un singe. Elle était à peine assez lourde pour faire contrepoids et déplier l'échelle télescopique, mais elle finit par y arriver. Après avoir tenté deux étages sans succès, ils trouvèrent une fenêtre au troisième qui n'était pas fermée et s'engouffrèrent tous les quatre dans le Théâtre de Liberty Street. Le silence et une obscurité dense les accueillirent, et ils veillèrent à ne pas respirer trop bruyamment pour ne pas se faire repérer.

Ils se trouvaient apparemment dans un ancien bureau administratif du théâtre, ou peut-être une loge de comédien. C'était le noir complet, mais grâce aux lampes torches de leurs portables, ils dénichèrent un escalier et descendirent au rez-de-chaussée.

« Ça n'a aucun sens », lança Brett tandis qu'ils atteignaient le hall d'entrée. Il balaya les alentours avec son faisceau lumineux. « Ça fait soixante-dix ans que cet endroit est fermé, et tout a l'air flambant neuf ! »

Gabe ne pouvait pas le contredire. De l'extérieur, on aurait cru que le théâtre était en activité. La moquette en velours rouge était propre, sans la moindre trace de poussière. Dans le vestibule, le bois ciré et les appliques en cuivre étincelaient comme si on venait de les lustrer. Même la vitre du guichet était immaculée – pas une seule trace de doigt. « Venez. » Gabe désigna la double porte qui menait à la salle de spectacle. « On continue. »

Ils remontèrent tous les quatre l'allée centrale, regardant défiler les rangées de sièges tapissés de velours écarlate, pour rejoindre la scène, au-dessus de laquelle était suspendu un gigantesque globe en verre, d'au moins un mètre vingt de diamètre. Le globe irradiait une faible lumière dorée et ce qui ressemblait à de la poussière tourbillonnait à l'intérieur.

« Ne me dites pas que c'est une boule disco version 1940, plaisanta Lily en considérant la suspension d'un air méfiant.

— C'est quoi, une boule disco ? » lança Kaz.

Ni Gabe ni les autres n'eurent le temps de lui répondre : un fracas résonna dans le théâtre, très reconnaissable – celui d'un énorme verrou qui s'ouvrait. Puis un autre, et un troisième, suivit des grincements métalliques de portes qui pivotaient.

La salle n'allait plus rester déserte très longtemps.

« On doit se cacher ! siffla Gabe. Venez ! » Il parcourut le reste de l'allée en courant, contourna la fosse d'orchestre vide et sauta sur la scène. Un lourd et haut rideau rouge pendait de chaque côté, et il fit signe à ses amis de venir se réfugier derrière, dans l'ombre. Le rideau ne touchait pas tout à fait le plancher et après s'être assuré que tout le monde était bien camouflé derrière lui, Gabe s'aplatit au sol pour jeter un œil dessous.

Ce qu'il vit lui glaça instantanément le sang.

Des silhouettes vêtues de capes noires à capuche doublées de rouge pénétraient en file indienne dans le théâtre, par des portes latérales que Gabe n'avait pas remarquées auparavant. Certains personnages portaient un masque argenté parfaitement lisse hormis les trous des yeux. D'autres dissimulaient simplement leur visage dans l'ombre de leur capuche. Ils étaient des dizaines. Peut-être même des centaines.

« Jackson disait vrai, souffla Gabe par-dessus son épaule. On n'aurait jamais dû entrer ici ! »

Brett lui tapota la nuque et pointa le doigt. À l'autre bout de la scène, parfaitement visible depuis leur cachette, une autre porte s'était ouverte à la volée, et une forme gigantesque et rectangulaire était apparue dans l'encadrement. Gabe se releva tant bien que mal et, cherchant désespérément une issue du regard, désigna une étroite échelle accrochée au mur, dans leur dos.

« En haut ! » siffla-t-il. C'était le seul échappatoire en vue. « Allez ! » Aussi rapidement et aussi silencieusement que possible, Gabe escalada l'échelle, qui s'enfonçait dans l'obscurité la plus totale. Au bout de deux ou trois minutes qui leur parurent une éternité, ils émergèrent tous les quatre sur une passerelle métallique, suspendue plusieurs mètres au-dessus de la scène. Elle avait l'air solide et ne craqua pas sous son poids, aussi Gabe s'avança-t-il jusqu'au milieu. Tant qu'à être coincé là-haut, autant avoir la meilleure vue possible. Il dut zigzaguer entre les outils et les projecteurs qui jonchaient la passerelle : pas question de se cogner et de laisser tomber quoi que ce soit sur l'estrade en contrebas. Il eut envie de dire à ses amis qu'ils n'étaient pas obligés de le suivre, mais il eut peur qu'on l'entende et Lily, juste derrière lui, ne montra aucune hésitation à s'engager à sa suite sur la passerelle.

Gabe se concentra sur ce qui se passait en dessous, et ressentit comme un coup de poing dans le ventre en constatant que l'objet rectangulaire qu'on poussait sur la scène était une série de cages en métal, empilées sur une plateforme mobile. Des gémissements apeurés en émanaient. *Que comptent-ils faire avec ces chiens ?* Il n'avait aucune envie de le savoir, mais il lui sembla qu'il n'avait pas trop le choix.

Un homme en cape noire monta sur scène. Sa voix tonna en direction du public réuni devant lui. « Bienvenue, nobles frères. Après un siècle de labeur, il semble que l'Aurore se lève enfin. » Gabe ne put s'empêcher de rouler des yeux. *Mon dieu, il parle exactement comme Jackson.* « La Grande Œuvre est bientôt achevée. Ne sous-estimons pas l'importance cruciale de ce rituel. C'est pourquoi c'est Primus elle-même qui l'accomplira. »

Au nom de Primus, un silence de vénération tomba dans la salle. Puis les silhouettes se mirent à *bourdonner*. Très doucement, en une note grave et sinistre qui emplit tout le théâtre, un chant de respect et d'adoration. Gabe se demanda s'il s'agissait d'un roulement de tambour version Aurore éternelle. Quoi qu'il en soit, ça lui donnait juste envie de se planter des pics à glace dans les oreilles.

Une femme, elle aussi vêtue du même genre de cape à capuche, gravit d'un pas lent et majestueux les marches de la scène. Contrairement aux autres, sa robe était brodée d'or. Le bourdonnement se poursuivit jusqu'à ce qu'elle atteigne le centre du plateau et se place face à la foule ; alors le bruit cessa brusquement, laissant retomber un silence aussi profond que l'océan. Dans ce néant, si la femme avait chuchoté, on l'aurait entendue jusqu'au fond de la salle.

« Mes chers frères et sœurs, la Tablette d'émeraude a enfin été déverrouillée. L'Aurore arrive ! » L'assemblée émit un murmure, puis un frémissement de fébrilité, d'impatience. « Et nous avons capturé le descendant du sang qui l'a déverrouillée. »

D'une seule voix, la foule répondit : « Le sang a du pouvoir. »

Une seconde. Attendez, attendez, attendez une seconde ! L'esprit de Gabe bouillonnait tandis qu'il essayait de comprendre. *Ils ont capturé quelqu'un ? Le livre est devenu tout bizarre et a changé de couleur quand je l'ai touché. Avec du sang sur le doigt ! C'est moi qui ai déverrouillé la Tablette – du moins, je le crois. Qui a le même sang que moi ? Qui ont-ils capturé, en pensant que c'était moi ?*

La femme – ce devait être « Primus » – poursuivit : « Nous avons besoin que la Tablette d'émeraude achève la Grande Œuvre. L'interrogatoire du prisonnier n'a pas porté ses fruits. Il nous faudra donc plus de traqueurs pour passer la ville au crible. » Elle jeta un regard en direction des cages, et les chiens captifs se mirent à gémir plus fort.

Les pensées s'enchaînaient frénétiquement dans l'esprit de Gabe. *Ma mère avait le même sang que moi. Si ma mère est toujours en vie, ce peut-il qu'elle soit la prisonnière dont ils parlent ?*

Kaz se pencha par-dessus le dos de Lily pour toucher le bras de Gabe. Il ne dit pas un mot, mais articula silencieusement : *Il faut y aller !*

Gabe ne savait quoi faire, pourtant il ne pouvait se résoudre à bouger. *Et si ma mère était ici ? Il faut que j'en aie le cœur net !*

Primus sortit un morceau de craie rouge de sous sa cape. Elle s'agenouilla et tourna lentement sur elle-même, dessinant une série de signes complexes sur le sol. Gabe sentait bien qu'elle avait maintes fois répété ce rituel. Elle ne montrait aucune hésitation, chaque mouvement était parfait. Ce cercle d'inscriptions coulait d'elle comme une source.

Lorsqu'elle eut terminé, une trappe s'ouvrit dans la scène et une étrange machine sortit du sol. Elle avait l'air très ancienne, avec ses boutons et ses manettes ternis et son grand levier sur le côté. Primus sortit du cercle. Elle saisit la barre de l'engin et fit un signe de tête en direction des cages.

Gabe sentit tout son corps envahi par un frisson.

Un autre membre de la secte s'approcha pour ouvrir les cages, une par une.

Il y avait cinq chiens – cinq corniauds de taille moyenne, le poil tout collé de crasse – et, comme s'ils étaient dans une sorte de transe, ils sortirent de leurs cages et traversèrent la scène pour rejoindre le cercle.

« On dirait des chiens errants », chuchota Lily. Si

elle n'avait pas collé les lèvres à son oreille, Gabe ne l'aurait pas entendue. « Ils sont sans défense. Que vont-ils leur faire ? »

Gabe avait peur de le deviner. Il sentit le contenu de son estomac escalader l'intérieur de sa gorge.

Primus remonta le levier. Un trou s'ouvrit comme un œil au milieu du globe suspendu et un tentacule de fumée dorée et tourbillonnante s'en échappa en ondulant. Le premier chien errant pénétra à l'intérieur du cercle à la craie et le serpent jaune s'abattit sur lui comme une lance.

Comme les tourbillons dorés de la Tablette qui nous ont frappés !

Le chien rejeta la tête en arrière et poussa un hurlement, puis se retrouva enveloppé de fumée, totalement caché à leur vue. Gabe remercia le ciel. Il était certain qu'il ne supporterait pas d'assister à la torture du malheureux animal, ce que lui confirmèrent les bruits qui lui parvinrent. On aurait dit qu'on déchirait un tissu mouillé, morceau par morceau, et Gabe eut envie de vomir tout ce qu'il avait mangé depuis une semaine.

Lorsque la fumée se dissipa, un traqueur écorché et sans visage se tenait à la place du chien, grondant et faisant claquer ses mâchoires dégoulinantes de bave. Un autre adepte s'avança, et Gabe eut un mouvement de recul, en voyant ce qu'il tenait à la main : *un fer à marquer, chauffé à blanc.* L'adepte appuya le fer contre le museau du traqueur, puis il recula et cria un ordre : « Au pied. Obéis à ta maîtresse. » Le traqueur grogna et montra les dents, mais vint se placer derrière Primus. Au garde-à-vous. Soumis.

Gabe se risqua à jeter un regard vers Lily, et surprit Kaz qui essuyait une larme. Lily s'agrippait si fort à la passerelle qu'elle en avait les jointures des doigts toutes blanches.

Sous leurs yeux, un à un, les autres chiens errants subirent le même sort que le premier. L'estomac de Gabe se serra lorsque le jeune garçon se rendit compte que la bande de traqueurs se tenait pile en dessous de lui. *Ne levez pas les yeux ne levez pas les yeux ne levez pas les yeux !* Les créatures n'avaient pas de truffe, et il espéra de tout son cœur que du coup elles n'avaient pas non plus d'odorat.

L'orifice dans le globe se referma. Les traqueurs attendaient sagement, mais à voir tressauter leur étrange queue hérissée de pointes, on devinait leur excitation. Primus dessina un nouveau cercle à la craie sur le plancher. Puis elle se releva, et le globe se mit à pulser, à envoyer des éclairs de lumière en vibrant violemment comme un moteur qui s'emballe, et le vacarme emplit le théâtre tout entier.

« Maintenant, annonça Primus en se tournant vers l'assemblée des fidèles, accomplissons le grand rituel d'Échange que nous attendons depuis des générations. » Elle agita les deux mains, et d'autres adeptes s'éparpillèrent aux quatre coins de la scène pour installer ce qui ressemblait à des autels. Le premier était surmonté d'un brasero rempli de charbons ardents, le deuxième d'une bassine d'eau, et le troisième d'un petit amas de pierres. Gabe eut un choc en reconnaissant la mise en scène qu'ils avaient vue dans l'étrange chambre souterraine, lorsqu'ils s'étaient tous les quatre unis aux éléments.

La voix de Primus sonnait comme une cloche. « Qu'on amène le descendant du sang ! »

Les portes arrière du théâtre s'ouvrirent, et quatre adeptes entrèrent, portant une civière. Gabe aperçut une silhouette allongée, et son cœur se mit à cogner dans sa poitrine.

Lorsque la civière passa sous l'un des grands lustres ornés, Gabe reconnut la chevelure blond clair qui lui était si familière.

Oncle Dan !

Le jeune garçon se sentit tellement soulagé de le voir vivant qu'il en eut le vertige. Mais sa joie fut de courte durée. Certes, il avait retrouvé l'Oncle Dan, mais il était aussi aux mains d'une bande de fanatiques fous à lier !

« Qu'est-ce qu'ils vont lui faire ? » murmura Kaz.

Après avoir vu ce que ces dégénérés avaient infligé à ces pauvres chiens, Gabe ne pouvait pas attendre la réponse les bras croisés. Tout en gardant un œil sur la scène, il chercha du regard ce qui sur la passerelle pourrait lui servir d'arme. Les tiges de fer à leurs pieds – il lui semblait qu'on appelait ça des gaffes – ne leur seraient pas d'une grande utilité, contre les traqueurs et une salle remplie de fous furieux, mais c'était déjà mieux que rien.

Les fidèles firent monter la civière sur la scène. À présent, Gabe voyait que son oncle était inconscient, ou peut-être drogué. Il était allongé là, immobile, pourtant on lui avait attaché les bras et la jambe. Primus s'avança vers lui.

« Cet homme, Daniel Conway, a déverrouillé la Tablette d'émeraude. Il a été établi avec certitude que la Tablette ne pouvait être activée que par un descendant de notre Grand Fondateur, Jonathan Thorne.

— Celui par qui viendra l'Aurore, psalmodia la foule.

— Nous voici donc face à une chance unique et précieuse, continua Primus. L'Équilibre nous dit que Daniel Conway peut être envoyé à Arcadia, en échange du Grand Fondateur lui-même.

— Le sang pour le sang, répondit la foule d'une seule voix.

— Le sang a du pouvoir, et par le sang le Grand Fondateur pourra enfin nous être rendu, après toutes ces années à Arcadia ! »

Gabe réfléchissait de toutes ses forces au moyen de sortir ses amis et son oncle d'ici sains et saufs, mais les paroles de Primus lui embrouillaient le cerveau. Regarder la scène qui se jouait en bas, c'était comme prendre un film en cours, en ayant raté une bonne heure de l'intrigue. Gabe avait compris que le monde était différent de ce qu'il avait toujours imaginé : plein de Magie, d'éléments et de sectes étranges. Mais à chaque nouvelle phrase, Primus lui montrait l'étendue de son ignorance. Arcadia ? Le Grand Fondateur ? Gabe n'avait aucune idée de ce que tout cela signifiait. Et plus que jamais, il voulait retrouver son oncle. Il avait *besoin* de lui.

L'Oncle Dan était tout près, et pourtant encore très loin. Et à présent, Gabe comprenait pourquoi. *C'est une erreur. Une erreur colossale !* L'Aurore éternelle avait dû repérer que c'était chez les Conway que la Tablette s'était déverrouillée, et la seule personne qu'ils avaient trouvée là-bas, c'était l'Oncle Dan. Ils avaient dû en déduire que c'était lui le responsable. Pourtant ce n'était pas l'Oncle Dan qui avait déverrouillé la Tablette. C'était Gabe.

Tout ça, tout ce qui est arrivé, c'est ma faute !

Pendant ce temps, la foule applaudissait et poussait des hourras. Malgré le brouhaha, Gabe entendit les mêmes mots, répétés inlassablement : « *Le sang pour le sang ! Le sang pour le sang ! Le sang pour le sang !* » Pris de vertige, l'adolescent essaya d'attraper la rambarde de la passerelle, mais évalua mal la distance. D'un centimètre seulement, mais c'était suffisant. Lily et Kaz bondirent en avant pour tenter de le retenir, mais trop tard.

Dans un haut-le-cœur, Gabe chuta de la passerelle et piqua droit vers la scène et la meute de traqueurs qui l'attendait en bas.

Chapitre 9

Gabe eut juste le temps de voir défiler sa courte et triste vie avant d'atterrir sur ce qui lui parut un énorme oreiller tout doux.

Sauf qu'il n'avait pas atterri. Il était suspendu, la tête en bas, à trois mètres à peine en dessous de la passerelle, à fixer les traqueurs paisiblement assis sous lui. Gabe serra les mâchoires de toutes ses forces pour se retenir de hurler. Son cerveau n'eut pas le temps d'enregistrer ce qui se passait que déjà le jeune garçon se sentit remonter, avec douceur et rapidité, comme s'il était hissé par mille petites cordes.

Au bout de quelques secondes interminables, il se retrouva de retour sur la passerelle, à côté de Lily.

Cette dernière tituba et s'écroula sur le côté. Ses pupilles se dilataient et se rétractaient frénétiquement. Brett glissa aussitôt un bras autour de ses épaules pour la soutenir.

« Mais comment tu as fait ça ? » siffla Kaz.

Lily cligna des paupières. « Je n'en sais rien. J'ai juste... j'ai vu Gabe basculer, et j'ai tendu le bras vers lui, et alors j'ai... *senti l'air*. Les milliards et les milliards de molécules qui le composaient... J'en ai réuni quelques-unes et je les ai fait glisser sous lui. » Elle regarda Gabe droit dans les yeux. « Je savais que je pouvais le faire. Je le *savais*. Et je crois que c'est grâce à ça que c'est arrivé.

— Très scientifique, comme explication. J'ai failli oublier que c'était juste *totalement impossible*. » Kaz avait poussé le sarcasme au maximum, pourtant sa remarque tomba à plat. D'ailleurs son expression tendue et torturée le trahissait. Il faisait de son mieux pour jouer les sceptiques, mais à présent, même lui devait bien l'admettre : il n'était plus question de logique, mais bien de Magie.

Gabe jeta un œil à la scène en bas, s'attendant à ce que tous les regards (et les têtes sans yeux) soient tournés vers eux, mais personne ne semblait s'être aperçu de sa chute. Il en ressentit un grand soulagement, qui se dissipa presque aussitôt à la vue de l'Oncle Dan, toujours évanoui et ligoté. Les adeptes avaient dressé un dernier autel et disposé la civière dessus.

Leur chef, Primus, se mit à parler dans une langue que Gabe n'avait jamais entendue auparavant, et pourtant, il en avait croisé un certain nombre. Les recherches de son oncle s'étendaient sur trois continents et Gabe avait vu défiler des dizaines de dialectes différents, y compris des langues mortes comme le latin et le sanskrit. Toutefois, les sons qui sortaient de la bouche de Primus ne ressemblaient à rien de ce que Gabe avait entendu jusqu'ici. Ils ne semblaient même pas humains.

« *Zxarna vrahmu otvortse. Dvai shvioutei pivuntxa.* »

En réponse, la foule se mit à déclamer : « *Taigho shviunta. Taigho shviunta.* »

« *Dvai shvioutei pivuntxa, majia povrunshei taigho shviunta !* » poursuivit Primus, et Gabe avait l'impression que la température baissait à chaque syllabe qu'elle prononçait.

Comment diable allait-il sortir l'Oncle Dan de là ?

L'assemblée commençait à s'agiter. « *Taigho shviunta ! Taigho shviunta !* »

« Qu'est-ce qu'ils racontent ? » chuchota Brett, et Gabe était sur le point de lui répondre quelque chose comme « *Peut-être bien qu'on devrait arrêter de causer, vu qu'on essaie de rester cachés, là* », lorsqu'il baissa les yeux vers les traqueurs.

Tous étaient assis, immobiles, la tête levée et le « regard » pointé droit sur eux.

Kaz aussi les remarqua. « Euh, les gars... » Mais il était trop tard pour fuir. Les traqueurs poussèrent des grondements et des mugissements à glacer le sang et bondirent sur les murs, droit vers la passerelle.

Les chants s'interrompirent. La voix de Primus fendit l'air : « *Ne vous arrêtez pas ! Nous ne pouvons laisser interrompre le rituel ! Les traqueurs vont se charger de cette nuisance, quelle qu'elle soit !* »

La foule se remit à réciter ses incantations – « *Taigho shviunta ! Taigho shviunta !* » –, tandis que le premier traqueur atteignait la passerelle. Gabe s'empara d'une gaffe et essaya de s'en servir comme d'une batte de base-ball, mais il percuta l'une des traverses avec une telle force qu'il ne sentit plus ses mains. Aussi, quand le traqueur bondit sur lui, Gabe brandit-il la gaffe comme une lance pour l'enfoncer dans la gueule de la bête. Cette dernière poussa un hurlement de surprise mêlée de douleur et son atroce haleine de soufre balaya la figure du jeune garçon. Puis la créature bascula dans le vide... mais au lieu de tomber, elle accrocha une de ses griffes dans une poutrelle et se mit à courir *à l'envers* sous la passerelle.

« Je lui ai fait peur ! brailla Gabe. Enfin, je crois ! Attrapez ces barres de fer et plantez-les-leur dans la gueule ! »

Kaz et Lily obéirent, tandis que Brett s'emparait d'une grosse clef à molette ; tous les quatre firent front comme ils le pouvaient. Si la passerelle n'avait pas été aussi étroite, les traqueurs les auraient cernés en un instant. Mais les créatures n'avaient que deux approches possibles. Quelques coups bien douloureux dans la truffe et la gueule suffirent à les faire toutes déguerpir.

Du moins, c'est ce que crut Gabe. Il s'était tellement concentré sur les traqueurs qu'il avait en face de lui qu'il n'avait pas prêté attention à ceux qui battaient en retraite. Lorsqu'il les aperçut, il n'eut que le temps de s'écrier : « Les gars, *accrochez-vous !* »

Deux des monstres avaient arraché les piliers de la passerelle.

L'un des montants se brisa net, et la passerelle pencha brutalement, manquant de les envoyer tous les quatre dans le vide. Lâchant sa gaffe, Kaz attrapa la rambarde à deux mains et hurla à Lily : « *Fais ton truc ! Comme quand tu as fait léviter Gabe !* »

Même en pleine urgence, Lily savoura le revirement de son ami. « Tu veux dire, ce truc *impossible* ? » Elle aurait bien aimé le charrier un peu plus, mais au même instant, le second montant céda, et la passerelle tomba comme une pierre.

D'environ cinq mètres de haut.

La chute fut si brutale que Gabe eut l'impression que son estomac était resté en l'air pendant que le reste de son corps plongeait. Il se tourna vers Lily et vit que les yeux de son amie avaient viré au blanc grisâtre. Elle se concentra et la passerelle trembla, ralentit puis se mit à descendre en flottant vers la scène.

Brett redressa vivement la tête. « Attention ! »

Les traqueurs bondirent vers eux, mais Brett, Kaz et Gabe parvinrent à les repousser. Les créatures atterrirent sur leurs pattes comme des chats géants, visiblement indemnes et encore plus assoiffées de sang.

Dès que la passerelle tomba sous les drapés du rideau de scène, elle devint pleinement visible pour la foule, et les adeptes interrompirent une nouvelle fois leurs incantations. Certains bondirent même de leur siège pour se précipiter vers les sorties. *Mais il en restait encore beaucoup trop*. Gabe vit des dizaines de ces fous à masque argenté se diriger vers la scène, bien décidés à bourrer les intrus de coups dès leur atterrissage.

Primus s'adressa de nouveau à ses fidèles : « Arrêtez-les ! On ne peut les laisser perturber le rituel ! » Puis elle reprit le chant bizarre en plein milieu d'une phrase. Un autre adepte, celui qui avait annoncé l'arrivée de Primus sur scène, prit la situation en main.

« Vous vous rappelez ce qui s'est produit, la dernière fois qu'un rituel comme celui-ci a mal tourné ? Protégez Primus et le Cercle sacré *à tout prix* ! »

La passerelle toucha le sol, mais Gabe ne voyait aucune issue possible. Les traqueurs s'étaient regroupés derrière eux et une vingtaine d'adeptes plus courageux que les autres s'avançaient, armés de poignards et de matraques.

Une pensée tournait en boucle dans la tête de Gabe.

Lily savait qu'elle pouvait me rattraper. Et c'est pour cette raison que ça a marché.

Le monde entier parut ralentir autour de lui. Un peu comme quand sa vie avait défilé devant ses yeux, mais en beaucoup plus intéressant, parce que Gabe aussi *savait qu'il pouvait le faire.* Parce qu'il l'avait *déjà* fait. Qui avait concentré l'électricité des lampes de sa chambre pour y mettre le feu ? Pas la foudre. Non, c'était *lui.* Il avait accompli ça tout seul. Et même s'il ignorait encore comment, ça n'avait peut-être pas d'importance. *Après tout, je ne sais pas comment fonctionne Internet, et pourtant je m'en sers toute la journée !*

Gabe essaya de se remémorer ses sensations, sur le ferry. Quand il lui avait semblé que son esprit s'échappait de son crâne pour sentir l'eau, l'air et les cailloux. Sauf que cette fois...

Cette fois, je vais chercher le feu, comme je l'ai fait dans ma chambre.

Sur scène, le brasero flambait, pulsant et palpitant comme un cœur qui bat. L'électricité qui alimentait toutes les lampes du théâtre courait dans les câbles, comme s'il s'agissait de veines et d'artères. De petites étincelles provenant des adeptes eux-mêmes bondissaient vers Gabe, dessinant des rectangles scintillants. *Des portables !* songea le jeune garçon. *Des fichus téléphones portables !*

« On peut y arriver, les amis ! On le peut parce qu'on l'a déjà fait ! Lily m'a sauvé la vie grâce à l'air ! Et c'est sans doute Brett qui a créé cette vague énorme, dans la Baie ! Et chez moi, j'ai atomisé les traqueurs par le feu ! *On peut le faire !* »

La voix tremblante, Kaz gémit : « Mais *moi*, je n'ai rien fait de tout ça ! Je suis censé faire quoi ? »

Le regard de Gabe se posa sur le tas de pierres surmontant le dernier autel installé par les adeptes. « Ces cailloux, Kaz ! Rappelle-toi ce qu'a dit Greta Jaeger ! Prends le contrôle ! »

L'un des fidèles, un type large comme une armoire à glace et armé d'un couteau de la taille d'une épée, fonça droit sur Kaz en grognant comme un ours.

« Vous allez nous le payer ! On va vous réduire en confettis ! »

Kaz poussa un hurlement et brandit les mains devant lui.

Aussitôt, les cailloux empilés fusèrent comme des balles tirées par une mitraillette. Ils vinrent percuter l'énorme assaillant avec des bruits sourds – un dans les reins, un au milieu de la cage thoracique, un droit dans l'oreille. L'homme vacilla, son regard se perdit dans le vague, et le dernier projectile le frappa de plein fouet dans la hanche. L'impact le déséquilibra et il bascula de la scène. Il alla s'écraser dans la fosse d'orchestre, laissant tomber mollement sa lame gigantesque, puis grogna faiblement.

Un sursaut de peur parcourut les autres adeptes. Ils reculèrent tous d'un pas, beaucoup moins confiants.

Kaz se tourna vers Gabe. Ses yeux avaient pris une teinte gris anthracite et il arborait un énorme sourire. « Eh bien, qui l'eût cru ? »

Gabe pivota vers Lily et Brett. « Vous voyez ? Hein ? On peut y arriver ! On peut prendre le contrôle ! » Il fit face aux traqueurs. Contrairement aux fidèles, ils ne paraissaient pas du tout effrayés. Gabe remplit ses poumons d'air et ses mots jaillirent dans un souffle brûlant, grondants et crépitants comme les flammes :

« Je suis lié au *feu* ! »

Sa vision se colora en orange vif, comme si une lumière étincelante fusait de ses yeux. Il en sentait presque la chaleur. Le spectacle qu'offrait Gabe fit reculer les créatures. Il leva un bras et des éclairs jaillirent de toutes les prises électriques de la salle, pour converger au creux de sa paume...

... qui s'enflamma.

Gabe brandit un doigt en direction de la meute de traqueurs et un cône de feu balaya toute l'arrière-scène. Les créatures se dispersèrent en jappant de douleur, laissant des sillages de fumée derrière elles.

À côté de lui, Gabe vit les yeux de Lily virer de nouveau au blanc-gris, et sa voix tonna à travers tout le théâtre comme le vent le plus glacial et le plus implacable de l'hiver : « Je suis liée à l'air ! » Une rafale aussi puissante qu'une tornade souleva dix adeptes du sol pour les propulser à l'autre bout du plateau comme des poupées de chiffon. Gabe grimaça en les voyant s'écraser contre les murs, les portes et les colonnades dans des craquements d'os.

La voix de Brett quant à elle parut surgir de très loin. Grave et déformée, comme si elle remontait du plus profond de l'océan. « Je suis lié à l'eau ! » Gabe leva les yeux vers le plafond, où les détecteurs de fumée se déclenchèrent brusquement. L'eau inonda la salle en dessinant des courbes dans l'air. Sous le regard médusé de Gabe, l'eau se solidifia en projectiles de glace durs comme des cailloux, qui s'abattirent sur une dizaine d'adeptes, écrasant nez et mâchoires, tranchant les mains tendues jusqu'à ce que tous les ennemis aient perdu conscience. Ils s'affalèrent tous à terre, inanimés.

Mais il restait au moins une quinzaine de fidèles dans l'assistance, qui foncèrent tous vers la scène une arme à la main. « Qu'est-ce que je fais ? s'écria Kaz. Je suis à court de cailloux ! »

Gabe lui posa la main sur l'épaule. « Kaz, tu es lié à la terre. Sur quoi repose ce bâtiment, d'après toi ? »

Kaz le dévisagea un instant, bouche bée. Puis, la mâchoire contractée, il émit un grognement rauque et brandit les deux mains comme un chef d'orchestre exigeant plus de puissance de ses musiciens.

Sa voix surgit d'en dessous, incroyablement grave et forte, comme si les plaques de l'écorce terrestre s'entrechoquaient : « JE SUIS LIÉ À LA *TERRE* ! »

Tout l'édifice se mit à trembler. Du plâtre tomba du plafond, se mêlant à l'eau des diffuseurs anti-incendie, et sous leurs pieds le sol ondula et vibra. Gabe n'avait jamais assisté à un éboulement, mais il était certain que ça devait produire ce genre de vacarme.

Un mur de pierre surgit en transperçant le plancher du théâtre, bloquant net la course des adeptes. Gabe entendit le choc des corps contre la roche implacable. Mais Kaz n'en avait pas terminé. Il lança les mains vers l'avant, les doigts recourbés comme des griffes, et le mur s'incurva, enfermant les ennemis blessés dans une cage de pierre.

Hors d'haleine, Kaz laissa ses mains retomber et s'effondra contre Gabe. « Oh mon Dieu, haleta-t-il. Je veux faire ça à longueur de journée, tous les jours, jusqu'à la fin de ma vie ! »

Mais une voix s'éleva au milieu des cris et des plaintes des estropiés : celle de Primus, qui avait repris son incantation. Gabe secoua la tête pour s'éclaircir les idées – au milieu de tout ce chaos, il avait totalement oublié la prêtresse. Il se concentra sur elle, juste à temps pour la voir brandir une dague en argent au-dessus de la poitrine de l'Oncle Dan.

Pris de terreur, Gabe hurla : « *Arrêtez-la ! Arrêtez-la ! Par pitié que QUELQU'UN L'ARRÊTE !* »

Il se précipita vers elle, mais Brett le prit de vitesse, glissant sur une bande de glace qui traversait la scène. En mouvement, Brett délogea son sac à dos de son épaule et brailla : « Attrape ! » en le lançant à Kaz, qui le réceptionna à deux mains. Débarrassé de cette surcharge, Brett piqua droit sur l'autel avec la rapidité d'un patineur olympique. Gabe tenta de le suivre, Kaz et Lily sur ses talons, mais quatre traqueurs surgirent de nulle part, courant à pleine vitesse entre Gabe et son oncle.

« *Sales bêtes !* » cria Lily avec un grand moulinet des bras. Un vent surpuissant souleva les créatures et les éjecta dehors par une porte latérale restée ouverte. Le vent fit violemment claquer la porte derrière eux et d'une main, Kaz fit le geste d'écraser le sol, qui s'effondra sous la porte, la bloquant définitivement derrière les gravats. Gabe entendit les traqueurs hurler en se jetant contre le panneau de bois, incapables de le traverser.

Gabe dépassa Kaz et Lily en courant. Il vit Brett percuter l'autel sur lequel reposait la civière de l'Oncle Dan, au moment même où Primus vagissait : « *Netch shvee oetveer !* » en plongeant la lame de sa dague dans la poitrine du prisonnier. Gabe suffoqua comme si c'était lui qu'on avait frappé.

« NON ! » Le jeune garçon leva le poing et frappa. Une boule de feu de la taille d'un parpaing traversa la scène pour venir frapper Primus en plein ventre. Sous l'impact, le poignard fut arraché de la poitrine de l'Oncle Dan et la femme perdit l'équilibre. Elle vacilla en hurlant frénétiquement et en essayant d'étouffer les flammes qui dévoraient sa cape.

Gabe courut de toutes ses forces pour rejoindre l'autel, mais au même moment, il se fit écraser par une masse énorme. Apparemment, Lily ne s'était pas débarrassée de tous les traqueurs. Le cinquième venait d'interrompre net la course du jeune garçon, l'étalant les bras en croix au bord de la scène. Tandis que la créature s'approchait dangereusement, Gabe hurla à Brett : « Aide mon oncle ! je t'en prie ! »

Par-dessus l'épaule écorchée de la bête, il vit le corps de Dan saisi de convulsions, et alors que Brett tentait de le faire descendre de l'autel, le sang se mit à couler de la blessure. Mais ce sang n'était pas normal. Au lieu de se répandre vers le sol, il glissa le long du corps du blessé, l'enveloppant dans un étrange cocon rouge.

« Qu'est-ce... Qu'est-ce que c'est que ça ? » demanda Kaz, terrorisé.

Gabe n'avait jamais vu une chose pareille. On aurait dit que le sang avait une volonté propre.

Brett appuyait de toutes ses forces sur la blessure pour tenter d'arrêter l'hémorragie. Mais au lieu de ralentir, la membrane sanguinolente se répandit par-dessus ses mains, puis gagna ses poignets. Gabe vit son ami se débattre pour se libérer, mais il semblait ligoté. L'adolescent se retrouva emprisonné comme l'Oncle Dan.

De l'autre côté de l'autel, la voix de Primus s'éleva dans un cri : « Un *null sanguis !* Le rituel est gâché ! Fuyez, mes frères ! *Fuyez !* »

Gabe savait que l'expression provenait du latin, et qu'on pouvait la traduire grossièrement par « sang de rien ». Mais que voulait-elle dire ici ?

Il n'eut pas le temps d'y réfléchir. Brusquement, Gabe comprit que c'était cette membrane de sang qu'il avait vue, lors de son premier contact avec la Tablette d'émeraude, dans le bureau de l'Oncle Dan. Après s'être évanoui, dans son cauchemar il s'était vu enchaîné à un bloc de pierre et recouvert d'un film rouge.

Le garçon se releva, repoussa le traqueur d'un jet de flammes et essaya désespérément de rejoindre son oncle. Mais il était déjà trop tard. La membrane de sang avait pratiquement englouti Dan et Brett et se mettait à *grossir*, à s'élargir comme un ballon de baudruche géant et grotesque. Gabe eut vaguement conscience que les rares adeptes qui restaient s'enfuyaient en direction des sorties en poussant des cris de panique. Primus avait disparu, elle aussi.

La voie était enfin libre, et Gabe bondit vers l'autel, les bras tendus, prêts à transpercer la membrane. *Je vais les sortir de là moi-même ! Je ne peux pas perdre mon oncle* et *Brett ! Je dois les aider, il le faut !*

Mais il n'eut pas l'occasion d'atteindre le cocon. Kaz saisit le jeune garçon par la taille et le tira en arrière.

Gabe se débattit. « Mais qu'est-ce qui te prend ?

— À *toi*, qu'est-ce qui te prend ? répliqua Kaz tandis que Lily les rejoignait en courant. Ils sont peut-être tous les deux morts, là-dessous ! Tu veux mourir, toi aussi ? »

Lily attrapa Kaz par le bras, les yeux exorbités. « Brett est là-dedans ? *Est-ce que Brett est là-dedans ?* Il faut qu'on le sorte de là ! Tu m'entends ? »

Les yeux de Kaz virèrent au gris, et lorsqu'il prit Gabe et Lily par l'épaule, la puissance de son emprise les sidéra tous les deux. D'une voix incroyablement grave et... *rocailleuse*, il répondit : « Bien sûr, qu'on va les aider ! Mais on ne pourra rien pour eux si on est *morts* ! Et c'est ce qui va nous arriver, si on ne s'éloigne pas de cette chose ! »

Kaz entraîna ses deux amis à l'écart, et Gabe se retourna pour jeter un regard en direction du cocon de sang. Il ne voyait plus du tout Brett ni l'Oncle Dan. La membrane ne cessait de gonfler, et arriva bientôt à mi-hauteur du plafond. Et sur son flanc, une petite excroissance apparut, comme une bulle qui se détacha de la masse, roula par terre et s'ouvrit... Et un garçon en sortit. Tout couvert de mucus et de sang, mais bien un jeune humain mâle.

Lily hurla : « Brett ? *Brett* ? »

En entendant le soulagement dans la voix de son amie, Gabe sentit son cœur se briser. Car s'il ignorait qui était ce garçon, ce dont il était certain, c'est qu'il ne s'agissait pas de Brett Hernandez. Il se dit que sans doute, au fond d'elle-même, Lily le savait, elle aussi ; mais dans son chagrin et son désespoir, elle s'accrochait à n'importe quel détail qui pouvait lui faire croire que son frère était sain et sauf.

Puis quelque chose d'énorme se mit à pousser à l'intérieur de la masse. Un rugissement s'en échappa, qui fit trembler tout le bâtiment jusqu'aux fondations… et une aile de cuir gigantesque transperça la membrane rouge, éraflant le plafond de sa pointe griffue.

Chapitre 10

Pendant d'interminables secondes, Gabe ne put qu'assister, impuissant, au spectacle.

Morceau par morceau, l'atroce apparition se précisa. La chose qui avait émergé de la membrane n'avait pas de peau, Gabe aurait pu le jurer : rien que du muscle noueux, comme les traqueurs. La créature avait bien une tête, et une bouche coupait en deux l'amas informe de chair et d'os, hérissée de crocs aussi longs qu'un bras d'homme. En y regardant bien, c'était même pire que ça : à l'intérieur de la première mâchoire était nichée une seconde rangée de dents, légèrement plus étroite.

Une horrible impression de déjà-vu frappa Gabe. *J'ai déjà rencontré cette chose.*

Une deuxième aile se déroula, puis encore une paire, *et une troisième*, et Gabe compta six ailes qui tressautaient et ondulaient de manière coordonnée. L'estomac de l'adolescent se serra alors que la mémoire lui revenait.

C'est l'une des créatures que j'ai vues voler autour des tours, dans cette version atroce de San Francisco ! Est-ce que ça signifiait qu'il avait entraperçu le lieu dont parlait Primus ? Avait-il eu une vision de cette « Arcadia » d'où s'étaient échappées toutes ces horreurs ? Et si cette monstruosité venait bien d'Arcadia, que faisait-elle *ici* ?

Un cri d'épouvante sur sa gauche arracha finalement Gabe à sa contemplation. Il était tellement absorbé par la bête qu'il ne s'était pas vraiment rendu compte de la panique qui s'était emparée des adeptes. Ils s'enfuyaient en tous sens en hurlant à pleins poumons. L'un d'eux beugla : « C'est un null draak ! Courez, ou vous êtes morts ! »

Courir. Oui ! Ressaisis-toi, Gabe !

Il fit volte-face, cherchant Kaz et Lily du regard, mais faillit bien perdre l'équilibre lorsque le monstre – le « null draak » – frappa le plancher de son pied griffu. Il rugit, plus bruyant qu'un train de marchandises, et le son effroyable glaça le sang de Gabe.

Derrière le jeune garçon, un traqueur grogna. Pendant que Gabe restait interdit devant le null draak, les traqueurs avaient réussi à défoncer la porte. Mais au lieu de se jeter sur Gabe et ses amis, ils semblaient fascinés par la créature massive.

Gabe comprit bientôt pourquoi. Le draak allongea mollement une aile et souleva deux des traqueurs avant de les envoyer s'écraser contre le mur du fond. Avec des cris de douleur, ils se replièrent dans l'ombre en boitant. La créature ne plaisantait pas et il était risqué de la quitter des yeux, pourtant Gabe se força à chercher le moindre indice de ce qui avait pu arriver à l'Oncle Dan et à Brett. Ils avaient disparu dès que le null draak avait éclos. *Où sont-ils ?* Il scruta les débris de la salle et aperçut le gamin qui avait émergé à la place de son oncle et de son ami – peut-être saurait-il comment les ramener.

La tête gigantesque et sans yeux du null draak se détourna de Gabe, et ce dernier détala en direction du garçon mystère. Il savait déjà que ce n'était pas

Brett, mais à travers la couche de sang et de mucus, on aurait dit... *Jackson* ? Sauf qu'il n'était plus translucide et ne rayonnait plus. Il avait juste l'air d'un abruti blond, en chair et en os.

Dans sa course, Gabe se pencha pour ramasser la dague tachée de sang avec laquelle Primus avait frappé l'Oncle Dan. Trois traqueurs s'étaient interposés entre le gamin et Gabe. Ils avaient beau être concentrés sur le null draak, ils s'intéressaient de plus en plus à Gabe à mesure qu'il approchait. Les crocs de la bête le suivaient, tout dégoulinants d'un liquide immonde.

Mais déjà, l'électricité qui pulsait dans les câbles à l'intérieur des murs semblait appeler le jeune garçon. Elle *lui faisait signe*. Il n'avait qu'à la guider jusqu'à lui par la volonté, et il savait qu'elle obéirait.

Un mur de feu aveuglant en forme de demi-lune surgit entre lui et les traqueurs, et ces derniers reculèrent en couinant, incapables de franchir cette barrière d'énergie pure et destructrice.

C'est donc ce qu'on ressent, quand on possède le pouvoir. Un grand sourire lui monta aux lèvres. Si quelqu'un avait pu le voir, il aurait sans doute dit que ce n'était pas un sourire bienveillant.

« Gabe ! » C'était la voix de Lily, quelque part sur la droite. Il tendit le cou pour tenter de la repérer, mais la paroi enflammée était trop éblouissante. « Attention, *derrière toi !* »

Il entendit le *clic-clic-clic* des griffes des deux derniers traqueurs sur le plancher. Il fit pivoter le rempart de flammes pour les bloquer, ce qui le laissa sans défense face aux trois autres. Gabe poussa un grognement, essaya d'élargir le bouclier, mais les bords se mirent à grésiller et à se dissoudre. Visiblement, ses compétences en matière de « feu furieux » avaient des limites. Cette sensation de puissance qu'il avait trouvée tellement délicieuse l'abandonna en un clin d'œil, remplacée par la certitude qu'il allait se faire dévorer sur place.

« Les amis ! Je ne suis pas contre un coup de main !

— On essaie de te rejoindre ! » C'était Kaz. « Le seul problème c'est qu'on a une espèce de dragon géant dans le passage ! »

Gabe était sur le point de diriger à nouveau le mur de feu contre les trois premiers traqueurs lorsque le null draak émit un rugissement effroyable. La bête immense tourna vivement sa tête aveugle vers les traqueurs. Puis elle inspira à fond et cracha sur eux un nuage indéfinissable. Était-ce de l'acide ? Sans doute, car Gabe vit les bêtes se dissoudre en une soupe à l'odeur ignoble, de même que le sol sous leurs pattes et une partie du mur à côté.

Nom de Dieu ! Il est dans notre camp !

La tête énorme se tourna vers lui. La bête inspira à fond.

Ou peut-être pas.

Gabe ignorait si son mur enflammé le protégerait contre le super désintégrateur fatal que le draak s'apprêtait à lui cracher dessus, et il n'avait pas l'intention d'attendre pour voir. Il allait se jeter dans la fosse lorsque la voix de Kaz tonna, cette fois-ci du fond du théâtre.

« Hé ! Haleine de chacal ! Par ici ! »

Le draak pivota vers Kaz, et reçut en plein museau un bloc de pierre de la taille d'un canapé. Un tel impact aurait traversé une maison sur toute sa longueur, atomisé une camionnette blindée, et réduit n'importe quel être humain à un petit nuage de vapeur rouge.

Mais le rocher rebondit sur la tête du draak. Difficile d'évaluer sa réaction, vu que la chose n'avait pas d'yeux, mais Gabe eut l'impression que la bête était vraiment, *vraiment* irritée.

« Gabe ! cria cette fois Lily, tout près des sorties de secours. Viens ! Cours ! »

Mais qu'est-ce qu'on fait pour l'Oncle Dan et Brett ? Gabe connaissait déjà la réponse. Il ne voulait pas l'admettre, c'est tout. Son oncle et son ami étaient morts, et en cet instant il devait avant tout éviter de se faire dissoudre par un dragon géant. Gabe sauta de la scène et piqua un sprint dans l'allée centrale pour rejoindre ses amis.

Du coin de l'œil, il vit Jackson Wright se mettre enfin debout, sur la scène, à quelques mètres à peine du monstre ailé. Jackson essuya le sang et le mucus qui lui bouchaient les yeux, leva les mains et, sous le regard effaré de Gabe, fit apparaître dans l'air un globe de lumière dorée de la taille d'un ballon de volley, qui tournait sur lui-même en scintillant.

Malgré la peur, la montée d'adrénaline et les monstres écorchés, l'apparition surprit Gabe au point qu'il trébucha.

Le globe tournait et crépitait devant Jackson Wright et le draak était totalement médusé.

Comme un chat devant une pelote de ficelle.

« Un null draak au beau milieu de San Francisco. » Jackson n'avait pas perdu son ton condescendant et insupportable. « Eh bien, vous l'avez vraiment fait, cette fois-ci. Grâce à vous, ce qui est arrivé en 1906 ressemblera à un pique-nique en forêt, en comparaison. »

Gabe rejoignit Lily. Son amie était bouche bée. « Est-ce que c'est le Garçon fantôme ?

— Quoi ? Il est réel, maintenant ? renchérit Kaz en levant les mains. OK, vous savez quoi ? Je lâche l'affaire. Plus rien n'a de sens, dans cette histoire. Fini pour moi, la logique. »

À voir ainsi Jackson maîtriser le null draak avec son globe étincelant, Gabe sentit monter une onde de fureur, aussi brûlante que les flammes dont il s'était servi pour tenir les traqueurs en respect. Il était certain que d'une manière ou d'une autre, Jackson était entièrement responsable de ce désastre, et il se jura que ce sale petit prétentieux paierait pour ce qu'il avait fait.

Mais il lui faudrait patienter un peu. Il devait d'abord régler son compte à ce *dragon* haut comme une montagne et à la gueule hérissée d'épées.

« OK, on y va, on y va, on y va ! » Kaz faisait littéralement des bonds en l'air. « Tous les tarés à capuche ont déguerpi ! On dégage d'ici !

— Vous ne pouvez pas ! » cria Jackson. Il lança le globe doré et le null draak bondit après pour l'attraper, creusant dans sa course des sillons gigantesques dans le plancher de la scène. D'un pas pesant, Jackson remonta l'allée centrale dans leur direction. « C'est vous qui avez amené cette créature ici ! Vous êtes responsables de son élimination ! »

Gabe lâcha un grand rire sarcastique. « On n'a rien amené du tout ! Rien de tout ça n'est de notre faute !

— Peut-être bien. » Jackson produisit un nouveau globe doré, qu'il envoya comme un missile à l'autre bout du théâtre.

Quel élément c'est censé être ? Qu'est-ce qu'il fait ?

Le null draak poussa un rugissement et renvoya le projectile de son énorme patte noire et griffue. Jackson poursuivit : « Mais si vous vous enfuyez en le laissant en liberté, vous serez responsables de la destruction de la ville.

— Qu'est-ce qu'on est censés faire de cette chose ? » Lily agita les mains. « Je sais déchaîner les vents ! À part éventuellement l'enrhumer, je ne pense pas que ça lui fera grand-chose ! »

Kaz hocha la tête. « Ouais. J'ai donné tout ce que j'avais pour lui balancer ce rocher dans la mâchoire, et il a juste rigolé. »

Les yeux de Jackson se mirent à étinceler, puis prirent une couleur dorée surnaturelle. « Oh non, tu n'as pas *tout* donné », rectifia-t-il. Le null draak poussa un rugissement et se retourna vers eux, pourtant Jackson poursuivit d'un même ton calme et prétentieux : « Gabriel. Envoie donc une boule de feu à notre ami querelleur. »

À présent les ailes du null draak tremblaient moins et s'étiraient de plus en plus loin. Gabe comprit qu'il était en train de les faire sécher et de les dégourdir. Lorsqu'il aurait terminé, il serait capable de traverser le plafond du théâtre pour prendre son envol. Gabe avait toujours envie de fuir. De trouver un endroit au chaud et au sec, bien éclairé, où il pourrait se recroqueviller et tenter d'oublier tout ce qui venait de se passer. Mais en regardant le null draak, puis ses amis, il sentit quelque chose se transformer, au plus profond de lui. Qui d'autre à San Francisco savait ce qui se passait en ce moment ? Qui d'autre pouvait agir, sinon eux ?

Personne.

Jackson a raison. C'est à nous de jouer.

Gabe tendit toute sa volonté vers l'électricité qui circulait autour de lui, replia les bras pour frapper, et envoya une boule de feu.

Au même instant, Jackson tendit la main en avant. Un éclair de lumière dorée pénétra dans le projectile de Gabe, qui se divisa en six. Les six missiles enflammés foncèrent droit sur la sinistre créature, visant chacun une de ses ailes. Tous frappèrent dans le mille. Le null draak poussa un hurlement. Les flammes engloutirent ses ailes, qu'il se mit à faire claquer frénétiquement les unes contre les autres en se contorsionnant, jusqu'à ce que tout soit éteint.

« Qu'est-ce que c'était que ça ? s'écria Gabe. Qu'est-ce que tu as fait ?

— Ne me remercie pas, répondit Jackson d'un ton suffisant. Maintenant, à toi. Lily, c'est bien ça ? Voyons ce que tu sais faire. »

Jackson fit de nouveau fuser sa lumière dorée au moment où Lily se concentrait. Ce qui n'aurait été qu'une puissance rafale de vent se métamorphosa en tornade géante, qui emmêla les ailes du null draak et l'envoya valser contre le mur du fond. Sous le poids de la créature, la scène s'effondra. Le draak se remit à mugir.

« Allez ! hurla Jackson. J'ai vu de quoi tu étais capable, Kaz, quand tu as enfermé la vermine de l'Aurore éternelle ! Cloue-le au sol ! »

Kaz inspira à fond et serra les dents, tandis que ses yeux viraient au gris anthracite. La lumière dorée s'enroula autour des énormes piliers de pierre qui surgirent du sol. Les colonnes étincelantes vrillèrent sur elles-mêmes et se changèrent en métal pour se plier autour du corps du null draak, formant des barreaux aussi épais que des troncs de séquoias.

Hors d'haleine, Kaz manqua de s'écrouler et se retint à Gabe *in extremis*. « C'est tout ? demanda-t-il, pantelant. On a réussi ? Il est piégé ? »

Comme en réponse, le null draak émit un rugissement effroyable et se mit à pousser contre les montants de sa prison, gonflant ses muscles grotesques et sans peau. Les barreaux grincèrent et s'incurvèrent lentement. Kaz poussa un cri, et les barreaux cédèrent, réduits à un tas de ferraille sur le sol ravagé.

Jackson lâcha une série de jurons que Gabe n'avait jamais entendus. « Très bien. À l'évidence, il est trop fort. À présent, il faut *vraiment* fuir. Ce qui ne servira sans doute pas à grand-chose, car maintenant que nous l'avons mis hors de lui, il va certainement nous traquer. Eh bien, je suppose que la fête est finie, pour San Francisco. »

Au même instant, la moitié du plafond du théâtre s'effondra. Des vagues de pluie torrentielle s'abattirent sur le null draak et une colonne d'eau tomba du plafond. Pas exactement une colonne : le cylindre liquide se tordit en tire-bouchon, comme une vis géante d'au moins trois mètres de diamètre à sa pointe.

Lily saisit le bras de Gabe. Même le null draak parut déstabilisé par cette spirale translucide.

À voix basse, Kaz s'exclama : « Mais c'est Brett, qui savait faire des trucs avec l'eau ! S'il est mort, qui est-ce qui... ? »

La spirale atterrit sur la scène, envoyant gicler l'eau aux quatre coins de la salle, et une silhouette en émergea. Une silhouette à la longue chevelure grise et vêtue d'une blouse d'hôpital. Gabe la reconnut sur-le-champ. « C'est Greta Jaeger ! » s'écria-t-il, médusé.

Jackson leva les yeux au ciel. « Oh. Magnifique. »

Greta ouvrit grand les bras, les doigts écartés, et plusieurs dizaines de spires jaillirent de la colonne. Chacune avait son mouvement propre, mais toutes prirent pour cible le null draak – en le harcelant, en le déséquilibrant ou en lui tirant sur les ailes. D'autres attaquèrent plus frontalement, pilonnant la créature comme des béliers défonçant une porte. Greta Jaeger lança un regard en direction de Gabe et de ses amis, puis leva la tête vers le ciel. Des flots de pluie convergèrent autour d'elle et se solidifièrent, formant des masses translucides et miroitantes. C'était un spectacle extraordinaire – Gabe avait l'impression de voir des effets spéciaux devenir *réels* sous ses yeux. Des formes se dessinèrent et alors Gabe comprit ce que Greta était en train de faire.

« Attendez... on dirait moi ! s'exclama Lily en désignant une silhouette. Et là, c'est toi, Kaz ! Et Gabe, et même le Garçon fantôme. On est partout ! »

Elle n'exagérait pas. Pendant que les tentacules d'eau continuaient à fouetter le null draak, la pluie avait façonné des dizaines et des dizaines de sosies de Gabe et de ses amis. Le null draak chargea une des répliques de Gabe, la sectionnant en deux d'un claquement de mâchoire, et des centaines de litres d'eau se répandirent au sol. Désorientée, la créature recula et agita la tête en tous sens.

« Il est perdu, chuchota Gabe. Est-ce que ça veut dire qu'il ne nous suivra pas, maintenant ? »

Visiblement à bout de patience, le draak poussa un ultime rugissement. Il étira ses trois paires d'ailes et profita du trou gigantesque dans le plafond pour prendre son envol. Le puissant appel d'air renversa tous ceux présents dans le théâtre, et le null draak disparut dans les airs.

Kaz avait enfoui la tête dans ses bras. Sans oser lever le nez du sol, il demanda d'une voix étouffée : « C'est fini ? »

Lily aida Gabe à se remettre sur pied. « Bien sûr, que c'est fini, lança-t-elle, la mâchoire serrée, avant de se tourner vers Jackson d'un air furieux. *Où est mon frère ?* »

Chapitre 11

En reprenant conscience, la première question embrumée que se posa Brett fut : *Qu'est-ce qui cloche, avec le ciel ?*

Il était allongé sur le dos, sur un amas de petites formes rondes et dures. Il se redressa lentement en position assise. *Ouais. Des pavés ronds. Où y a-t-il des pavés ?*

Le brouillard qui lui envahissait le cerveau se dissipa un peu, et il put observer le décor qui l'entourait avec l'esprit plus clair. Il était assis dans une petite cour, entourée sur trois côtés par des bâtiments en briques. Sauf que ces briques n'étaient pas de la bonne couleur. Au lieu d'être rouges, roses, ou de tout autre teinte qu'il avait déjà vue, elles étaient plutôt... couleur de miel. Bref, une nuance de jaune pas du tout naturelle.

Le ciel non plus n'était pas normal. *Un ciel, c'est bleu ! Ou gris, ou éventuellement blanc, quand il va neiger. En tout cas, ce n'est jamais* orange*, avec des sortes de giclures rouges partout.* Pourtant Brett avait déjà vu ce ciel, une fois – à Alcatraz, quand il avait regardé à travers le corps transparent de Jackson et avait aperçu San Francisco en version cauchemar.

Il avait l'impression que ses yeux n'arrivaient pas à faire le point correctement. Depuis la cour jusqu'aux bâtiments, en passant par les briques elles-mêmes – rien ne semblait avoir de contour précis. Tout était *flou. J'ai dû me cogner la tête à l'atterrissage.* Il se palpa le crâne, mais n'y sentit ni bosse, ni plaie. *Bon, alors pourquoi on se croirait dans un rêve ?* Il n'y avait pas que ce flou bizarre et persistant qui le tracassait. Outre les briques, toutes les couleurs étaient étranges. Les objets paraissaient plus profonds, plus intenses. *C'est comme si j'étais au cœur d'un tableau.*

Brett se releva et il se produisit une autre bizarrerie. Il se retrouva debout pratiquement sans effort, comme si son corps avait soudain décidé de peser moins lourd que d'habitude. Brett repensa à ces images d'astronautes rebondissant sur la surface de la Lune.

Une voix remplie d'effroi le fit sursauter. Il fit volte-face. « Oh non. *Oh non.* Qu'est-ce que tu fais ici ? »

Debout au milieu de la cour, à moins de trois mètres de Brett, se tenait l'oncle de Gabe, Daniel Conway. L'adolescent mit plusieurs secondes à trouver ses mots, mais son cerveau tournait à pleine vitesse : il revit très clairement la prothèse du Dr Conway, détruite, par terre dans son bureau. Le regard du jeune garçon se posa malgré lui sur la cheville de Dan, là où apparaissait normalement l'articulation en métal, entre le bas du pantalon et la chaussure, mais il ne vit que de la peau. De la peau saine, vivante.

IMPOSSIBLE.

« Dr Conway, est-ce que… vous avez *fait repousser votre jambe* ? »

Daniel Conway baissa les yeux. Il souleva la jambe et agita le pied. D'une voix quelque peu émerveillée, il s'exclama : « Eh bien… ça alors ! »

Plus encore que les visions de Magie élémentaire, d'adeptes en robe ou de cocons sanguinolents, le spectacle de la jambe réparée du Dr Conway laissa le jeune garçon totalement abasourdi. « Mais comment c'est possible ?

— Peu importe. » L'homme prit Brett par le bras pour l'entraîner hors de la cour. « Viens, il faut qu'on bouge. On n'est pas en sécurité, ici.

— Mais…

— Plus tard. »

Les questions se bousculaient dans la tête de Brett, et son cerveau se trouvait dans une impasse. Il ne savait par où commencer, aussi préféra-t-il se taire et laisser le Dr Conway l'emmener. Il revoyait les images du combat contre les traqueurs, avec ses amis, dans ce théâtre, et tout ça lui semblait complètement irréel.

Lorsqu'ils atteignirent la rue, tout devint encore plus surréaliste. *Oh mon Dieu ! Les chevaux !*

Il y en avait des dizaines, gisant sur les pavés, tous morts. La plupart portaient encore un harnachement, certains étaient même attelés à une voiture, qu'ils avaient renversée dans leur chute. *Pauvres bêtes ! Qu'est-ce qui leur est arrivé ?*

La ville dans laquelle ils se trouvaient ressemblait à San Francisco, mais en version décalée. Il fallut plusieurs secondes à Brett pour comprendre ce qui clochait. Ou plutôt, ce qui *manquait*. Il n'y avait rien de moderne. Ni éclairage électrique, ni antennes satellitaires. Pas non plus de panneaux d'affichage électroniques. Brett avait l'impression de visiter le plus grand musée du monde, dédié au début du XXe siècle. Des réverbères au gaz jalonnaient les trottoirs craquelés. Comme la cour où il avait repris connaissance, toutes les rues étaient pavées à l'ancienne.

Que s'était-il passé, ici ? La moitié au moins des immeubles semblaient avoir été bombardés. Les toits pliaient, les façades s'effondraient et de grandes crevasses barraient les rues en zigzag.

« Qu'est-ce qui est arrivé à cet endroit ?

— Je te l'expliquerai quand on sera en sûreté. »

Brett fronça les sourcils. « Mais on dirait qu'il n'y a personne, ici. À quoi on essaie d'échapper, au juste ? »

Tandis qu'il prononçait ces paroles, de vastes ombres assombrirent la rue, et le Dr Conway leva brusquement la tête vers le ciel. Brett l'imita, et aperçut un essaim de... choses. Elles volaient trop haut et étaient trop floues pour qu'il puisse identifier les créatures qui plongeaient et décrivaient des vrilles au-dessus d'eux. Brett se sentit une nouvelle fois attrapé vigoureusement par le bras. « Par ici. Vite. »

Il laissa le Dr Conway le traîner dans un des immeubles les moins abîmés, le long de la rue. Ils attendirent là, osant à peine respirer. Les ombres filèrent et voltigèrent pendant un long moment. Lorsqu'elles eurent enfin disparu, Brett inspira à fond et regarda autour de lui.

« Bon sang, chuchota-t-il. C'est une confiserie, ou quoi ? »

Le Dr Conway lâcha le bras de Brett et inspecta à son tour le décor. « Autrefois, j'imagine. »

Des tabourets en cuivre et cuir étaient alignés devant un comptoir en marbre, sur lequel étaient posées de grandes jarres en verre. Dans certaines il restait des bonbons, en tas, attendant d'être attrapés avec la pince rutilante accrochée derrière le comptoir. Brett examina un des pots de plus près. Les sucreries étaient couleur topaze – *Est-ce que tout ici est de ce même jaune ?* – et ovales, de quatre ou cinq centimètres de long. Et aussi recouvertes d'une bonne couche de poussière. « Ça doit être du marrube, suggéra le Dr Conway. C'était une friandise courante, pour les enfants, à cette époque. Tu n'aimerais pas ça. Même sans la poussière autour. »

Brett haussa les épaules, peu sensible à l'humour du Dr Conway. « Comment ça, « à cette époque » ? On est où, exactement ? »

Le Dr Conway attira Brett au fond du magasin, le plus loin possible de la rue. « L'endroit où nous nous trouvons s'appelle Arcadia. En 1906, l'Aurore éternelle a accompli un rituel dans le but d'introduire plus de Magie dans notre monde, mais ils l'ont bâclé. À la place de ce qu'ils voulaient, ils ont créé ceci : un lieu parallèle, *derrière* la Terre en quelque sorte, où la Magie s'est concentrée. C'est la création d'Arcadia qui a causé le tremblement de terre de 1906, dont tu vois les dégâts dans les ruines qui nous entourent. » Le Dr Conway désigna un cadavre de cheval sur la chaussée. « Ici, le temps ne fonctionne pas comme dans notre monde. Le monde *réel*. Certaines choses sont figées, d'autres pas. C'est pourquoi ces chevaux ont l'air d'être morts il y a seulement un jour ou deux.

— Hein ? » C'était cet endroit qui avait provoqué le grand séisme de San Francisco, en 1906 ? *Le temps fonctionne différemment, ici ?* Si le Dr Conway lui avait raconté qu'ils marchaient la tête en bas, Brett l'aurait cru, car il avait perdu tous ses repères.

« Peut-être serait-ce plus facile si tu l'imaginais comme une autre dimension, qui ressemble à une partie de notre monde, mais avec des règles très différentes.

— Alors... » Brett désigna ce qui l'entourait d'un geste de la main. « C'est comme un San Francisco parallèle ? »

Le Dr Conway secoua énergiquement la tête, et le jeune garçon eut soudain l'impression que l'homme était à deux doigts de perdre son sang-froid. « Ce n'est *pas* San Francisco. D'ailleurs ce n'est pas la même réalité. C'est beaucoup plus sinistre. C'est une ville fantôme.

— Vous êtes en train de me dire... » Le cœur de Brett se mit brusquement à battre deux fois plus vite. Était-ce possible ? Jackson lui avait-il dit la vérité, finalement ? « ... qu'on n'est plus dans le monde réel ?

— Non. C'est un lieu où la Magie était jadis concentrée et, à présent, elle est... corrompue. Depuis plus de cent ans. »

Mais Brett n'écoutait plus. Son cœur bondissait dans sa poitrine. C'était exactement l'endroit qu'il cherchait ! Celui qu'il rêvait d'atteindre depuis si longtemps !

Le Dr Conway s'approcha de la vitrine pour jeter un regard prudent dans la rue. « OK, je crois qu'ils sont partis. Il faut qu'on bouge d'ici. » Il fit signe à Brett de venir. « Je sais peut-être où on pourrait aller. »

Brett le rejoignit en se retenant de glousser de joie. Il n'était plus sur terre, il était enfin arrivé. Jackson avait donc dit la vérité : il existait d'autres mondes. *Ça doit être là que se trouve Charlie !*

Alors qu'ils marchaient et que le cerveau de Brett s'accoutumait peu à peu aux couleurs saturées et aux formes oniriques d'Arcadia, le Dr Conway se racla doucement la gorge. « J'ai besoin que tu m'expliques en détail comment tu es arrivé ici, Brett. »

L'adolescent fronça les sourcils et fit la moue. « Voyons voir. Cette nana flippante qu'ils appelaient Primus venait de vous poignarder avec une lame hallucinante, et j'essayais d'arrêter le saignement...

— Non. Je veux dire, depuis le début. Quand les règles du monde ont-elles commencé à changer, pour toi ?

— OK. Euh... » Brett inspira profondément. Il ne voyait pas comment mettre le Dr Conway au courant sans se donner le mauvais rôle. Pourtant, il lui devait bien une petite explication, vu que c'était lui qui avait provoqué la série d'événements qui les avaient envoyés dans la Quatrième Dimension. « D'avance, je vous présente mes excuses. Parce que tout à commencé quand j'ai pris la carte dans votre bureau. » Il se racla la gorge. « Désolé. »

Le Dr Conway attrapa Brett par l'épaule et le força doucement à se retourner. L'homme planta son regard dans celui de l'adolescent, et Brett crut deviner l'effet que ça faisait, d'arriver au cours du Dr Conway sans avoir révisé. « Tu ferais mieux de tout me dire, Brett. »

Brett raconta beaucoup de choses. Il parla de la carte, des tunnels, de la Salle de l'Amitié et de la Tablette.

Mais il ne raconta pas *tout*. Il oublia de mentionner Jackson, et surtout Charlie. L'accord que Brett avait conclu avec Jackson avait mal tourné, mais il n'était pas question de prendre des risques maintenant, en trahissant sa promesse. Pas après tout ce qu'il avait traversé pour revoir son frère.

Il eut beau laisser des détails de côté, ce fut tout de même une longue histoire. Brett n'aurait su dire combien de temps il parla, tandis qu'ils cheminaient dans ce San Francisco parallèle de 1906, carbonisé et en ruine, mais il eut le sentiment qu'il s'était écoulé une bonne heure lorsqu'il se tut enfin. Le Dr Conway n'avait pratiquement pas dit mot pendant tout le récit, posant seulement une question de temps à autre, mais en jetant un regard en coin, Brett lisait de plus en plus de tension sur le visage de l'homme. « Donc voilà. Le gros ballon de sang m'a attrapé, et après c'est le trou noir, jusqu'à ce que je me réveille dans cette cour. »

Le Dr Conway se massa la nuque. « Si je comprends bien, à vous quatre et en vous servant de vos pouvoirs élémentaires, vous avez combattu tout une congrégation de l'Aurore éternelle ? »

Brett haussa les épaules. « Et aussi quelques créatures qu'ils appelaient traqueurs. »

Brusquement, le Dr Conway eut l'air sur le point de s'évanouir. Il s'assit sur un tas de gravats et enfouit son visage entre ses mains. « Toute ma vie, c'est exactement ce que j'ai tenté d'éviter. »

Brett prit place à côté de lui. « Alors vous avez toujours su que ces trucs existaient vraiment ? Les monstres, la Magie, tout ça ?

— En un mot, oui, acquiesça le Dr Conway en fixant le sol entre ses pieds. Il y a des années, les parents de Gabe, Greta Jaeger et moi étions très liés. Pratiquement comme toi, Gabe, Lily et Kaz aujourd'hui. Nous connaissions cet endroit. Nous savions que l'Aube voulait relier Arcadia au monde réel. Et nous savions également que si nous avions une chance de détruire Arcadia, il fallait à tout prix essayer. »

Il se leva et s'étira, puis du pouce désigna le haut de la rue. Il se remit en marche et Brett le suivit.

« Et puis ça a mal tourné. Ce que nous avons tenté n'a pas fonctionné. Ça nous est retombé dessus.

— Mais, attendez, Dr Conway, qu'est-ce qu'il a de si horrible, cet endroit ? Pourquoi essayer de le détruire ? »

Le Dr Conway dévisagea Brett comme s'il venait de lui demander : « Et pourquoi vous ne voudriez pas partager votre lit avec plusieurs milliers de mygales mortelles ? »

L'oncle de Gabe n'eut pas le temps de répondre. Du pied, Brett heurta un petit caillou, qui rebondit et roula avant de tomber dans un trou de deux mètres de large, au bord du trottoir.

Avec un cri perçant, un animal de la taille d'un gros labrador bondit hors de la brèche. On aurait dit un traqueur, en plus petit, sauf qu'une paire d'ailes d'un mètre cinquante de long se déplia sur ses flancs. Avant que Brett ait pu demander ce que c'était, il en surgit une douzaine d'autres, comme tirés par une mitrailleuse. Tous joignirent leur cri strident au premier, et Brett grimaça comme si on lui faisait crisser les ongles sur un tableau noir. Pendant un instant, leur envol collectif obscurcit totalement le ciel.

« Des chauves-souris abyssales ! hurla le Dr Conway. Brett, abrite-toi sous cette charrette ! »

Brett obéit et se glissa en rampant sous une carriole crasseuse à moitié brisée, encore attachée au cadavre du cheval qui l'avait autrefois tractée. De là, en jetant un œil entre les planches disjointes, il put mieux voir les créatures. Leur corps ressemblait beaucoup à celui des traqueurs – une forme vaguement canine, pas de peau, et pas d'yeux ni de truffe. Mais les traqueurs étaient d'énormes prédateurs et faisaient penser à des pumas, alors que ces choses étaient deux fois moins grosses et dix fois plus aérodynamiques. Leurs gigantesques ailes translucides, striées de veines, étaient armées à la pointe de longues griffes acérées comme des poignards. Elles avaient les mêmes aux pieds, remarqua Brett. Les chauves-souris décrivirent des cercles au-dessus du trou d'où elles avaient surgi, repérèrent le Dr Conway, et lancèrent l'assaut. Un vent froid se leva soudain, lui rabattant les cheveux dans le visage, et Brett s'aperçut que son compagnon avait disparu. Il cligna des paupières, chercha frénétiquement le Dr Conway du regard – *Ne m'abandonnez pas seul ici !* – et finit par le voir, planté au milieu de la rue à une dizaine de mètres de là, l'air très calme. Les chauves-souris abyssales piquèrent dans le vide là où il avait disparu, virèrent de bord comme un vol d'oiseaux puis foncèrent droit sur leur proie. Un rictus féroce aux lèvres, le Dr Conway leva les bras et une puissante rafale dévala la rue en sifflant comme un train de marchandises. Elle envoya les premières chauves-souris percuter celles de derrière et la moitié des créatures perdirent l'équilibre et s'affalèrent dans la rue avec un bruit mat. Les autres se regroupèrent et s'alignèrent, prêtes à frapper de nouveau.

Le Dr Conway désigna une rue transversale. « Brett, cours ! On y est presque ! Va à la deuxième maison sur la gauche ! »

Brett ne voulait pas bouger. Avec ses amis, ils avaient monté des petits numéros sympas, dans ce théâtre, avec leurs nouveaux pouvoirs, mais le Dr Conway était carrément un *maître*. Il se demanda si Greta Jaeger possédait le même genre de don avec l'eau que l'oncle de Gabe avec l'air.

Mais lorsque les chauves-souris abyssales piquèrent droit sur l'homme, leurs griffes, leurs crocs et leurs hurlements de hyènes suffirent à convaincre Brett d'obéir. Il remonta la rue en courant et déboucha dans un quartier résidentiel huppé. Une série de jolies maisons victoriennes bordait le trottoir de gauche. Ou plutôt, elles avaient dû être jolies *à une époque*, avant d'être à moitié en ruine et calcinées. Brett entendit un nouvel impact de créatures heurtant le sol et accéléra l'allure.

Deuxième maison à gauche !

Brett sauta par-dessus une barrière en fer forgé, traversa la courette de la deuxième maison et se rua sur le perron. Il attrapa la poignée de la porte d'entrée, la fit tourner, poussa – et pénétra en trébuchant dans un vestibule luxueux.

Il referma précipitamment derrière lui avant d'attirer l'attention d'une éventuelle créature ailée ou bourrée de crocs qui se baladerait dans le quartier, et s'affala contre la porte.

Pendant un instant, il crut qu'il était entré dans un autre rêve. L'intérieur de la maison ne correspondait pas du tout à la façade.

Le sol était recouvert d'épais tapis immaculés, sans la moindre trace de poussière. Aucune usure non plus. On aurait dit qu'ils avaient été achetés le matin même. Les fauteuils chics et les méridiennes étaient tout aussi impeccables et comme neufs, sauf qu'ils avaient l'air de sortir d'une exposition historique. Brett leva les yeux pour identifier d'où venait cet étrange sifflement, et vit des appliques à gaz fixées en haut des murs et dont les flammes tremblantes produisaient une petite fumée noire.

« Comment m'as-tu trouvée ? »

Brett faillit mourir de peur en entendant la voix féminine sur sa gauche. Pour aggraver encore les choses, il se rendit compte que la femme se tenait dans l'embrasure d'une porte, à l'observer, et qu'elle était peut-être là depuis son arrivée. Mais elle était restée tellement immobile que le cerveau du jeune garçon avait dû la prendre pour une statue. Brett essaya de calmer son cœur emballé. « Qu… Qui êtes-vous ? »

La femme se rapprocha de quelques pas. Elle était mince et gracieuse, avec de longs cheveux noirs et des yeux d'un bleu perçant. Elle fit encore un pas et à la lueur des becs de gaz, Brett vit qu'elle avait la peau d'une pâleur anormale. Un fin réseau de veines apparaissait par transparence et en plissant les paupières, Brett était quasiment certain qu'il pouvait voir le sang affluer à chaque pulsation. Ses vêtements étaient assortis à la maison – démodés, comme tirés d'un film muet – sauf qu'ils étaient dans un triste état : déchirés, tachés et brûlés.

« Toi d'abord. » Elle se pencha en avant pour mieux le dévisager. « Quel est ton nom ? Comment oses-tu venir ici ? »

Elle parlait d'un ton calme, gentil même, mais sa voix avait un timbre surnaturel qui effraya tant Brett qu'il songea à faire demi-tour pour aller retrouver le Dr Conway. Il tendit les mains en signe de paix. « Je cherche mon frère ! Il est ici, quelque part. À Arcadia, je veux dire. J'essaie juste de le retrouver. »

La femme pencha la tête sur le côté avec un sourire, et toute trace de menace disparut de son expression. « Ah. La famille. Oui, je comprends. Suis-moi. » Elle prit Brett par la main – la sienne était froide et étonnamment ferme, comme de l'albâtre vivant – et le guida hors du vestibule, dans un petit couloir qui menait à une cuisine.

« Et donc, euh… vous l'auriez vu ? » Brett craignait de retirer sa main. « Mon frère. Charlie ? Imaginez-moi en plus vieux et en plus grand. Et en plus beau, aussi. »

Elle lui lança un vague regard. « Les chauves-souris sont de plus en plus vicieuses, dans le coin, tu sais. » Elle lâcha la main du jeune garçon pour s'approcher d'une série de placards et en ouvrit un qui grinça. « Tiens, laisse-moi t'offrir à boire. Quelque chose de chaud, pour te revigorer le ventre.

— Euh, d'accord. Merci. » Il y avait quelque chose de vraiment *bizarre*, chez cette dame. Brett se replia dans un coin. « Donc, euh, je recherche Charlie Hernandez, tenta-t-il de nouveau. On m'a dit qu'il était ici. »

La femme avait sorti un service à thé, et en entendant le mot « ici », elle le déposa sur le comptoir avec une telle violence que Brett fut étonné que rien ne se soit cassé. Il sursauta et eut du mal à contenir un cri ; le choc avait fait un bruit terrible, et il grimaça en songeant aux créatures que le vacarme avait pu attirer.

« Tu n'imagines pas ce que ça m'a coûté ! s'exclama la femme avec de plus en plus de colère. Tu n'imagines pas la *douleur* ! » Brett recula, les muscles tendus, prêt à fuir, mais l'orage sembla se dissiper aussi vite qu'il était apparu. La femme retrouva son calme et lissa le devant de sa robe avec ses deux mains. Lorsqu'elle se tourna de nouveau vers lui, c'était avec un sourire doux et éclatant aux lèvres. « C'est juste que... je me sens si seule, depuis que ton père est parti. »

Mon père ? Mais avec qui me confond-elle ?

« Écoutez, répondit Brett d'un ton raisonnable, vous savez, je comprends. Être là, dans l'au-delà, alors que vous avez peut-être encore des proches de l'autre côté... c'est sûr qu'on doit se sentir seul. Mais moi j'essaie vraiment de retrouver mon frère. Vous voulez bien m'aider ? S'il vous plaît ? »

La femme se concentra de nouveau sur son service à thé. « Ne dis pas de sottises. Tu es fils unique. » Et Brett constata avec une certaine inquiétude – il était même au bord de la panique – que la femme utilisait une théière vide pour servir... rien du tout dans des tasses tout aussi vides. *C'est comme une enfant qui joue à la dînette.* C'était le spectacle le plus étrange et le plus effrayant que Brett avait vu de sa vie. Elle prit un pot plus petit, vide lui aussi, et le pencha au-dessus des tasses. « Et une touche de sirop d'érable. Voiiiilà. Tiens. »

Brett sentit une boule au niveau de son sternum. *Du sirop d'érable dans le thé ? Ce serait parfait pour... Gabe.*

« M'dame, j'apprécie vraiment euh... le thé, et tout, mais j'ai eu une rude journée, et j'ai fait un long chemin, pour arriver jusqu'ici. Si vous voulez juste me dire si vous avez vu mon frère, je vous promets de vous laisser tranquille. »

La femme fit volte-face et envoya voler une carafe en cristal à travers la pièce. Elle alla se briser contre un plan de travail en marbre, avec une telle violence que Brett recula, craignant de recevoir des éclats. La femme plia les doigts comme des griffes, et il sembla à Brett que ses yeux d'un bleu éclatant lui vrillaient un trou dans le crâne. Elle se pencha vers l'adolescent, et brusquement, les os de son visage se mirent à craquer et à se *métamorphoser*. La belle femme étrange disparut, remplacée par une créature furieuse et rugissante, moitié-humaine, moitié... *dinosaure*. Sa voix tonna dans la pièce comme un gigantesque feu d'artifice, chaque mot retentissant comme une explosion.

Est-ce que tu mesures tout ce que j'ai fait pour toi ? Ne comprends-tu pas le prix que j'ai payé ? Le prix que nous avons tous *payé ?*

Les yeux toujours fixés sur Brett, la femme s'accroupit, les lèvres retroussées sur ses dents affûtées comme des lames de rasoir, prête à se jeter sur lui comme un prédateur en pleine jungle – lorsque la voix du Dr Conway résonna à l'avant de la maison.

« Brett ? Brett ! Où es-tu ? »

La femme se figea. Avec une lenteur extrême, elle se releva et son visage reprit une apparence normale. Ou du moins, « humaine ». Par petits à-coups, elle tourna la tête en direction de la porte de la cuisine. Le Dr Conway déboula en courant et s'arrêta net au milieu de la pièce, fixant l'inconnue. Il avait les cheveux tout aplatis et collés sur un côté du crâne et une de ses manches de chemise avait été arrachée, mais il paraissait indemne.

« Oh mon Dieu, murmura-t-il. Oh mon Dieu. »

Un sanglot profond monta de la gorge de la femme, et des larmes roulèrent sur ses joues. D'une voix de tout petit enfant, elle demanda : « Dan ? C'est toi ? »

Le Dr Conway traversa la cuisine en deux grandes enjambées pour venir soulever la femme dans ses bras. Elle le serra contre elle en fermant les yeux, le visage baigné de larmes, mais un grand sourire sincère aux lèvres.

Brett se tenait là, les yeux écarquillés, à les contempler bouche bée.

« Euh... Dr Conway, vous la *connaissez* ?

— Bien sûr, que je la connais. » Il reposa doucement la femme sur ses pieds en lui souriant gentiment. « Je te présente Aria. La mère de Gabe. »

Chapitre 12

« *Qu'as-tu fait à Brett, espèce de sale monstre mutant ?* » hurla Lily à Jackson.

Jackson Wright, alias le Garçon fantôme, n'avait plus trop l'air d'un fantôme, désormais. Il se tenait au milieu de la scène détrempée, juste en dessous du trou béant dans le plafond. Il levait le nez vers le ciel, et un sourire immense se dessinait sur son visage, lui donnant l'air encore plus crétin.

Mais son émerveillement disparut lorsque Gabe lui balança un coup d'épaule dans le ventre qui lui coupa le souffle. Gabe n'était pas très costaud – Brett le battait à chaque fois sans difficulté, au bras de fer –, mais la fureur lui donnait une puissance qu'il n'avait jamais éprouvée jusqu'ici. L'adolescent s'assit sur la poitrine de Jackson, lui plaqua les bras au sol, et lui hurla au visage : « *Où est Brett ? Où est mon oncle ?*

— Oh ! Lâche-moi ! » Jackson essaya de se tortiller, mais Gabe lui tenait les poignets en étau entre ses doigts serrés. « Ça fait mal ! » Jackson fronça les sourcils et soudain, il se remit à sourire comme un idiot. « Ça fait mal ! C'est génial, ça fait *vraiment mal* ! » Et il éclata de rire comme un hystérique.

Ce qui décupla la colère de Gabe. « Pourquoi le rituel a-t-il fonctionné, sur l'Oncle Dan ? Ce n'est pas lui qui a déverrouillé cette stupide Tablette ! C'est moi ! Pourquoi ça a marché, alors qu'il n'était pas celui que cherchaient ces tarés ? »

Vu l'effet produit sur le Garçon fantôme, Gabe aurait aussi bien pu lui chanter une petite chanson. Jackson se mit à rire de plus en plus fort et Kaz et Greta durent séparer les deux garçons en traînant Gabe à l'écart.

« Lâchez-moi ! aboya ce dernier sans quitter Jackson des yeux. Je vais lui arracher la tête !

— Il ne pourra pas nous dire grand-chose, s'il n'a plus de tête », fit remarquer Greta Jaeger d'une voix douce qui apaisa instantanément Gabe, sans toutefois calmer sa colère à l'égard de Jackson. Greta reprit : « Ce garçon a peut-être profité de ce qui est arrivé à Daniel et à votre ami Brett, mais il n'en est pas responsable. C'est la faute de l'Aurore, et de l'Aurore seule. »

Kaz dévisagea Greta Jaeger d'un air méfiant. « Que faites-vous ici ? »

La question parut l'amuser. « Ne me remerciez pas, c'était tout naturel. Je suis ici parce que la pluie m'a dit que vous aviez des ennuis. Ça m'a paru une raison suffisante pour quitter Brookhaven. »

Elle avait dit ça d'un ton tellement désinvolte que Gabe se demanda si elle faisait des petites escapades hors de l'asile dès que ça lui chantait.

« Vous feriez mieux d'écouter la vieille femme, conseilla Jackson d'un air suffisant, en se remettant debout. Elle dit la vérité. Je n'ai pas... » Avant qu'il ait pu terminer sa phrase, Lily lui balança un coup de pied à l'arrière du genou gauche, et il s'affala de nouveau sur le sol jonché de débris. Il poussa un cri de douleur et Lily en profita pour lui passer les bras autour de la tête et de la gorge. Jackson n'avait pas vu venir l'attaque, et en deux secondes, son visage vira au violet.

« Réponds à la question, siffla Lily à l'oreille du garçon. Dis-nous ce qui est arrivé à Brett. »

Gabe ressentit comme un coup au ventre en se rendant compte que Lily venait peut-être de perdre le seul frère qui lui restait. Ses deux frères morts, en moins d'un an.

Jackson comprit visiblement que Lily était beaucoup plus remontée que Gabe et que, si elle ne se décidait pas à le lâcher, il allait bientôt étouffer. Il la frappa sur les bras et hocha la tête comme il pouvait, en essayant d'articuler « d'accord, d'accord » avec le peu d'air qui lui restait. Mais il ne parvint pas à se faire entendre, car de nombreuses sirènes de police percèrent le fracas de l'orage. Les forces de l'ordre se rapprochaient à grande vitesse.

« Venez, les enfants. » Greta Jaeger désigna la sortie des artistes. « Nous devons quitter cet endroit. » Elle adressa un regard appuyé à Lily, qui lâcha un grognement de dégoût avant de libérer Jackson. Il s'effondra par terre en haletant, et son visage reprit peu à peu une couleur normale. Greta lui fit signe d'un air impatient. « Debout, mon garçon. La police est en route, et l'Aurore ne mettra pas longtemps à revenir non plus. »

Histoire de ne pas être en reste, Kaz poussa Jackson dans le dos avec un morceau de barre de fer. « Tu as entendu la dame. Bouge-toi. »

Ils se frayèrent un chemin jusqu'à la porte de derrière en zigzaguant entre les gravats.

« Est-ce que la police n'aura pas plus urgent à faire que de nous rechercher ? demanda Gabe. Parce que quand même, il y a un dragon géant lâché sur la ville. »

Greta secoua la tête. « La police n'a aucun lien avec Arcadia. Ils ne verront pas le null draak tel qu'il est. Même s'ils ne pourront manquer les dégâts qu'il aura causés. Venez, il faut se dépêcher. »

Greta Jaeger prit la tête du groupe et guida Gabe et ses amis – ainsi que Jackson Wright – à travers les rues. Elle avait beau avoir passé ces dix dernières années dans un hôpital psychiatrique, il était évident qu'elle connaissait San Francisco comme sa poche. Elle leur composa un itinéraire qui non seulement leur évita d'être poursuivis par la police, mais qui en plus les protégea de la pluie. Sur tout le chemin, elle s'adressa à eux par-dessus son épaule.

« J'ai l'impression que le jeune M. Wright est déjà au courant de ce que je vais vous raconter, mais il faut que vous compreniez tous bien la situation. Ce récit vous paraîtra fou – surtout de la bouche d'une évadée de l'asile – mais compte tenu de ce que vous avez déjà vu, je pense que vous êtes prêts à l'entendre, et à l'accepter. »

Personne ne pipa mot. Enfin, sauf Kaz, qui poussa de nouveau Jackson dans le dos avec sa barre de fer en marmonnant : « Accélère. » Gabe était surpris par ce comportement agressif, de la part de Kaz. Peut-être que le fait de maîtriser la terre lui avait redonné confiance en lui ? Ou peut-être Kaz soupçonnait-il Jackson de savoir parfaitement ce qui était arrivé à Brett, et son manque de coopération mettait l'ami de Gabe en colère ? Quoi qu'il en soit, Gabe trouvait que l'ancien Garçon fantôme l'avait bien mérité.

Greta se racla la gorge. « Ce que vous avez vu, au théâtre, et que vous appelez le "cocon de sang", c'était l'œuvre de l'Équilibre. Pour que quelqu'un d'ici puisse accéder à Arcadia, ou vice versa, quelqu'un de la même lignée doit prendre sa place. Par exemple : Lily, si ton grand-père était à Arcadia, tu pourrais échanger ta place contre la sienne. Mais Gabe non, parce qu'il n'a pas de lien de parenté avec toi. Est-ce que vous comprenez ? »

Lily et Kaz hochèrent la tête, et Gabe répondit : « À peu près, ouais.

— Très bien. Continuons. L'Aurore savait que seul un descendant du Grand Fondateur, de Jonathon Thorne lui-même, avait pu déverrouiller la Tablette. En trouvant quelqu'un ayant un lien de sang avec Thorne, cela leur permettrait d'échanger cette personne contre le Grand Fondateur lui-même, et c'est là leur but suprême. Mais ils ont fait erreur en croyant que c'était Daniel qui avait déverrouillé la Tablette, alors que c'était Gabe. » Elle désigna le sac à dos contenant l'objet. Brett l'avait lancé à Kaz quelques secondes avant d'être happé par le cocon de sang.

« Attendez, attendez, l'interrompit Gabe, l'air perplexe. Vous dites que je suis parent de ce Thorne ? » Son oncle ne lui avait pas raconté grand-chose sur sa famille, mais... *La vache, si je suis l'arrière-je-ne-sais-quoi d'un gourou maléfique, je comprends mieux pourquoi il n'a rien dit.*

Greta les fit s'arrêter à un croisement pour scruter la rue. « Je vous raconterai le reste quand on sera en sécurité. » Elle reprit son chemin, et Gabe et les autres s'empressèrent de la suivre. Gabe ignorait où Greta les emmenait. Ils étaient loin de chez lui et... *et puis je n'ai plus de chez-moi, n'est-ce pas ?* Cette idée le percuta comme un coup de poing en plein ventre.

Il accéléra le pas pour se retrouver à la même hauteur que Greta. « D'accord, j'ai bien compris que l'Aurore s'était plantée, avec mon oncle, mais... » Il pointa un doigt accusateur en direction de Jackson. « Comment *lui* est arrivé ici ?

— Ton oncle avait lui aussi des ancêtres membres de l'Aurore. J'ignore lequel, mais le jeune M. Wright ici présent doit avoir un lien de sang avec Daniel. De près ou de loin. »

Une seconde. Si les membres d'une même famille peuvent échanger leur place entre ici et là-bas...

Et si le Garçon fantôme savait qu'il était parent de l'Oncle Dan...

Gabe pivota pour faire face à Jackson. « C'est pour ça que tu ne voulais pas qu'on rentre dans le théâtre, n'est-ce pas ? Tu voulais que le sacrifice ait lieu ! Tu savais que tu pourrais revenir ici, si l'Aurore envoyait l'Oncle Dan à Arcadia à ta place ! C'était ton plan depuis le début ! »

Jackson Wright dévisagea Gabe d'un air glacial, sans dire un mot.

Gabe sentit la fureur le gagner de nouveau. « Et ce monstre ! C'est de ta faute, aussi ?

— Ça s'appelle un null draak, mon cher petit, répondit Jackson d'un air tellement prétentieux que Gabe eut envie de lui arracher les dents une à une. Je dois admettre que j'ai moi-même été quelque peu surpris. »

Gabe marchait à reculons à la même hauteur que Greta. Brusquement, il n'eut qu'une idée en tête, se jeter sur Jackson pour lui donner une bonne correction. Gabe avait déjà serré les poings lorsque Greta l'attrapa par l'épaule. « On y est. Viens, entrons là. Tous à l'intérieur, maintenant ! »

Gabe se laissa guider, franchit une porte vitrée et pénétra dans un petit café, le genre familial, avec une demi-douzaine de clients assis à des tables rondes et une jeune et jolie serveuse derrière le comptoir. « Qu'est-ce qu'on fait ici ? » Gabe dévisagea la serveuse, s'attendant presque à ce qu'elle fasse léviter les machines à café. « Est-ce que c'est une espèce de repaire pour les gens comme nous ? Les Élémentalistes, c'est comme ça que vous dites ? »

Greta pouffa. « Tu plaisantes ? Ça fait dix ans que je n'ai pas touché un beignet ! Venez, asseyons-nous. » Elle mena le groupe jusqu'à la table la plus éloignée de la porte.

Mais Gabe s'immobilisa et délogea la main de Greta d'un mouvement d'épaule. « Je n'y crois pas ! Vous nous avez amenés ici pour prendre un *petit goûter* ? Vous êtes dingue pour de bon, ou quoi ? *On n'a pas le temps pour ce genre d'enfantillages.* »

En entendant Gabe lever la voix, tous les autres clients tournèrent la tête dans leur direction, mais sans jugement, sans menace. Ce n'étaient que des gens ordinaires dans un café ordinaire buvant leur chocolat chaud ordinaire, et Gabe comprit que le petit discours de Greta s'adressait aux clients, et pas à eux. Et pour confirmer son intention, elle lui passa de nouveau le bras autour de l'épaule et le fit doucement pivoter vers la grande baie vitrée qui donnait sur la rue.

« Tu vois ? » demanda Greta à voix basse.

Gabe jeta un œil par la fenêtre, et sa gorge se serra. Juste dehors, au bord du trottoir, trois énormes bêtes ressemblant vaguement à des chiens grattaient le sol en reniflant frénétiquement. *C'est nous qu'ils traquent*. C'étaient bien des créatures de l'Aurore : sans peau, avec des têtes pointues sans yeux ni nez, rien qu'une bouche béante hérissée de crocs. Mais contrairement aux traqueurs, ces monstruosités avaient des ailes gigantesques en guise de pattes avant. Des ailes qui ressemblaient étrangement à celles qui avaient poussé sur le dos du null draak.

Kaz laissa échapper un petit jappement de panique et la barre de fer qu'il tenait à la main tomba au sol dans un tintement métallique. Il se ressaisit immédiatement et la ramassa, l'air gêné.

« Ce sont des chauves-souris abyssales, murmura Greta. Des agents de l'Aurore. Maintenant est-ce qu'on peut s'asseoir ? Je suggère qu'on reste ici jusqu'à ce qu'elles soient parties. »

Abasourdis, les autres obéirent et s'agglutinèrent autour d'une petite table. Ils restèrent assis là, à discuter de tout et de rien, jusqu'à ce que les trois créatures de cauchemar aient pris leur envol dans le ciel. L'appel d'air renversa une grosse poubelle sur le trottoir, et Gabe entendit la serveuse dire : « Il faudrait vraiment que quelqu'un appelle la fourrière », avant de se précipiter pour la ramasser.

« La fourrière ? répéta Kaz d'une voix éteinte. Mais comment... Que voient les gens normaux, quand ils regardent des trucs de ce genre ? »

Greta Jaeger haussa doucement les épaules. « Quelque chose de plus ou moins équivalent. Ça dépend des gens, mais c'est toujours une vision banale, qu'ils oublient aussitôt.

— Comment avez-vous su que ces bêtes étaient là ? demanda Lily à voix basse.

— C'est la pluie qui m'a avertie. Elle me raconte un tas de choses, tout comme le vent le fera sans doute avec toi, un jour, ma chère. La pluie nous protège, en ce moment même. Il faut qu'on reste à l'intérieur un petit moment. »

— Jackson poussa un soupir excédé. « Ah, vous, les Élémentalistes. Toujours à jacasser. "La pluie m'a dit ceci", ou bien "Je l'ai vu dans les flammes." Que c'est pénible. »

Greta lui lança un regard glacial. « Tu es mal placé pour parler, jeune homme. »

Jackson prit un air bougon. Il croisa les bras en travers de la poitrine, se ratatina sur sa chaise et ne prononça plus un mot. Gabe aurait tellement voulu pouvoir le faire taire ainsi, sur commande.

« Euh... » Kaz jeta un œil au menu, inscrit à la main sur une ardoise posée sur le comptoir. « C'est quoi, "un petit moment" ? »

Greta Jaeger se tourna vers lui avec un sourire chaleureux. « C'est assez long pour déguster quelques petites choses. Je ne plaisantais pas, tout à l'heure : ça fait vraiment dix ans que je n'ai pas touché un beignet. »

À eux trois, Gabe, Kaz et Lily avaient assez en poche pour acheter des beignets pour tout le monde et un café pour Greta. Le Garçon fantôme dévorait littéralement la vitrine des yeux, comme quelqu'un qui n'aurait rien mangé depuis un siècle.

Gabe lui-même se rendit compte que son estomac gargouillait. Il ne se rappelait plus quand il avait mangé pour la dernière fois. Au petit déjeuner ? Il avait l'impression qu'il s'était écoulé une semaine, depuis.

Il commanda donc sa viennoiserie préférée, un beignet à la confiture de framboise, mais une fois qu'il fut servi, il ne réussit qu'à picorer. En faisant le tour de la table du regard, il constata que ses amis n'étaient pas en meilleure forme que lui. Kaz ne semblait pas avoir faim et même si Lily avait terminé son beignet, sa jambe tressautait nerveusement avec une telle énergie qu'elle avait l'air sur le point de défoncer le sol carrelé.

« Gabriel. »

Gabe leva vivement la tête au son de la voix de Jackson. « Quoi ?

— Tu ne vas pas le finir ? » La question semblait tellement coûter au Garçon fantôme que Gabe s'en réjouit. Il ne restait que des miettes du beignet à la vanille sur l'assiette de Jackson.

Gabe poussa un soupir. « Tu sais quoi ? » Il balança le beignet entamé au « petit ». *En tout cas, il a l'air plus jeune que moi.* « Fais-toi plaisir. »

Gabe n'avait pas prêté attention à Jackson, lorsqu'ils avaient été servis. Il s'étonna de voir défiler tant d'émotions différentes sur le visage du garçon alors qu'il mordait dans le beignet à la framboise. L'espace d'une seconde fugitive, il laissa tomber tout son cinéma du sale prétentieux. Et alors Gabe trouva qu'il avait juste l'air d'un petit garçon. Un petit garçon en train de faire une découverte merveilleuse. Jackson souriait même, tout en mâchant et en avalant.

Cet instant charmant s'évapora lorsque Jackson s'empara du beignet de Kaz sans demander la permission.

« Hé ! » Kaz essaya de le récupérer, mais Jackson le maintint hors de sa portée. « C'est à moi !

— Tu ne le mangeais même pas ! répliqua Jackson la bouche pleine.

— Mais j'aurais pu ! Rends-le-moi ! »

En réponse, Jackson avala le reste du beignet à la framboise et enfourna la pâtisserie de Kaz en une seule bouchée. Kaz s'affala sur sa chaise tandis que Jackson frottait ses mains couvertes de sucre glace.

C'est Lily qui intervint, prononçant à voix haute ce que Gabe pensait en fixant Jackson : « Mon Dieu, tu es vraiment barjo.

— Essaie de passer un siècle sans manger, et on verra si tu restes polie », rétorqua l'intéressé. Et pour être bien sûr d'avoir fait le tour, il lança un grognement à l'intention de Greta, désigna la tasse posée devant elle, et fit mine d'en prendre une gorgée.

« Si tu y tiens », soupira-t-elle.

Jackson avala une grande lampée, puis leur lança un large sourire qui n'avait rien d'enfantin ni de charmant. « Merci à tous, dit-il avec une hypocrisie totale. Vous êtes trop bons. »

Gabe allait balancer une réplique cinglante quand il vit que Kaz avait sorti son téléphone. Du doigt, il faisait défiler les gros titres de la presse. « J'imagine que vous aviez raison, apparemment personne d'autre ne voit ces trucs, dit-il à Greta. Il n'y a absolument *rien* sur Internet. Et je suis pratiquement certain qu'un dragon géant en train de tout casser autour de la baie aurait droit à quelques articles. »

Greta avala une gorgée de son café, avec précaution, comme si elle craignait qu'il ait mauvais goût, maintenant que Jackson avait trempé les lèvres dedans. Visiblement rassurée, elle répondit : « C'est exact. Ceux d'entre nous qui sont liés aux éléments voient un monde différent. Pour les non initiés, les traqueurs peuvent ressembler à de simples chiens errants. Quant à ces chauves-souris abyssales, ils les voient comme... disons des vautours, ou de gros aigles. Tout dépend de ce que l'observateur s'attend à voir. » Elle prit une autre gorgée. « Les membres de l'Aurore dans ce monde sont des non initiés, mais ils portent des symboles qui leur permettent de voir les choses telles qu'elles sont. Le null draak est aussi une créature d'Arcadia. Certains prétendent que les null draaks étaient jadis des humains, mais que l'influence malfaisante d'Arcadia les a submergés. »

Kaz manqua de s'étouffer. « Cette horreur géante à six ailes était autrefois un *homme* ?

— Ou une femme, oui, confirma Greta d'un ton calme. On ne peut pas en être certain, mais il existe une théorie qui dit que ce sont d'anciens membres de l'Aurore qui ne possédaient pas de talent magique. C'est très rare, vous savez, cette capacité à pratiquer l'Art. »

Kaz avait soudain pâli. « C'est... C'est horrible. »

Greta acquiesça. « Devenir un null draak est un destin terrible, mais pas le plus effroyable. Pour les gens comme nous – les *Élémentalistes*, comme l'a justement souligné M. Wright –, il peut arriver bien pire. »

Gabe attendit que Greta leur explique quoi, mais elle se contenta de se détourner pour contempler la pluie par la fenêtre, l'esprit visiblement ailleurs.

Apparemment peu touché par les pensées de Greta, Jackson se tourna vers Lily d'un air effronté. « J'imagine que tu ne voudrais pas me prêter encore cinq ou dix cents ? Ces préparations pâtissières n'étaient pas mauvaises, finalement, mais maintenant j'aimerais essayer une de ces... – il consulta le menu en plissant les yeux – *Explosion Moka Glacée.* »

Lily le fixa de son regard noir charbon, l'air méfiant. « Est-ce qu'avec ça tu la fermerais et tu nous laisserais cinq minutes tranquilles ? » Jackson tendit la paume. Lily lâcha un grognement et y déposa un billet de cinq dollars.

Tandis que Jackson patientait devant le comptoir en essayant d'attirer l'attention de la serveuse, Gabe se pencha vers Greta pour demander à voix basse : « Et lui ? Est-ce qu'il est comme nous ? »

Greta s'extirpa de ses pensées. « Oui. Et non. Au premier abord, j'aurais dit que c'était aussi un Élémentaliste, mais en voyant ce qu'il a fait au théâtre... » Elle fronça les sourcils. « Il semble exercer la Magie pure. Je n'avais encore jamais vu ça. Je ne savais même pas que c'était possible. » Elle fit signe à Gabe, Kaz et Lily de se pencher plus près et poursuivit d'une voix à peine audible : « La Magie était le ciment liant les éléments terrestres, au moment de la création. À en juger par ce que j'ai vu, je crois que les capacités du jeune M. Wright peuvent amplifier vos propres pouvoirs terrestres. »

Gabe ressassa cette idée quelques instants. « Les amplifier… jusqu'où ? »

Greta haussa les épaules. « Impossible à dire, à ce stade. »

Lily se racla la gorge. « Pardon, Dr Jaeger, mais est-ce qu'on pourrait… Je… euh, j'ai encore du mal à saisir ce qui s'est passé exactement, là-bas. J'ai bien compris que l'Aurore voulait échanger l'oncle de Gabe contre son Fondateur, là, mais pourquoi ce null draak a débarqué de nulle part ?

– Un null draak est précipité dans notre monde à chaque fois que quelqu'un n'appartenant pas à l'une des premières lignées pénètre dans Arcadia. On dit de cette personne que c'est un *null sanguis*. Dans le cas présent, il s'agissait de votre frère Brett. Ces créatures doivent avoir gardé un petit lien avec l'humanité. C'est pourquoi elles tiennent lieu de contrepoids à la personne qui entre à Arcadia. »

Gabe se passa la main dans les cheveux. Il se sentait tellement frustré qu'il eut envie de tirer dessus de toutes ses forces. « Comment savez-vous tout ça ?

— Je l'ai vu de mes yeux, une fois. » Le regard de Greta se voila. « Cela reste le pire jour de ma vie. »

Gabe attendit la suite mais, une fois encore, Greta se tut. Ses paroles restèrent en suspens dans le silence gênant. *Oh mon Dieu, est-ce que c'est le jour où... A-t-elle vraiment... Greta Jaeger a-t-elle réellement tué mes parents ? Jackson disait-il la vérité ?* Gabe n'arrivait pas vraiment à le croire. Premièrement, Jackson avait prouvé qu'il était un sale gros menteur. Deuxièmement... dans l'immédiat, Greta Jaeger était le seul lien qu'il possédait avec ce qui se passait. Il ne pouvait se permettre de la perdre.

« Attendez une minute. » Gabe plissa les yeux d'un air interrogateur. « Si ce null draak est ici, ça signifie que Brett est à Arcadia ? » Greta hocha la tête d'un air grave. « Mais j'ai *vu* Arcadia, poursuivit le jeune garçon. Juste après avoir déverrouillé la Tablette, j'en ai eu une vision. Ça ressemble... Bon sang, ça ressemble à *l'Enfer*. »

Un tic nerveux agita la paupière de Greta. « Je suis sûre que ceux qui y sont prisonniers ne te contrediraient pas.

— Prisonniers ? répéta Lily d'une voix stridente. Mais Brett ne peut pas être prisonnier là-bas ! On doit le faire revenir !

— Lui et l'OnCle Dan, rectifia Gabe, légèrement sur la défensive.

— Exact. » Kaz dévisagea Greta Jaeger. « Mais comment ? »

Greta tendit les mains devant elle. « Tout est affaire d'Équilibre. Pour faire *sortir* quelqu'un, il faut faire *entrer* quelqu'un d'équivalent. Si vous voulez les récupérer, alors nous savons quelle est notre priorité numéro un.

— Mais encore ? » demanda Gabe.

Un demi-sourire se dessina sur les lèvres de Greta Jaeger. « Il faut qu'on attrape un dragon. »

Chapitre 13

Brett fit de son mieux pour observer le visage de la dame bizarre sans qu'elle s'en rende compte. Il ne voulait pas que le... dinosaure revienne. Sa chance, c'était que la dame ne faisait pas vraiment attention à lui, car elle était toute concentrée sur le Dr Conway. Et maintenant qu'il savait, ça lui sautait aux yeux : la forme du nez, l'écartement des yeux. La dame folle pouvait *carrément* être la maman de Gabe.

À cette idée, le cœur de Brett se mit à battre à grands coups. Il savait que les parents de Gabe étaient morts. Alors si sa mère était ici...

Mort, on ne disparaît pas.

Il était sur la bonne voie !

« Aria... » appela le Dr Conway, mais la femme se détourna de lui pour aller ouvrir les placards, comme si elle cherchait quelque chose. Brett n'avait aucune idée de ce que ça pouvait être, vu que tout avait l'air vide.

« C'est tellement agréable, d'avoir de la compagnie ! » Elle ne cessait de s'activer, d'aller et venir dans la cuisine en agitant les mains. « Je pourrais faire un gâteau, pour l'occasion ! »

Le Dr Conway se faufila jusqu'à Brett, sans quitter Aria des yeux. « J'ai toujours pensé que ça avait pu arriver, expliqua-t-il à voix basse. Il y a dix ans, nous avons tenté de détruire Arcadia, mais nous avons sabordé le rituel. Notre Art est une pratique délicate, qui doit être minutieusement équilibrée. Nous avons raté ou mal interprété certaines variables. Un null draak est apparu, et ç'a été le chaos total. Henry – mon meilleur ami, le père de Gabe – est mort en le combattant. J'ai perdu une jambe. Greta n'a jamais plus été la même, et nous n'avons jamais retrouvé le corps d'Aria. C'était un désastre. Mais j'ai toujours cru qu'elle pouvait être vivante, ici. »

Brett s'arracha au tourbillon de pensées qui se déchaînaient sous son crâne. « Qu'est-ce qu'un null draak ? »

Le Dr Conway fixait toujours son amie, qui s'était mise à fredonner une étrange mélodie qui sonnait faux, tout en s'affairant dans la pièce vide. « Une créature. Une créature gigantesque, monstrueuse et destructrice. » Il expliqua à Brett qu'un null draak apparaissait à la place de quelqu'un ayant pénétré à Arcadia sans avoir de lien de sang avec quiconque, de l'autre côté.

« J'ai des ancêtres de ce côté-ci, continua le Dr Conway. Donc l'un d'eux a dû être échangé contre moi. Après un siècle à mariner dans la Magie noire d'Arcadia. C'est assez effroyable, comme idée. Le fait qu'un null draak soit apparu il y a dix ans pouvait laisser penser qu'Aria avait été envoyée ici, quand notre rituel avait mal tourné. Et comme tu n'as pas de lien de sang avec qui que ce soit ici, il y a probablement un null draak en train de dévaster San Francisco en ce moment même.

— Pas si vite. Comment savez-vous que je n'ai pas de lien de sang avec qui que ce soit de ce côté ? » *J'ai un frère, ici, pas vrai ?* faillit objecter Brett à voix haute, mais il réussit à se contenir.

« Je le sais, parce que tous ceux qui sont venus à Arcadia au moment de sa création, tous ceux qui se sont retrouvés emprisonnés ici étaient membres de l'Aurore éternelle. Et outre le fait qu'ils étaient totalement fous, on ne peut pas dire qu'il y avait une grande... diversité ethnique, parmi eux. »

Brett ne put s'empêcher de lever les yeux au ciel. « Vous voulez dire que c'étaient tous des *gringos* prétentieux, c'est ça ?

— Blancs comme des cachets d'aspirine, oui. Tous jusqu'au dernier.

— Je ne comprends toujours pas pourquoi vous vous êtes donné tant de mal pour détruire cet endroit. »

Le Dr Conway finit par quitter Aria des yeux. Elle était totalement absorbée par sa recette, et battait des jaunes d'œufs fictifs avec du sucre fictif. Il lança à Brett un regard à la fois sceptique et réellement perplexe. « Parce que la Magie corrompt les hommes. Et Arcadia n'est composée pratiquement que de Magie. » En guise d'exemple, il désigna Aria. « Je crois que c'est pour ça qu'elle se comporte de cette manière, expliqua-t-il à voix basse. La Magie a dû lui abîmer le cerveau. Même si j'espère me tromper. »

À sa décharge, le Dr Conway n'avait pas vu le visage d'Aria se métamorphoser. *Oh, si si, je crois qu'on peut dire que ça lui a bien retourné le cerveau, mon vieux.*

« Mais écoute, Brett, si nous avons tenté de nous débarrasser d'Arcadia, c'est pour que Gabe n'ait jamais à se cacher de l'Aurore, comme toute sa famille avait été forcée de le faire depuis 1906. Sa lignée est particulièrement précieuse, pour la secte, et ils sont prêts à n'importe quoi pour le capturer. En outre, si l'Aurore menait à bien son projet, elle ferait *fusionner* Arcadia avec notre monde, et dans ce cas, ce serait... »

Brett fut tenté de terminer sa phrase. *Génial ? Fantastique de pouvoir retrouver les êtres chers qu'on a perdus ? Incroyable de vivre dans un lieu d'une telle puissance ?*

Mais le Dr Conway avait une autre vision des choses. « ... une catastrophe. Voilà ce que ce serait. Je n'ose imaginer combien de gens mourraient. Peut-être nous tous. C'est pour cette raison qu'avec Greta Jaeger et les parents de Gabe, nous avons tenté d'accomplir notre propre rituel. Et ça aurait dû fonctionner ! À nous quatre, nous représentions tous les éléments ! Pourtant, quelque chose s'est mal passé. Et il s'est produit un drame, pour les parents de Gabe, pour moi et pour la pauvre Greta. Quand ils lui ont tout mis sur le dos, elle n'a même pas cherché à se défendre, et bien sûr tout le monde a pris ça pour un aveu de sa culpabilité. Ce n'est que grâce à un très bon avocat qu'elle a pu atterrir à l'asile, et non en prison. Avec les années, son état s'est amélioré, mais pendant longtemps, elle était totalement ravagée. On l'était tous les deux. »

Brett tenta désespérément de se concentrer. « Alors ce *null draak* qui est en train de courir au milieu de San Francisco…

— Dis plutôt "en train de *voler*", rectifia le Dr Conway d'un air sinistre.

— *La vache*. OK. Donc ce truc est en train de voler au-dessus de la ville. Et il cherche Gabe, Kaz et Lily ? »

Le Dr Conway haussa les épaules. « Ne t'en fais pas trop pour eux. Ils peuvent s'en sortir, surtout Gabe. Même s'il ne s'en rend peut-être pas encore compte. Il a ça dans le sang. C'est le *reste* de la ville qui est en danger. » D'un geste de la main, il désigna la cuisine, mais pour englober Arcadia dans sa totalité. « Et n'oublie pas notre cas personnel. Il y a à Arcadia des créatures tapies un peu partout et qui sont bien pires qu'un null draak. On devrait rester ici pour reprendre des forces. Tu disais qu'avec tes amis, vous aviez parlé à Greta, n'est-ce pas ? Eh bien, elle doit déjà être en train de chercher un moyen de te faire rentrer à la maison. »

À la maison ?

Brett recula violemment en tendant les mains devant lui, comme pour dire *stop !* « Vous êtes fou ? Je ne rentre pas ! Pas encore ! Après tout ce que j'ai enduré ? Après tout ce que j'ai *fait* ? »

L'oncle de Gabe dévisagea le jeune garçon d'un air ébahi. « De quoi parles-tu ?

— De mon frère ! Charlie ! » Brett n'allait pas rester les bras croisés, et laisser filer sa chance – sa *seule* chance. « Maintenant que je suis arrivé ici, je ne peux pas repartir sans le voir ! »

Aria continuait à bricoler bruyamment dans la cuisine, totalement inconsciente de ce qu'ils se disaient. Le Dr Conway se tourna vers Brett en fronçant les sourcils. « Tu parles de ton frère qui est *mort* ? Gabe m'a raconté ce qui s'est passé. Mais je ne vois pas le rapport. Qu'est-ce qui te fait penser qu'il pourrait être à Arcadia ?

— Parce qu'il y est, c'est tout. » Brett n'était pas sûr de pouvoir convaincre le Dr Conway, même en prenant tout son temps pour s'expliquer.

« Écoute, il faut absolument que tu comprennes ceci. Arcadia est une autre dimension de l'existence, certes, mais ce n'est *pas* l'au-delà. Ton frère n'est pas ici. C'est impossible.

— C'est faux ! » Brett haussait de plus en plus le ton. Aria finit par abandonner son gâteau imaginaire et se tourna vers lui. Mais Brett ne pouvait s'arrêter là. Il poursuivit, même s'il avait conscience que c'était lui, et pas Greta Jaeger, qui avait l'air tout droit sorti de l'asile. « Vous mentez ! J'ignore pourquoi, mais vous mentez, parce que Jackson m'a dit que Charlie était ici ! Il a dit : *Mort, on ne disparaît pas*. Il m'a promis ! »

Le Dr Conway haussa brusquement les sourcils. « Brett... »

Mais le jeune garçon ne pouvait arrêter le raz-de-marée. « C'est lui qui m'a dit quoi faire ! De A à Z ! J'ai commencé par le voir en rêve, juste après avoir trouvé la chevalière. » Il sortit le bijou de sous sa chemise, où il l'avait caché, accroché à une fine chaîne.

À la vue de ce W gravé dans l'or, le Dr Conway se retrouva bouche bée. « Mais, c'est... »

Mais Brett n'en avait pas terminé. « La carte, la Tablette, le rituel, tout, j'ai tout fait parce que Jackson m'a *promis* que je pourrais revoir mon frère ! Et vous m'annoncez que c'étaient des *bobards* ? »

Le Dr Conway tenta de l'apaiser d'un geste de la main. « Attends, attends. Pas si vite. C'est... C'est une première ça. Tu dis que quelqu'un de l'autre côté est entré en contact avec toi dans tes rêves ? »

Brett poussa un hurlement strident. « *Je me fiche de comment c'est arrivé ! Je veux juste voir mon frère !* » Avant que le Dr Conway ait pu l'en empêcher, Brett sortit en trombe de la cuisine. Il dévala le couloir, franchit la porte d'entrée, et fonça droit devant lui dans la rue.

Il entendit courir derrière lui. « Brett, attends ! Reviens, c'est trop dangereux ! »

Mais la décision de Brett était prise. Ou bien le Dr Conway mentait, ou bien il se trompait, parce que Charlie était bel et bien là. Forcément. Il n'y avait pas d'autre solution. Sinon Brett ne pourrait plus jamais se regarder dans la glace. Ni supporter ce qu'il avait fait. *Si le Dr Conway a raison, si c'est moi qui ai piégé Gabe en le forçant à déverrouiller la Tablette... alors à cause de moi l'Aube éternelle pourra faire fusionner la Terre avec Arcadia, et... et tuer des millions de gens...*

Non. Non ! Il repoussa cette pensée. Le Dr Conway se trompait. *Il faut juste que je retrouve Charlie !*

Brett quitta le trottoir, s'éloignant de plus en plus de la maison pour s'enfoncer dans la ville. *Il faut juste que je découvre où sont passés tous les gens ! C'est là que sera Charlie !*

Il jeta un œil par-dessus son épaule, et crut rêver en voyant que le Dr Conway gagnait du terrain. À présent qu'il avait recouvré ses deux jambes, l'oncle de Gabe était devenu un vrai coureur olympique. Brett accéléra de toutes ses forces, et il lui sembla qu'il prenait enfin de l'avance, quand soudain...

Le sol vibra violemment sous ses pieds, et alors plus rien ne lui parut avoir d'importance. Un groupe de quatre... Brett les fixa, hébété. *Qu'est-ce que c'est que ces choses ?* Un groupe de quatre créatures, bâties comme les traqueurs qu'il avait vus sur terre, étaient plantées au milieu de la rue, totalement concentrées sur le Dr Conway, et ignorant l'adolescent. Sauf que ces bêtes-là étaient *dix fois plus grosses* que les traqueurs. On aurait dit des tricératops sans peau, dorés et scintillants, avec d'énormes cornes sur la tête.

« Désolé, Dr Conway », murmura Brett, infiniment soulagé que les monstres ne l'aient pas remarqué. Mais c'est alors qu'il aperçut autre chose. Une masse sombre comme un nuage d'orage, dans une rue transversale.

La forme mystérieuse était cachée par d'autres immeubles. Brett plissa les yeux pour mieux voir, mais l'étrange distorsion visuelle des décors d'Arcadia l'en empêcha.

Il crut cependant apercevoir... des tentacules ? L'air doré ondulait autour de la créature comme des vagues de chaleur.

Et la forme était *colossale*.

Brett resta cloué sur place. Très loin, comme à travers du coton, il entendit le Dr Conway qui lui criait quelque chose. Un ordre du genre « *Va-t-en !* », ou « *Cours !* ». Il n'était pas très sûr, car la chose à tentacules captivait toute son attention.

Et elle approchait.

Brett finit par sortir de sa stupeur et se mit à courir. Pour fuir cette tornade à mille bras qui se ruait sur la ville. Pour fuir les super-traqueurs à cornes. Pour fuir le Dr Conway. Brett courut à perdre haleine, dans ce San Francisco tordu, triste et dévasté de 1906, il se rendit compte que jamais il n'avait couru aussi vite. Il sauta, et constata qu'il s'envolait littéralement dans l'air jaune orangé. Au fil des secondes, Brett oublia sa terreur de la chose derrière lui et se délecta de cette force, de cette puissance qui s'insinuait en lui.

Lily adorerait cet endroit. Je parie qu'ici son asthme disparaîtrait et que ses poumons seraient réparés, comme la jambe du Dr Conway qui s'est régénérée.

Une autre pensée le percuta de plein fouet.

Et Charlie, lui aussi doit adorer vivre ici ! S'il va bien. Il faut que je le retrouve. Je dois le sauver !

Le cœur regonflé de cet espoir impossible, Brett finit par s'arrêter au sommet d'une colline. En contrebas, au-delà des immeubles en ruine, des rues défoncées et des chevaux massacrés, une mer étincelante s'étirait, et on aurait vraiment dit de l'or fondu. Et jaillissant du liquide miroitant, loin au large, Brett aperçut une immense saillie rocheuse sur laquelle reposait une forteresse entourée de remparts.

L'adolescent se concentra, tourna légèrement la tête pour mieux entendre, et...

Oui. De l'autre côté de l'eau, portée jusqu'à lui par les vagues, lui parvint la clameur de centaines de hurlements déchirants.

Arcadia l'avait transformée comme elle avait modifié l'ensemble de la ville, pourtant Brett l'aurait reconnue entre mille :

Alcatraz.

Chapitre 14

Gabe crut qu'il allait tomber de sa chaise. « Qu'on attrape un dragon. Mais bien sûr. Vous voulez que *nous*, on capture un null draak ? » Greta hocha la tête, et Gabe s'exclama : « *Et comment ?* », si fort que les autres clients se tournèrent vers lui. Il enfonça la tête dans les épaules et se ratatina sur sa chaise, avant de répéter, à voix plus basse : « Et comment on est censés faire un truc pareil ?

— Ce n'est pas comme si on pouvait appeler la garde nationale à la rescousse, ironisa Kaz. Ils se feraient déchiqueter en un clin d'œil.

— Mais vous avez un plan, pas vrai ? » Lily posa les coudes sur la table et se pencha vers Greta. « Qu'est-ce qu'il faut qu'on fasse ? »

Greta reprit une gorgée de café avant de répondre. « Je vous explique : Ce null draak n'est pas plus à sa place ici que Brett à Arcadia. Et il est attiré par la Magie parce que la Magie lui rappelle sa maison. Alors on va lui tendre un piège. Mais il ne faut pas traîner. Les gens ordinaires ne voient peut-être pas le null draak tel qu'il est, mais ça ne veut pas dire pour autant qu'il ne représente pas un danger pour eux.

— J'ai bien peur que l'on néglige ici un point fondamental, intervint Jackson de son air pincé, en jouant avec la paille de son *Explosion Moka Glacée.* Si votre objectif est de retrouver "l'Oncle Dan" et votre ami Brett, cela signifie qu'il vous faudra échanger le null draak et *moi-même.* Et je n'ai pas accompli tout cela pour que l'on me renvoie à Arcadia. »

Gabe se redressa d'un air furieux, mais Greta Jaeger ne lui laissa pas le temps d'intervenir. « M. Wright, bien qu'Arcadia soit un lieu des plus dangereux, Daniel Conway est capable de se défendre – de même que Brett, s'ils sont ensemble. En outre, plus le null draak restera ici, plus il gagnera en puissance destructrice. C'est donc lui notre priorité. Une fois que nous aurons récupéré Brett, alors nous trouverons un moyen de faire rentrer Daniel. Et de résoudre votre… situation fâcheuse. »

Jackson lui lança un regard maussade. « J'imagine que pour l'instant, je suis *légèrement* avantagé si je reste avec vous tous plutôt que tout seul, concéda-t-il d'un air suffisant.

— Mon Dieu, s'exclama Lily d'un ton plein de sarcasme, tant de gentillesse, c'est étourdissant.

— OK. » Gabe se redressa sur sa chaise. Qu'est-ce qu'on doit faire ?

— Avant tout, dresser une liste. Voici de quoi nous aurons besoin. » Greta saisit une serviette. « Quelqu'un aurait un stylo ? » Kaz lui en tendit un, et Greta se mit à écrire avec précaution sur le papier mince. « Il faut une craie spéciale, imbibée de sang. »

Gabe fit la grimace. « Ça, c'est bien répugnant. Où est-ce qu'on la trouve ? »

Un petit sourire se dessina sur les lèvres de Greta. « Dans le bureau de ton oncle, à l'université.

— J'aurais dû m'en douter. »

Greta continua sa liste. « Il faut également un gros éclat d'améthyste pure qui se trouve dans un musée à l'autre bout de la ville. C'est un ingrédient indispensable. Et nous utiliserons la lame rituelle que vous avez prise à l'Aurore, aussi. » Gabe supposa qu'elle parlait de la dague avec laquelle Primus avait poignardé l'Oncle Dan. « Et nous devons récupérer du matériel que ton oncle et ton père avaient caché, à l'époque où nous avions tous notre propre cercle élémentaire. »

Le visage de Kaz s'éclaira. « Du matériel ? Quel genre de matériel ? » Gabe s'imagina que Kaz était heureux de se raccrocher à quelque chose de technique, au milieu de tout ce... bazar élémentaire et surnaturel.

Greta leva les yeux vers lui. « Vous vous rappelez ce globe rituel qui pendait du plafond, au théâtre ? Celui rempli d'énergie tourbillonnante ? »

Lily hocha la tête. « Je ne savais pas qu'on appelait ça un « globe rituel », mais ouais, je m'en souviens.

— C'était de l'énergie siphonnée sur Arcadia. L'Aurore s'en servait pour transformer des chiens normaux en traqueurs. Ce que nous recherchons, c'est une fiole de cette même énergie, dont nous nous servirons pour appâter le null draak. »

Kaz fronça les sourcils. Gabe devina qu'il était déçu que ce « matériel » implique encore cette maudite

Magie plutôt que des microscopes électroniques ou des lasers. Comme s'il lisait dans les pensées de son ami, Kaz commenta : « Ça n'aurait pas pu être un truc concret, bien réel. Nooooon. Il fallait encore un de vos fichus tours de magie. »

Jackson laissa échapper un rire mauvais. « J'avais conscience que vous n'étiez tous que des enfants, mais je suis toujours surpris lorsque vous vous montrez tellement... *puérils.* »

Gabe retroussa les babines, prêt à mordre. « On ne t'a pas sonné, toi. » Jackson haussa les épaules et retourna à sa boisson.

Greta rendit son stylo à Kaz et s'adressa à tout le groupe. « Bien, ce qui est rassurant, c'est que nous avons un gros avantage sur l'ennemi : la Tablette d'émeraude. Voilà qui nous facilitera grandement la tâche. C'est sans doute la plus puissante des reliques. Elle est monstrueusement dangereuse. Si les chefs de l'Aurore devaient mettre la main sur la Tablette, ils s'en serviraient pour faire fusionner Arcadia avec ce monde. C'est pourquoi ils tiennent tant à la récupérer. »

Lily la regarda d'un air soucieux. « Et que se passerait-il, alors ?

— Le réel tel que nous le connaissons cesserait d'exister, répondit Greta d'un ton brusque. Et des milliards de personnes mourraient dans d'atroces souffrances. »

Personne n'osa briser le silence pendant plusieurs secondes.

Gabe finit par se racler la gorge. « Alors faisons en sorte qu'ils ne mettent pas la main sur la Tablette, hein ? »

Greta fit glisser la serviette au milieu de la table et la tapota du bout de l'index. « Nous serons plus efficaces en nous séparant et en constituant plusieurs équipes. Je peux trouver la fiole d'énergie cachée. Lily et Kaz, pouvez-vous vous charger de l'éclat d'améthyste, au musée ? »

Kaz eut l'air sur le point de protester, mais Lily le prit de vitesse : « Yep, pas de problème. »

Greta se tourna vers Gabe. « Ce qui nous laisse Jackson et toi pour récupérer la craie dans le bureau de ton oncle. Vous ferez une superbe équipe, tous les deux, n'est-ce pas, Gabe ? » Un sourire discret éclaira son visage ridé.

Gabe lança un regard noir à Jackson. Traîner avec le fantôme menteur et cinglé de service ne le réjouissait vraiment pas. En même temps, vu qu'il se méfiait de Jackson, il valait peut-être mieux qu'il le garde à l'œil. « Ouais, ça me va. Ça te pose un problème, Wright ? »

Jackson prit tout son temps pour terminer sa boisson à la paille, avec des bruitages aussi sonores que répugnants, avant de reposer son gobelet avec un grand sourire. « Mais enfin, bien sûr que non. Pourquoi aurais-je le moindre problème ?

— Il faut que nous décidions d'un point de rencontre, une fois que nous aurons réuni tout ce dont nous avons besoin, annonça Greta en fixant la table. Le meilleur endroit pour capturer un dragon serait... » Elle laissa la fin de sa phrase en suspens.

C'est Jackson qui l'acheva de son ton condescendant habituel. « Alcatraz. Indubitablement. C'est là que les murs entre Arcadia et ce monde sont les plus fins. C'est comme cela que j'ai pu me glisser de votre côté, lors de notre première rencontre. »

Gabe échangea un regard furtif avec Lily et Kaz. Il lui sembla qu'ils étaient tous les trois sur la même longueur d'ondes : ils n'aimaient pas Jackson, ne lui faisaient pas confiance, mais ils ne pouvaient pas nier ce qu'il venait de dire.

— « Très bien, dit Lily.

— Ouais, renchérit Kaz. OK. »

Greta hocha la tête pour officialiser leur accord. « Alors rendez-vous à Alcatraz. »

Gabe grogna en repoussant sa chaise.

Jackson était assis dans le tram, les jambes écartées, envahissant l'espace de Gabe, ce qui donnait une raison de plus à ce dernier de mépriser le Garçon fantôme.

« Te rends-tu compte que ton agressivité à mon égard est presque palpable ? » fit remarquer Jackson.

Gabe serra les dents. Il ignorait le sens du mot « palpable », mais il aurait préféré mourir plutôt que de l'admettre. « Je ne vois pas pourquoi je ressentirais de l'agressivité à ton égard, marmonna-t-il. Tout ça parce que tu nous as menti à tous, que tu as envoyé mon oncle et Brett en enfer et que tu nous as entraînés dans une galère géante qui va sans doute tous nous faire tuer ? Aucune raison de s'en vouloir, vraiment. »

Jackson poussa un soupir. « Peu importe que j'aie maintes fois essayé de vous sauver la vie, j'imagine ? »

Gabe ignora la provocation.

« Je déteste l'Aurore éternelle avec une intensité inimaginable, poursuivit Jackson. Je veux tous les voir souffrir le martyre, et le meilleur moyen pour cela, c'est de détruire Arcadia. Je suis dans votre camp, dans cette histoire. »

Gabe lança au Garçon fantôme un regard chargé d'ironie. « Je crois plutôt que tu es dans ton propre camp. Et j'ajoute que je me moque pas mal de ce que tu peux avoir à raconter. »

Jackson soupira de nouveau. Un silence tendu plana entre eux pendant plusieurs minutes.

C'est le moteur bruyant d'une Maserati passant dans la rue dehors qui vint le briser. Jackson se jeta littéralement contre la vitre du tram pour regarder la voiture de sport disparaître au tournant. Il se rassit lentement une fois le bolide hors de vue. « Incroyable. J'ai eu quelques aperçus de ces engins, pendant mon emprisonnement, mais quelle pureté, quelle *puissance* ont les automobiles d'aujourd'hui. Jamais je n'aurais imaginé un tel progrès. Personne n'aurait pu l'imaginer. »

À sa grande surprise, Gabe se sentit partagé. Une petite partie de lui avait envie de se lancer avec le

Garçon fantôme dans une conversation sur les voitures de sport italiennes.

Ce constat le fit réfléchir, et des pensées confuses tournèrent dans son esprit pendant plusieurs minutes. Jackson Wright semblait avoir une dizaine d'années, mais s'il disait la vérité – et qui sait si c'était le cas ou non –, il s'était retrouvé coincé dans les *limbes interdimensionnelles* pendant environ cent ans. Comment serait Gabe, s'il avait vécu la même chose ? Comment aurait évolué sa personnalité ? Et son *esprit* ? Serait-il en meilleur état que Jackson ?

L'idée même que Jackson méritait peut-être un peu de compassion irritait Gabe. Il n'avait aucune envie de faire preuve de compassion. Il remonta les épaules d'un air boudeur et croisa les bras bien serrés sur sa poitrine. Lorsque Jackson lui demanda : « Qu'est-ce qui t'arrive, maintenant ? », Gabe préféra l'ignorer.

Compassion ou pas, il y avait une chose dont Gabe était certain : s'il fallait choisir entre laisser Jackson Wright rester ici et ramener l'Oncle Dan d'Arcadia, eh bien, le choix serait vite fait. Aussitôt que Greta aurait rouvert la brèche entre les mondes, au revoir Jackson !

Ils n'échangèrent plus un mot avant d'arriver en vue de l'université. Gabe se leva de la banquette du tram. « Allez, debout. C'est là qu'on descend.

— À vos ordres, mon capitaine », répliqua Jackson d'un ton moqueur.

Gabe serra la mâchoire. *Ça oui, le choix serait vite fait.*

Les deux garçons tendirent le cou pour mieux voir le bâtiment majestueux où l'Oncle Dan avait son bureau. « Rothenburg Hall ? » demanda Jackson en déchiffrant l'inscription gravée sur la façade en pierre.

« C'est bien ça. » Gabe lui fit signe et se dirigea vers la porte latérale. « Dépêche-toi. Tu as entendu Greta : il n'y a pas de temps à perdre. »

Jackson rejoignit Gabe et ils pénétrèrent de front dans les locaux. « Qu'est-ce que c'est que cet endroit, au juste ? »

Gabe faillit lever les yeux au ciel : fallait-il vraiment que Jackson fasse la conversation ? « Une université. J'imagine qu'il y en avait déjà, en 1906. »

Jackson plissa les yeux d'un air vexé. « J'avais *onze ans*. Excuse-moi de ne pas m'être intéressé aux études supérieures, à cet âge. »

Gabe haussa les épaules. « Ce bâtiment en particulier fait partie du Collège de sciences humaines. L'Oncle Dan y est professeur de mythologie et de traditions folkloriques. » Un souvenir lui revint soudain en mémoire, et il ne put s'empêcher de sourire. « Il disait que c'était là qu'on collait tous les farfelus hirsutes. Il avait entendu l'un des doyens employer cette expression et il avait pris ça pour un compliment. »

Ils gravirent l'escalier en direction du troisième étage, où se trouvait le bureau de l'Oncle Dan. Après une longue pause, Jackson demanda : « Tu aimes vraiment beaucoup ton oncle, n'est-ce pas ? Il te manque ?

— Bien sûr, qu'il me manque. » Gabe se mordit la langue pour ne pas ajouter : *abruti*.

Jackson se tut de nouveau. « Je ne me souviens que de mon père. Je sais que j'avais de la famille, des oncles et des tantes, et je crois que j'aimais ma mère, bien que j'aie oublié son visage. Tandis que *mon père*... »

Gabe lui jeta un regard en coin. Jackson avait mis tant de venin dans ces deux derniers mots que Gabe se demanda quelles horreurs son père avait bien pu commettre. Mais pas question de poser la question. Il poussa la porte palière du troisième étage. « C'est ici. Deuxième porte à gauche. »

Tandis qu'il fouillait dans sa poche, Jackson reprit la parole. « Tu as la clef du lieu de travail de ton oncle ? Il te fait confiance à ce point ?

— Ce n'est pas exactement son lieu de travail. » Gabe introduisit la clef dans la serrure. « C'est juste un endroit où il stocke des livres... et des craies bizarres, il faut croire. »

La porte s'ouvrit en grand, et Jackson suivit Gabe à l'intérieur. C'était étrange, de se retrouver dans le bureau intact de l'Oncle Dan, après tout ce que Gabe et ses amis avaient traversé, ces derniers jours. *Au moins, on ne s'est pas fait intercepter par ses collègues.* Gabe se demanda comment diable il pourrait expliquer que son oncle avait disparu dans une dimension temporelle parallèle. À regarder le bureau, les bibliothèques et le canapé en cuir usé, Gabe pouvait presque s'imaginer qu'il ne s'était rien passé de grave. *Presque.*

« Où doit-on chercher ? demanda Jackson.

— Il n'y a pas trente-six solutions. » Gabe s'assit au bureau de son oncle. « Je ne le vois pas cacher une craie entre les pages d'un livre, alors elle doit être par ici. » Il ouvrit le tiroir central, appuya sur ce qui ressemblait à un nœud dans le bois et un double fond s'ouvrit dans un claquement sec. « Ha ! Et lui qui prétendait qu'il ne rangeait jamais rien là-dedans ! »

Gabe tendit la main et sortit du tiroir un objet enroulé dans un morceau d'étoffe, de la taille d'un jeu de cartes, attaché avec une vieille ficelle. À travers le tissu, Gabe sentait la forme de plusieurs bâtonnets, probablement des craies ; il était sur le point de dénouer la ficelle pour vérifier, lorsqu'une voix joviale avec un fort accent britannique tonna derrière lui : « Mais qu'est-ce que tu as donc là, Gabe ? »

Le jeune garçon faillit lâcher la craie – et avaler sa langue par la même occasion –, mais il réussit à la glisser discrètement dans la poche de son jean. « Oh, bonjour Pr Juniper. Je... Euh, je suis juste venu chercher quelque chose pour mon oncle. »

Dans l'embrasure de la porte, véritable sosie du père Noël qui aurait revêtu une veste en tweed, se tenait un homme d'environ soixante-dix ans à la barbe magnifique : le professeur Abram Juniper. À sa droite apparaissait une grande jeune femme maigre avec une énorme tignasse de boucles rousses, comme un feu d'artifice sur la tête – Mandy Carlisle, son assistante. Gabe les connaissait assez bien, puisque six semaines auparavant, il s'était retrouvé assis à côté d'eux lors d'un de ces dîners à mourir d'ennui qu'organisait parfois l'Oncle Dan avec ses collègues de la fac. Six semaines seulement. *Ça me paraît pourtant une éternité.*

« Et où est Daniel ? demanda le Pr Juniper en enfonçant ses mains dans ses poches. Je ne me rappelle pas qu'il ait posé un congé. Nous avons été un peu débordés et nous avons bourré son emploi du temps sans prévenir.

— Oh... » Gabe essaya de prendre un air détaché. *Réfléchis, vite !* « Il est tombé vraiment malade. Désolé. J'étais censé appeler pour vous le dire, et je crois que j'ai oublié. »

Le Pr Juniper prit un air inquiet. Il entra dans la pièce et vint s'affaler sur un coin du bureau. « Quelle nouvelle épouvantable ! Peut-on faire quoi que ce soit pour lui être utile ? »

Brusquement, le visage de Mandy s'anima d'un charmant sourire. Elle avait des dents parfaites. Elle quitta son attitude gauche et toute tordue, et parut soudain grande et élégante. « Je pourrais lui apporter de la soupe, proposa-t-elle. Pour l'aider à se remettre sur pied. » Elle prit un air un peu gêné. « Je dois avouer que j'ai toujours beaucoup apprécié le Dr Conway. »

Gabe sentit son cœur bondir de joie. *Des adultes que je connais, et à qui je peux faire confiance ! Eux vont pouvoir nous aider !*

À moins qu'ils l'envoient directement à Brookhaven, en entendant son histoire.

Je dois au moins tenter le coup. S'ils croyaient à son récit, Juniper et Mandy pourraient les emmener à Alcatraz, et aussi trouver un moyen d'obtenir de l'aide. *Pourquoi pas des renforts de l'armée !* Quelques lance-roquettes seraient bien utiles contre un null draak, même si les soldats ne savaient exactement sur quoi ils tiraient, pas vrai ? *Pas vrai ?*

Puis il se produisit deux choses, exactement au même moment, qui réduisirent tous les espoirs de Gabe à néant. À voix basse et sur la défensive, Jackson dit : « *Gabe...* » Et, sous les doigts de Mandy Carlisle, la porte du bureau se referma et le verrou tourna. Les yeux écarquillés, Gabe dévisagea le Pr Juniper, dont l'expression enjouée de vieux grand-père gâteau s'était transformée en un rictus sauvage.

« Tu vas immédiatement me donner ce que tu as pris dans ce bureau, dit Juniper. Puis tu vas nous mener auprès de tes petits amis. »

L'élégance de Mandy disparut en même temps que son sourire, et elle ressembla soudain beaucoup plus à un épouvantail qu'à un être humain. Gabe faillit s'étrangler en apercevant le symbole tatoué sur l'avant-bras de la jeune femme. *Ils sont membres de l'Aurore éternelle !* « Et vous allez tous les deux regretter d'être nés », siffla-t-elle.

Sans même y réfléchir, Gabe brandit la main devant lui en pointant l'index vers le verrou de la porte et en visualisant un fin rayon de feu bondissant pour faire fondre le métal.

Au lieu de quoi, des éclairs jaillirent de toutes les prises électriques de la pièce et convergèrent autour de la main de Gabe en un halo blanc bleuté aveuglant. Juniper et Mandy se jetèrent instantanément sur le côté et en un clin d'œil, un cône de flammes de plus d'un mètre de long fusa du doigt de Gabe, réduisant toute la porte en cendres.

Un bourdonnement électrique saccadé et assourdissant explosa dans l'air – toutes les alarmes anti-incendie du bâtiment venaient de se déclencher.

Des hurlements et des bruits de pas précipités résonnèrent dans le couloir.

« *Viens !* » hurla Gabe à Jackson et les deux garçons se ruèrent hors du bureau, manquant de bousculer au passage Juniper et Mandy. Ils tournèrent à droite et foncèrent droit vers les escaliers... mais la porte sauta de ses gonds et s'écroula au sol sous le poids de deux traqueurs, dans un fracas qui fit vibrer les murs. L'une des créatures fit un bond gigantesque en direction de Gabe, mais la fureur du jeune garçon frappa de nouveau, et un éclair d'électricité crépitante cueillit le traqueur en plein vol et l'envoya, tout fumant et carbonisé, percuter de plein fouet son compagnon. Gabe fit volte-face pour crier à Jackson de courir, mais ce dernier était cloué sur place, les yeux brillant d'un éclat jaune éblouissant.

Jackson leva lentement une main et la porte que les traqueurs avaient arrachée décolla du sol et se remit en place entre ses charnières, dans un halo de lumière dorée. Une seconde plus tard, un traqueur s'écrasa de l'autre côté du panneau, qui ne bougea pas d'un centimètre.

« Combien de temps ça va tenir ? demanda Gabe, haletant.

— Pas très longtemps ! Dépêchons-nous ! »

Tandis qu'ils fonçaient dans le couloir, Gabe risqua un regard par-dessus son épaule. Il aperçut le Pr Juniper qui passait prudemment la tête hors du bureau de l'Oncle Dan, un téléphone portable collé à l'oreille. Gabe accéléra l'allure.

« Tu connais le bâtiment, Gabe, pas moi ! » Jackson était lui aussi hors d'haleine. « Quel chemin faut-il prendre ? »

Gabe tendit le bras. « Tourne à gauche, tout au bout ! Ça nous mènera à l'entrée principale !

— Tu es sûr que c'est une bonne idée ? Tu ne crois pas que c'est justement là que nous attendra l'Aurore éternelle ? »

Ils prirent à gauche et débouchèrent dans un autre long couloir, dont l'un des murs était jalonné de baies vitrées offrant une vue splendide sur le campus. Au bout du passage, Gabe savait qu'une double porte ouvrait sur un vaste atrium, d'où ils pourraient rejoindre la sortie. « C'est le chemin le plus court ! tonna Gabe. Accélère ! »

Derrière eux résonna un rugissement suraigu, accompagné d'une voix d'homme : « Verrouillez vos portes ! Il y a des coyotes dans le bâtiment ! »

Des coyotes. Ben voyons. Personne ne voyait les traqueurs tels qu'ils étaient.

Gabe et Jackson n'atteignirent jamais la sortie. Dans un craquement gigantesque, le plafond juste au-dessus des portes s'effondra et trois chauves-souris abyssales s'écrasèrent dans le couloir. Gabe et Jackson freinèrent brutalement, et Gabe eut la sensation gênante d'avoir légèrement mouillé son pantalon. Les chauves-souris mirent un instant à s'orienter, puis foncèrent sur les deux garçons en *galopant*, se servant de leurs pattes arrière et de l'extrémité de leurs ailes pour se projeter en avant, comme des chevaux de course écorchés tout droit sortis d'un cauchemar.

En périphérie de son champ visuel, Gabe perçut un éclair de lumière dorée : Jackson venait de faire apparaître un large disque scintillant et, sous les yeux éberlués de Gabe, il lança les mains en avant, envoyant le disque à travers l'une des baies vitrées, qui explosa dans une pluie de verre brisé. Le disque resta en suspens dans l'embrasure, à l'horizontale. « Saute dessus ! »

Gabe n'eut pas besoin qu'on le lui répète. Il bondit sur le disque, et guidé par le regard de Jackson, l'engin s'éloigna du bâtiment en glissant et les déposa tous deux au sol, sains et saufs.

Dès que leurs pieds touchèrent la pelouse impeccable du campus, Gabe inspecta frénétiquement les alentours. « Est-ce qu'ils sont après nous ? » Jackson leva les yeux vers la baie vitrée qu'ils avaient brisée. « Oh, à n'en pas douter », confirma-t-il alors que les chauves – souris abyssales bondissaient à leur suite, couvrant les alarmes de leurs cris perçants.

Chapitre 15

Brett s'accroupit sur un rocher large et plat au bord de l'eau et plongea un doigt dans la mer. Au contact de l'élément liquide, un frisson lui parcourut tout le corps. *Ce n'est que de l'eau. Alors pourquoi a-t-elle cette couleur ?* Le frisson s'intensifia lorsque Brett comprit : l'eau était imprégnée de Magie.

Était-ce aussi pour cette raison que le ciel avait cette apparence ? Le jeune garçon se remémora le globe de verre, au théâtre, rempli de tourbillons d'énergie. *La Magie est-elle... dorée ?* Si c'était bien le cas, alors Arcadia en était saturée. L'eau. Le ciel.

La poussière, les bâtiments, les routes... Voilà pourquoi la vision de Brett avait changé. Ce n'est pas qu'il regardait à travers un filtre teinté d'or...

Il voyait la Magie *partout*.

Un monde entier de Magie. Brett se releva et se concentra sur l'eau qui clapotait contre le rivage rocheux à ses pieds. Il ne lui fallut qu'un tout petit effort, un minuscule mouvement du poignet, pour geler une vague en plein mouvement, la tordre comme un caramel mou, et la faire refluer *à l'envers*. La terreur de l'eau qui hantait le jeune garçon depuis un an s'évanouit brusquement, cédant la place à...

Qu'est-ce que je ressens ?

C'était tout nouveau, pour lui. Il n'avait encore jamais vécu ça. Il lui fallut un moment pour mettre un mot dessus.

Le pouvoir. Brett jeta un regard autour de lui et repéra un vieux bidon cabossé, échoué non loin sur le sable. Il le ramassa et l'apporta au bord de l'eau. Sans effort, il fit surgir un petit jet de la grosseur d'un crayon, et le versa dans le bidon, qui pulsait dans sa main.

Brett leva les yeux vers... eh bien, il ne pouvait plus l'appeler l'île d'Alcatraz, car bien qu'encore reconnaissable, l'endroit avait radicalement changé. Il avait au moins quadruplé de volume, et se trouvait désormais beaucoup plus près du rivage, ce qui rendait encore plus imposantes les tours gigantesques – Brett estima qu'elles mesuraient au moins cent mètres de haut.

Citadelle. C'était le bon mot. La citadelle d'Alcatraz.

Les cris et les gémissements humains parvenaient toujours à ses oreilles. *Si Charlie est là-dedans*... Non. Pas « si ». Charlie était *forcément* là. C'était sans doute pour cette raison que Jackson Wright avait choisi ce lieu de rencontre. Et maintenant, c'était à Brett de faire évader son frère. Et de le ramener à la maison.

Le jeune garçon porta de nouveau son attention sur la surface de l'eau. Un large disque d'un peu plus d'un mètre de diamètre, avec un bord retroussé – *comme un Frisbee à l'envers* – se solidifia sous ses yeux et se mit à flotter là, à l'attendre. Brett monta prudemment dessus, craignant que ses pieds se dérobent sous lui, mais il n'avait rien à craindre. La glace s'accrochait à la semelle de ses chaussures, lui assurant une prise aussi sûre que s'il marchait sur du béton.

« Très bien, dit Brett à haute voix. Allons attaquer une citadelle. »

Le disque de glace se mit à glisser sur la surface de l'eau, avec aisance et fluidité, comme s'il roulait sur des rails. Le vent teinté d'or balayait le visage du jeune garçon. Levant lentement les bras, il savourait le sentiment d'ivresse, la joie pure face à toutes ces choses *impossibles*. L'eau l'adorait. L'eau lui obéissait. L'eau...

... lui *parlait*.

Pas avec de vrais mots, pourtant Brett entendait parfaitement son message. *Monte plus haut*, lui disait-elle. *Franchis le sommet de ce mur comme un roi montant sur son trône*. Brett hocha la tête. Oui, il fallait qu'il fasse une entrée fracassante. Une entrée de roi, parce qu'il était un roi. Il leva les deux bras plus haut, et le disque de glace monta au-dessus de la surface sur une colonne d'eau couleur topaze.

Et c'était tellement *facile*. Chevauchant ainsi son élément, se délectant de cette Magie qui l'entourait, Brett fit grandir la colonne jusqu'à ce qu'elle devienne une vague. Non, pas seulement une vague. Un *tsunami*. Mais qui ne ressemblait à rien de ce qu'on avait déjà vu sur terre. L'eau enfla, dans un mouvement de plus en plus rapide, pour bâtir une vague gigantesque et destructrice, capable de rayer de la carte n'importe quelle ville du monde réel. Brett montait, toujours plus haut, couronnant ce rouleau monstrueux qui se précipitait sur les remparts de la citadelle d'Alcatraz.

Je vais bientôt revoir Charlie ! Il avait du mal à l'imaginer, maintenant, même si c'était devenu son unique obsession, depuis qu'il avait vu Jackson Wright en rêve. Brett avait *tant de choses* à dire à Charlie. Il espérait que son aîné serait impressionné, en voyant qu'il avait littéralement traversé plusieurs mondes pour le retrouver... mais ce n'était pas le plus important. Ce que Brett devait faire, avant tout autre chose, c'était demander pardon.

Il savait que c'était sa faute, si le bateau avait chaviré.

C'est pourquoi il *devait* ramener Charlie. À tout prix. À n'importe quel prix.

Sous lui, l'avant de la vague percuta le pied des remparts de la citadelle dans un fracas assourdissant, comme un million de coups de canon, mais le disque souleva Brett jusqu'au sommet de l'enceinte avec tant de douceur et de précision qu'il se serait cru dans un ascenseur. Brett regarda derrière lui la vague surnaturelle se briser et retourner à la mer – il regretta aussitôt sa curiosité, car il put mesurer la distance qui le séparait de la base rocheuse de l'île. Il avala sa salive et se hâta de descendre du disque de glace pour poser les pieds sur le mur lui-même.

La première chose qui le frappa fut la matière sous ses pieds : ce n'était pas du béton, ni même de la pierre. On aurait dit que le mur avait été construit avec des *ossements*. Brett essaya d'identifier d'où ils provenaient. On aurait dit les squelettes d'une grande variété de créatures, maintenus ensemble par une espèce de ciment gris.

Il s'agenouilla pour le toucher. « Mais qu'est-ce que c'est que ce truc ? »

Un bruit de frôlement lui parvint en réponse. Brett se redressa aussitôt. Une douzaine de créatures en forme d'insectes, aussi grosses que des ratons laveurs, surgirent d'orifices dans la muraille et descendirent sur le côté en faisant cliqueter leurs mandibules. Cette vision donna la nausée à Brett. Ces bêtes ressemblaient à un croisement répugnant entre une fourmi légionnaire et un mille-pattes. Brett se replia sur le rebord du mur pour regarder en bas. Il y en avait des dizaines d'autres, grouillant le long de la paroi comme si on venait de donner un coup de pied dans leur fourmilière, et il lui fallut un moment pour comprendre qu'elles venaient évaluer les dégâts. Son énorme vague dévastatrice n'avait pas vraiment endommagé le mur, mais elle avait causé quelques fissures et lorsque les bestioles tombaient dessus, elles écartaient bien grand leurs mandibules pour vaporiser leur immonde enduit gris et visqueux.

C'est de ça qu'est fait le mur ? Des os collés ensemble par de la morve d'insecte ? Mais... une seconde. Si c'est le cas, alors cet endroit est...

... une ruche ?

Brett perçut un cliquètement sur sa gauche et eut juste le temps de tourner la tête au moment où une de ces bêtes le recouvrait des pieds à la tête de bouillasse grise.

Il bondit et recula en trébuchant, pris de toux et de haut-le-cœur, faisant de son mieux pour ne pas vomir. La créature l'observait sans bouger. Brett comprit pourquoi en sentant le ciment gris se solidifier autour de lui. *Non non non non !*

L'adolescent appela l'eau du bidon qu'il avait ramassé sur la plage et la fit jaillir en tentacules miroitants, dont il rétrécit l'extrémité pour former une lame, puis il les fit descendre le long de sa peau pour qu'ils épluchent et découpent l'enveloppe répugnante. L'enduit finit par se détacher et tomba à ses pieds comme une mue solide.

L'insectoïde ne sembla pas apprécier. Il recula en se redressant sur ses pattes arrière et poussa un *hurlement*.

Des milliers de créatures apparurent par-dessus le rebord du mur et se dirigèrent droit sur Brett en faisant claquer leurs mandibules. Il pivota et s'enfuit en courant, et pour la première fois, il regarda attentivement autour de lui. À son sommet, l'immense muraille était incroyablement épaisse, de cinq mètres au moins. C'est alors qu'il se rendit compte que cette enceinte ne ressemblait pas aux murs d'un château, comme il aurait pu s'y attendre. De l'autre côté, il n'y avait pas de cour intérieure. En fait, maintenant qu'il se trouvait tout en haut, Brett vit qu'il se tenait plutôt sur une butte de sable que sur un mur. La Citadelle d'Alcatraz elle-même n'était qu'un immense bloc de pierre noire sans entrée distincte, dressée comme un monument géant au milieu de sa plateforme d'insectes et d'ossements. Tout en courant autour de la citadelle pour échapper aux insectoïdes, Brett comprit avec désespoir que sa marge de manœuvre était très limitée : d'un côté, un édifice en pierre impénétrable, et de l'autre une chute de cent mètres dans la baie.

Il sortait de plus en plus de créatures des orifices du mur. Il leur jeta de l'eau de son bidon, gelant le jet d'eau dans l'air pour le transformer en pics mortels. Les insectoïdes n'avaient pas une carapace très efficace et les pointes de glace transperçaient sans mal leurs exosquelettes, les clouant au sol.

Mais il ne put se débarrasser que de cinq ou six d'entre eux. Il n'arrivait pas à les compter, mais il devait en avoir au moins cinquante aux trousses. Peut-être cent. Grâce à l'étrange gravité qui régnait à Arcadia, il courait en bonds longs et puissants, mais la citadelle était tellement vaste, et le mur tellement interminable, que bientôt il eut les cuisses et les mollets en feu. Il savait qu'il ne pourrait tenir ce rythme très longtemps.

Mais s'il ralentissait, les bêtes le rattraperaient.

Et alors je deviendrai un morceau de ce mur.

Sous ses pieds, le sol se mit à vibrer, et Brett sentit le découragement le submerger lorsqu'il comprit pourquoi : d'autres insectes arrivaient en renfort. Juste en dessous de lui, à l'intérieur du mur, surgissant des ténèbres. Des centaines. Peut-être même des *milliers*. Brett réprima un sanglot de panique.

C'est alors qu'il remarqua devant lui une irrégularité, dans la surface lisse de la citadelle. *Oui ! Une porte !* Brett poussa ses muscles endoloris dans un effort ultime.

Ce n'était pas n'importe quelle porte. En s'approchant, Brett constata qu'il s'agissait d'un double battant aussi haut que l'arbre auquel il grimpait, chaque été, chez son oncle et sa tante. À côté, un pont-levis de château fort aurait paru ridicule. *Est-ce que je serais même capable de l'ouvrir ? Elle a l'air de peser une tonne !* Mais il n'avait guère le choix. Il rassembla toutes les forces qui lui restaient, se précipita vers la double porte et se jeta de toutes ses forces contre l'un des panneaux. Brett faillit pousser un cri de joie en le sentant céder sans mal : son poids inimaginable était parfaitement équilibré grâce à des gonds invisibles.

À l'intérieur, l'adolescent ne vit rien d'autres que l'obscurité. Il ne savait même pas s'il y avait un sol sur lequel avancer. Mais les insectoïdes l'avaient presque rattrapé, et c'était sa seule issue.

Brett se jeta dans la forteresse en claquant la porte géante derrière lui.

Chapitre 16

Gabe projeta les deux mains en avant, les doigts écartés en direction des chauves-souris abyssales qui fonçaient sur lui et Jackson. Trois réverbères explosèrent – leurs globes de plastique furent atomisés et trois éclairs blanc bleuté aveuglants convergèrent vers Gabe. Un vortex de flammes jaillit de ses paumes pour engloutir les trois chéiroptères, qui poussèrent des cris stridents et se débattirent en vol avant de s'abattre au sol devant lui, assommées ou bien raides mortes.

Des étudiants et des professeurs couraient en tous

sens en hurlant qu'il y avait le feu et des animaux sauvages dans le bâtiment.

J'espère que tout le monde est sorti. Je détesterais que des gens normaux se retrouvent coincés là-dedans avec ces traqueurs.

Et justement, il en vit deux bondir à travers une fenêtre du rez-de-chaussée pour se jeter sur lui, comme s'il les avait appelés rien que par la pensée. Gabe leva de nouveau les mains, prêt à frapper... et vit avec stupéfaction une plaque d'égout, vibrante d'énergie dorée, faire du rase-mottes comme un palet de hockey géant et envoyer valser les deux traqueurs queue par-dessus tête. Gabe lança un regard à Jackson, dont les yeux dorés scintillaient et qui souriait de toutes ses dents, l'air content de lui.

« Tu crois qu'on les a tous exterminés ? » Les yeux de Jackson reprirent leur couleur normale. « Est-ce qu'on peut songer à s'échapper, maintenant ?

— Je n'en sais rien. Il reste Mandy et le Pr Juniper. Et je l'ai vu appeler des renforts. »

Jackson fronça les sourcils. « Eh bien, cherchons au moins un endroit moins exposé. » Il désigna le décor qui les entourait. Ils se tenaient au milieu d'une esplanade entre plusieurs bâtiments. « Traîner ici à ciel ouvert ne nous attirera que des ennuis.

— Oh, il est trop tard pour fuir », aboya le Pr Juniper en ouvrant à la volée la porte principale de Rothenburg Hall. Il sortit d'un pas décidé, accompagné de Mandy Carlisle, tous deux souriant d'un air mauvais de prédateur. « À ce stade, vous ne faites que retarder l'inévitable. »

Gabe allait *tenter* la fuite, lorsqu'il vit une douzaine de traqueurs se glisser aux côtés des deux adeptes de l'Aurore, et deux douzaines de plus franchir les fenêtres du rez-de-chaussée, sur toute la longueur du bâtiment. Curieusement, ils ne se jetèrent pas sur leurs proies, mais se positionnèrent en un large demi-cercle afin de prendre Gabe et Jackson en tenailles.

« Je ne peux pas en éliminer autant à la fois », siffla Gabe.

Jackson posa la main sur l'épaule de son comparse. Gabe en fut tellement surpris qu'il tourna vivement la tête et vit les yeux de Jackson – dorés et étincelants d'une lueur dangereuse. « Oh, moi je crois que si, objecta-t-il. Je m'*assurerai* que tu y arrives. »

Naissant à l'endroit où Jackson lui avait touché l'épaule, une vague d'électricité crépitante fusa à travers tout le corps de Gabe. Il sentait la chaleur émaner de ses propres yeux et il sut qu'ils s'étaient enflammés comme des brasiers jumeaux. Gabe leva la main droite et au lieu d'appeler l'électricité des réverbères, il invoqua le ciel. Plus haut, toujours plus haut.

Jusqu'aux nuages.

Un éclair de la largeur d'un tronc d'arbre surgit des cieux et le corps de Gabe en absorba toute la puissance, jusqu'au dernier volt, comme une éponge absorbe l'eau. Gabe brandit la main, le doigt tendu et dessina un grand arc de cercle. Une gerbe de flammes volcaniques s'abattit, ratissant les traqueurs comme la fureur d'un dieu vengeur. Le feu réduisit les créatures distordues à un tas de cendre noire et une fois qu'il les eut toutes décimées, Gabe dirigea le faisceau infernal vers l'entrée du bâtiment.

Il ne put voir s'il avait touché Mandy et le Pr Juniper. L'éclat de la colonne de feu était tel qu'il lui cachait la vue de la porte. Et il s'intensifia encore.

Gabe sentit le feu partir dans le bâtiment. Il sentit la pierre *fondre*.

« Gabe », l'appela Jackson.

Les flammes se déversaient du jeune garçon. De plus en plus brûlantes. De plus en plus éblouissantes.

De plus en plus voraces.

Une voix s'insinua dans son esprit, qui communiquait avec lui sans paroles. « *Ouiiiiiii.* » La voix tournait dans sa tête en rugissant et en crépitant, et Gabe éclata de rire, ravi. Le feu l'adorait. Le feu avait *besoin* de lui.

Jackson le secoua. « Gabe ! »

« *Brûle... brûle... brûle...* »

Gabe sentit un rictus sauvage se dessiner sur ses lèvres, et une joie destructrice l'envahir.

« *Brûle encore... brûle tout...* »

« Gabriel ! » Jackson ferma le poing et frappa Gabe à la mâchoire.

L'adolescent vacilla et tout se mit à tourner autour de lui. La colonne de feu crachota puis s'éteignit. Il secoua la tête, cligna fort des paupières et se frotta la joue. « Pourquoi tu m'as frappé ? »

Jackson tendit le bras. « À cause de *ça.* » Toujours ébloui, Gabe ne voyait rien, en revanche il entendit les sirènes des pompiers à l'approche. « Et à cause de ça, aussi, ajouta Jackson. Viens, nous devons partir. »

Gabe cligna de nouveau les yeux et retrouva une vision normale. L'estomac noué, il prit le temps de bien regarder ce que Jackson avait désigné. Rothenburg Hall était entièrement la proie des flammes. Gabe faillit pousser un cri d'hystérie, lorsqu'il entendit une voix préciser : « Oui, tout le monde a réussi à sortir. Il semblerait qu'il y ait eu une grosse fuite de gaz et... euh... une histoire d'animaux sauvages en liberté ? »

Gabe pivota sur lui-même. Là, à trois mètres à peine, se tenaient un groupe d'étudiants, et à les regarder, il sut instantanément qu'aucun d'eux n'avait strictement rien vu de ce que Jackson et lui venaient de faire. *Rien d'étonnant, s'ils n'ont aucun lien avec Arcadia...* Épuisé, pris de vertige, il avança d'un pas et faillit s'écrouler. Il ne se débattit pas quand Jackson l'aida à reprendre son équilibre.

« Nous avons ce que nous sommes venus chercher, n'est-ce pas ? Nous devons partir. »

Gabe hocha la tête et laissa Jackson ouvrir la marche.

Une demi-heure plus tard, ils se trouvaient tous deux à bord d'un bateau à moteur, essayant de ne pas passer par-dessus bord tandis qu'ils traversaient les eaux agitées de la baie. Gabe n'avait plus piloté ce genre d'engins depuis deux ou trois ans – la dernière fois, c'était lors d'une partie de pêche avec l'Oncle Dan, quand ils habitaient près du lac Lanier, en Géorgie –, mais il n'avait pas oublié l'essentiel. La perte de son oncle lui vrilla encore plus le cœur. Il jeta un regard de côté au Garçon fantôme. Il se débrouillerait pour faire revenir l'Oncle Dan. *Quel que soit le prix à payer*.

Alcatraz se dressait au loin, et au-dessus de leurs têtes, le ciel d'orage avait pris une teinte dorée surnaturelle, assez proche de celle des yeux de Jackson lorsqu'il... se servait de ses dons spéciaux.

« Il faut que tu te détendes, suggéra ce dernier. L'Aurore a perdu notre trace quand tu as joué les mont Vésuve. »

Gabe fronça les sourcils. Ce n'était pas l'Aurore, qui l'inquiétait. « Ça ne va pas.

— Qu'est-ce qui ne va pas ?

— On a volé ce bateau ! Tu mesures combien c'est grave ? L'Oncle Dan va me tuer ! »

Jackson lui jeta un regard lourd de sarcasme. « Oui, ton oncle va te faire un sermon, au sujet du vol de ce bateau. Surtout sachant que tu as d'abord réduit l'université en cendre. »

Gabe prit un air encore plus abattu. « Merci. Rappelle-moi de demander à quelqu'un d'autre quand j'aurai besoin de réconfort. »

À l'approche de l'île, ils croisèrent le dernier ferry de la journée. Gabe repéra des touristes alignés sur le pont supérieur, qui prenaient des photos du ciel bizarrement illuminé. Il se demanda ce qu'ils voyaient exactement, en levant les yeux.

J'aimerais tant que tout redevienne comme avant. Que je puisse voir le monde qui m'entoure comme tous les gens normaux... J'aimerais ne jamais avoir entendu parler de cette stupide Tablette, et du Garçon fantôme, et de toute cette folie.

« Gabe, dit Jackson à mi-voix. Regarde. »

Gabe suivit du regard la direction que lui indiquait son compagnon et aperçut, encore minuscule à cette distance, une forme ailée perchée au sommet d'un immeuble. « La vache. C'est le null draak ? »

Jackson n'eut pas à répondre. La créature massive rejeta la tête en arrière et poussa un rugissement. C'était un son terrifiant, mais lorsqu'il traversa la baie jusqu'à eux, Gabe trouva aussi ce cri triste et solitaire.

Cette créature était piégée dans un monde qui lui était étranger. *Comme Brett. Comme l'Oncle Dan.*

« Ne t'inquiète pas, mon grand, murmura Gabe. On va tout remettre à sa place. »

Au grand soulagement du jeune garçon, il aperçut Lily, Kaz et Greta Jaeger sur le quai, qui les attendaient. Ils accostèrent et dès qu'il fut descendu du bateau, Lily serra Gabe contre elle ; sans réfléchir, Gabe en fit autant et embrassa son amie sur la joue.

« Ça fait vraiment du bien, de te voir », dit-il en reculant de quelques centimètres pour pouvoir la regarder dans les yeux. Les joues de Lily rosirent légèrement et elle se détourna, mais Gabe eut le temps de voir le petit sourire à ses lèvres.

Greta Jaeger se racla la gorge. « Vous avez trouvé la craie ? »

Gabe hocha la tête en tapotant sa poche.

« Je m'inquiétais. J'ai craint que vous n'ayez rencontré quelques obstacles. » Du menton, elle désigna le continent, et la colonne de fumée noire qui montait dans le ciel.

« Oh, ouais. » Il n'avait pas très envie de rentrer dans les détails de ce qui s'était passé sur le campus. « On pourrait dire ça.

— Et Jackson et toi avez-vous bien travaillé ensemble ? »

Gabe lança un regard de côté au Garçon fantôme, occupé à admirer les immeubles scintillants du centre ville, l'air réjoui et benêt. « Ouais, en fait. C'était utile. Et... » Gabe ne savait pas comment l'exprimer. « Et il me semble que j'ai plus de pouvoir, quand il est dans les parages. » Jamais il ne voudrait l'admettre, mais sans l'aide de Jackson, il n'était pas certain qu'il s'en serait tiré, à l'université.

« Hmm. » Greta considéra le Garçon fantôme en fronçant légèrement les sourcils. « Oui, c'est un vrai casse-tête, celui-là, n'est-ce pas ?

— Et les gardiens ? » demanda Gabe pour changer de sujet. Il n'avait pas envie de s'attarder sur Jackson. « Où sont-ils ? On ne peut pas débarquer comme ça, après la fermeture du site touristique, si ? »

Greta eut un grand sourire. « L'eau et moi les avons convaincus que ce serait mieux qu'ils aillent se coucher. » Elle se tapota le ventre. « Juste un... disons, un petit désordre gastro-intestinal, causé par un virus contenu dans l'eau.

— Les gardiens ont tous la courante ! » précisa Kaz.

Gabe gloussa, puis sortit de sa poche la craie imbibée de sang. « Alors, qu'est-ce qu'on fait, maintenant ? »

Aussitôt qu'elle posa le regard sur la craie, Greta blêmit. Elle qui se tenait toujours droite, l'air confiant, baissa un instant les épaules et se mordit l'intérieur de la lèvre inférieure.

Gabe rangea la craie. « Greta, vous êtes bien sûre que ça va marcher ?

— Évidemment, affirma-t-elle en examinant ses ongles. Évidemment, que ça va marcher.

— Vraiment ? Dites-moi la vérité. »

Au lieu de lui répondre, Greta se tourna vers le reste du groupe. « Venez. Il n'y a pas de temps à perdre. » Elle leur fit signe de la suivre et ils s'engagèrent dans le sentier raide qui montait à la prison.

Tout en grimpant – Gabe se rendit compte au passage que Lily avait décidé de marcher près de lui –, l'adolescent tournait et retournait les récents événements dans sa tête. *La dernière fois que quelqu'un a tenté un rituel de ce genre, l'Oncle Dan a perdu une jambe, Greta a fini dans un asile et mes deux parents sont morts. Qu'est-ce qui nous prend, de vouloir recommencer ? Est-ce qu'on ne risque pas de tous se faire tuer ? Pas étonnant, que Greta ait l'air nerveuse. Elle en connaît un rayon, en souvenirs traumatisants.*

Pourtant, il savait qu'ils n'avaient pas le choix. L'Oncle Dan et Brett étaient prisonniers, en train de pourrir dans cet enfer parallèle.

Greta s'arrêta au milieu d'une grande étendue déserte et se tourna pour faire face aux autres. « Écoutez-moi bien, vous tous. Une fois que nous aurons commencé, l'Aurore et toutes les créatures magiques qu'elle pourra réunir s'abattront sur nous. C'est exactement comme si nous allumions un phare. Mais nous devons les maintenir à distance jusqu'à ce que le null draak arrive ici. Ensuite, lorsqu'il se trouvera au centre du cercle, nous devrons le poignarder avec la dague rituelle dont l'Aurore s'est servie contre Daniel. C'est bien clair pour tout le monde ? »

Gabe, Kaz, Lily et même Jackson acquiescèrent tous d'un air solennel. Gabe tendit à Greta la lame d'argent qu'il avait dérobée aux adeptes au théâtre et Kaz sortit la Tablette d'émeraude du sac à dos de Brett.

« Très bien. Il nous faut un cercle allant d'ici... elle désigna un point au sol... jusque là, sur lequel je puisse dessiner. Kaz, une pierre lisse, si tu veux bien ? »

Kaz haussa les sourcils d'un air interrogateur mais, dès qu'il comprit à quoi il pouvait être utile, il n'hésita pas un instant. Il se concentra et un grondement grave monta de sa gorge. Ses yeux virèrent au gris anthracite, le sol sous leurs pieds se mit à vibrer et un cercle de pierre parfaitement rond et lisse se forma dans la terre, de la largeur exacte indiquée par Greta.

« Merci », dit cette dernière en décochant un grand sourire à Kaz. Les yeux de l'adolescent reprirent leur aspect normal, et il lui rendit son sourire. « Bien, bien. Maintenant, si vous voulez bien me laisser travailler quelques instants. » Gabe lui tendit à nouveau la craie. Greta Jaeger s'en servit pour dessiner des symboles mystérieux sur toute la surface de la pierre nue, à la manière de Primus sur la scène du théâtre. Puis elle plaça l'éclat d'améthyste au centre et brandit la fiole rougeoyante d'une main en se dirigeant vers le bord du cercle. « Kaz, tu te mets ici. Lily, là, Gabe, par là et...

— Bouge de là, Garçon fantôme, ordonna Gabe en voyant Jackson se mettre en position d'un air las. On n'a pas besoin de toi ici. »

Si Gabe n'était pas habitué aux simagrées du Garçon fantôme, il aurait pu croire que ses paroles l'avaient réellement heurté. « Dire que j'ai traversé toutes ces dimensions pour me faire traiter comme un vulgaire larbin », marmonna-t-il en faisant demi-tour.

Greta s'immobilisa soudain. « Attendez ! » s'écria-t-elle. Il y avait une telle puissance dans sa voix que Gabe se tourna vers elle, surpris. Greta dévisageait le Garçon fantôme, bouche bée.

Au bout de plusieurs secondes interminables, Gabe se décida à intervenir. « Euh, Greta ? Quelque chose ne va pas ? »

Soudain, Greta Jaeger écarquilla des yeux comme des soucoupes. Gabe avait déjà vu des gens saisis d'une « illumination », mais jamais à ce point. Sous eux, le sol trembla, puis dans un fracas de canalisations qui explosent, deux geysers jaillirent au milieu de la pelouse et se dressèrent dans l'air en s'agitant joyeusement comme des chiots surexcités.

« Cinq, chuchota Greta, avant de répéter en hurlant franchement : *Cinq !* CINQ ! On n'en avait utilisé que *quatre* !

— OK, commenta Lily d'une voix un peu apeurée. Qu'est-ce que ça veut dire, exactement ? »

Greta désigna Jackson du doigt. « Il y en a cinq ! Vous ne voyez donc pas ? *Cinq éléments !* »

Ce fut au tour de Jackson de la dévisager, hébété, puis il eut un gigantesque sourire, le plus sincère et le plus rayonnant depuis que Gabe le connaissait. « La Magie ! brailla Jackson. Bien sûr ! *La Magie est le cinquième élément !* »

Gabe se tourna vers Kaz et Lily, l'air perplexe. Il n'aimait pas du tout le tour que prenaient les choses. *La Magie serait un élément ?*

Greta agitait les mains d'un air surexcité et, derrière elle, les geysers imitaient ses mouvements. « C'est pourquoi nous avons échoué, jusque-là ! C'est pour cette raison que ça s'est si mal terminé ! Nous n'avions que quatre éléments ! *Mais à présent, il y en a cinq !* »

Gabe se renfrogna. Greta regardait Jackson comme s'il était super important. Et : oui, il avait sauvé la vie de Gabe et en cherchant bien, peut-être qu'il n'était pas *complètement* mauvais. Mais pas question de le garder pour autant. À la première occasion, direction Arcadia ! C'était là sa place.

« Très bien, d'accord, intervint le jeune garçon. Donc on a de meilleures chances que ça marche, c'est ça ? On peut s'y mettre, maintenant ? Je suis certain que Brett aimerait mieux être ici à discuter avec nous, plutôt que là où il est en ce moment. »

Greta lui adressa un grand sourire. « Bien sûr. Non seulement on peut *s'y mettre*, mais une fois que nous aurons résolu notre petit problème de dragon, nous règlerons notre *gros* problème avec Arcadia. Et cette fois-ci, nous réussirons ! » Elle inspira à fond puis se tourna vers Lily. « Mais commençons par le commencement. Gabe a raison... récupérons ton frère. Ensuite nous pourrons nous préoccuper du reste. »

Lily hocha la tête avec ferveur et désigna le cercle. « Allons-y. »

Gabe prit place, suivi de tous les autres.

Tenant fermement la Tablette à deux mains, Greta se mit à psalmodier dans cette même langue étrange et surnaturelle que parlaient les adeptes. Gabe en avait les tympans qui le démangeaient.

Sous l'effet du chant de Greta, la Tablette se mit à vibrer. Gabe sentit les ondes se répandre dans toute l'île et la baie, comme si on avait lâché un énorme caillou dans l'eau. Tout ce que les vibrations touchaient en paraissait changé.

Les vagues qui venaient s'échouer sur le rivage grossirent et se dressèrent de plus en plus haut. Ce qui n'était qu'une douce brise gagna en puissance, se transformant en une rafale rugissante. Le sol se mit à pulser et à battre comme un gigantesque cœur. De lourdes gouttes de pluie tombèrent des nuages jaunes, et le groupe se retrouva soudain au cœur d'une averse torrentielle.

Greta Jaeger lança la fiole d'énergie dorée et tourbillonnante en direction de l'éclat d'améthyste au milieu du cercle. Au point d'impact, l'énergie – la *Magie* – fusa et se répandit dans la pierre.

« Regardez ! » souffla Lily.

Gabe baissa les yeux. À leurs pieds, le périmètre du cercle pulsait en un halo de lumière dorée – mais cette fois, elle émanait directement de Jackson. Comme à l'université, Gabe sentit toute cette puissance le traverser et, à en juger par les exclamations de Lily et Kaz, eux aussi.

Au-dessus d'eux, la foudre d'un rouge flamboyant se mit à trembloter. Gabe ressentait tout ça en lui, chaque éclair qui se dédoublait et transperçait les nuages.

Au loin, le pont du Golden Gate tanguait dangereusement, secoué par un tremblement de terre. C'est alors que Gabe l'entendit : le vagissement du null draak. *Il approchait.*

« Le null draak ! hurla-t-il. Il vient par ici ! Préparez-vous !

— Très bien, il est temps d'en finir. » Greta tira la dague d'argent de sa manche. « Vous devez les empêcher de m'approcher jusqu'à ce que j'aie terminé ! » Elle ferma les yeux et se remit à psalmodier.

« Empêcher *qui* de l'approcher ? » Kaz plissa les yeux pour scruter les alentours. « Je ne vois rien. »

Soudain, Lily pâlit et tendit le bras vers le ciel. « Je crois que c'est d'eux, qu'elle parle. »

Gabe leva la tête. Malgré le feu qui dansait dans le cercle, il sentit son sang se glacer.

Battant puissamment des ailes au-dessus de l'eau, un gigantesque vol de chauves-souris abyssales fonçait vers eux en poussant des cris perçants. Et entre ses serres pointues, chaque créature portait un membre de l'Aurore éternelle – ou l'un de ses monstrueux traqueurs.

Chapitre 17

Il leur fallut plusieurs minutes, mais les yeux de Brett finirent par s'accoutumer à la demi-pénombre à l'intérieur de la citadelle. Au loin, très haut au-dessus de sa tête, des globes en verre comme celui qu'il avait vu dans le théâtre diffusaient une faible lueur dorée. Il ne distinguait pas s'ils étaient fixés aux murs ou bien s'ils pendaient du plafond. On aurait dit des lucioles par une nuit sans lune.

Brett avança d'un pas hésitant. Sous ses pieds, le contact de la pierre était familier. *On dirait le véritable Alcatraz.* Peut-être le cœur de la citadelle était-il une réplique de la prison dans le monde réel ? Comme une ombre distordue, massive et gigantesque, mais finalement assez semblable à la forteresse qui attirait tant de touristes. Si tel était le cas, et si Brett poursuivait dans la même direction, il arriverait bientôt aux cellules.

C'est alors qu'il perçut du bruit, quelque part devant lui : une voix humaine. *Qui sanglotait*. Brett avait entendu tellement de gémissements d'angoisse dans ce lieu, toutes ces plaintes qui lui étaient parvenues par-delà la mer, qu'il n'osait imaginer combien de prisonniers croupissaient ici. *Et si Charlie est l'un d'entre eux, il faut que je le sorte d'ici*. Le garçon prit une grande inspiration, contracta le ventre et reprit son chemin. Lentement, prudemment, il avança. *Il faut aller de l'avant*.

Petit à petit, alors qu'il se rapprochait des globes lumineux, il commença à se repérer dans l'obscurité. Il se tenait sur une sorte de galerie, un long balcon. En se penchant par-dessus la rambarde, il ne vit que le néant – ou pas tout à fait. En regardant vers le haut et vers le bas, il aperçut des dizaines de galeries identiques, trop nombreuses pour qu'il puisse les compter, et qui s'enfonçaient dans les ténèbres, dans toutes les directions.

Un sifflement bestial résonna dans la cellule juste derrière lui, qu'il avait crue vide. Il fit volte-face et se retrouva nez à nez avec un énorme lézard. L'animal appuyait la tête contre les barreaux et dardait sa grande langue fourchue vers lui. Des yeux dorés aux pupilles rouges en fentes le dévisageaient, se fermant tour à tour, indépendamment l'un de l'autre. Ce regard rappela à Brett celui d'un chat prêt à bondir sur une souris. Terrifié, l'adolescent recula et son dos alla buter contre la rambarde du balcon.

La cellule d'à côté n'était pas mieux. Elle était même plutôt pire. Une patte d'insecte géante se glissa entre les barreaux, faisant claquer ses pinces... puis il en sortit une autre, puis une troisième. Brett n'en voyait pas le propriétaire, qui s'était replié dans l'obscurité, à bonne distance. Mais il n'avait *aucune envie* d'en voir plus.

Le lézard émit un long gémissement. Sauvage et rempli de chagrin, lourd de rage contenue. Et ce son ressemblait aussi à...

« *Mon garçon...* »

La créature aux mille pattes se joignit au lézard. « *Par iciiiii, mon garçon...* »

Brett s'éloigna précipitamment des deux cellules, mais leurs occupants avaient attiré l'attention des autres captifs. Des langues, des pattes et des tentacules s'agitaient de toutes parts, lui faisant signe, essayant de l'attraper, s'accrochant à ses vêtements tandis qu'il marchait de plus en plus vite, longeant les cellules les unes après les autres. Il décida finalement de se mettre à courir, et trébucha contre une volée de marches.

L'escalier descendait plus bas dans la citadelle. Brett s'y engagea. Depuis son nouveau poste d'observation, il avait une meilleure vue sur les galeries situées en dessous de lui, et il dut se plaquer la main sur la bouche pour ne pas hurler.

Sur les balcons et les passages inférieurs, il vit des formes cauchemardesques. Il n'apercevait que leurs ombres, mais elles étaient gigantesques et patrouillaient comme des gardiens de prison démoniaques.

« Charlie », murmura Brett, tentant désespérément de se rappeler pourquoi il était là.

Ce qui se produisit ensuite lui donna envie de se précipiter en rampant vers la porte, quitte à retrouver l'armée d'insectoïdes qui l'attendait derrière.

Tout commença par un écho. Un chuchotement, qui se propagea à tous les étages, surgissant des coins noirs. Mais au lieu de s'évanouir, l'écho s'amplifia et il sembla bientôt à Brett que la bâtisse tout entière inspirait à fond et se mettait *à lui parler*.

Les voix provenaient de partout. Pas seulement des cellules, ou des créatures inhumaines qui rampaient aux étages inférieurs. On aurait dit que les murs même se joignaient à ce refrain effroyable.

« *Il cherche Charlie.* »

Brett comprenait les paroles, bien qu'elles soient prononcées par des bouches qui n'avaient rien d'humain. Les mots bourdonnaient et crissaient dans sa tête comme un vol de frelons.

« *Il l'a perdu.* »

« *Il n'a pas pu l'aider.* »

« *Il l'a laissé se noyer.* »

« *Il a tué son propre frère.* »

Brett sentit les larmes lui monter aux yeux. Il les essuya avec sa manche, d'un geste rageur. « C'était un accident », dit-il dans un sanglot.

« *Il l'a tué.* »

« *Il l'a noyé.* »

« *Il lui a ouvert le crâne.* »

« *Tu as tué ton frère. Tu as tué ton frère !* »

Les voix reprirent l'accusation en chœur, et bientôt Brett n'entendit plus qu'une seule phrase assourdissante :

« *Tulastuétulastuétulastuétulastuétulastué !* »

Puis un son se détacha et perça le grondement infernal. Un hurlement. *C'était la voix de Charlie !* L'estomac de Brett se noua et il se tordit de douleur en reconnaissant le cri : c'était celui qui s'était échappé de la gorge de son frère juste avant qu'il meure.

Et il venait de dessous.

Brett se rua dans l'escalier sans se soucier des bêtes immenses et redoutables qu'il croisait.

J'aurais dû tirer un bord à gauche, comme tu le disais ! Si je l'avais fait, on n'aurait pas chaviré. Tu ne te serais pas cogné la tête. Tu ne te serais pas noyé !

Brett arriva en bas des marches et se précipita dans un couloir, guidé par l'atroce cri d'agonie de son frère. Il n'aurait su dire combien d'étages il avait dévalés. Peu importait. Son frère était là. Charlie était *là !*

Laissant derrière lui les galeries et les cellules, Brett courait aussi vite qu'il le pouvait, profitant de toute la force et la vitesse supplémentaires que lui procurait Arcadia. Et son élan faillit bien le tuer lorsqu'il manqua de tomber dans un gouffre à l'extrémité d'un couloir.

Il s'approcha du bord en rampant pour regarder dans le vide. Il dut cligner des paupières et se toucher les yeux pour s'assurer qu'ils étaient bien ouverts, tant il faisait noir. Plus de globes de verre. Rien que le néant, plus obscur que l'espace intergalactique.

« Charlie ? » Brett se mit à genoux. La voix de son frère s'était tue. Le jeune garçon ne savait plus de quelle direction elle était venue. « Charlie, où es-tu ? »

La voix qui s'éleva en sifflant dans les ténèbres ne ressemblait pas à celles des créatures emprisonnées. Ses paroles sonnaient comme des caresses dans l'esprit de Brett, elles s'immisçaient pour explorer ses pensées, comme les tentacules de quelque effroyable monstre marin.

« *Il y a bien longtemps qu'un visiteur du monde extérieur n'a pas pénétré ici.* »

Brett secoua la tête, se releva et recula de quelques pas. La voix chuchotait, pourtant elle résonnait dans la poitrine de Brett comme une avalanche. Une lueur verdâtre apparut dans l'abysse, à une certaine distance du bord, et se fit de plus en plus vive. Dans cet étrange éclairage, Brett aperçut quelque chose et eut le réflexe de détourner le regard, mais il ne put le détacher de cette vision. Malgré lui, ses yeux se remplirent de larmes de colère.

L'obscurité grouillait d'énormes tentacules, comme un nid de serpents.

Le corps auquel ils étaient rattachés dépassait tout ce qu'on pouvait imaginer. Incapable d'identifier la forme de la créature, Brett sentit *trembler* son esprit épouvanté. Son cerveau menaçait d'imploser. Un liquide chaud s'écoula sur ses lèvres, et le jeune garçon se rendit compte qu'il avait un goût salé et métallique, mélange de ses larmes et du sang qui se déversait de sa narine gauche.

La créature abyssale remua, et alors Brett la *reconnut*. C'était la forme qu'il avait aperçue derrière les immeubles, lorsque les traqueurs ressemblant à des tricératops avaient pris le Dr Conway en chasse. La silhouette qui avançait sur la ville comme un nuage d'orage gigantesque et vivant.

Il ne lui avait donc pas échappé. Il s'était livré en sacrifice à la bête. Sur un plateau.

La chose pivota lentement et les étranges lueurs vertes se focalisèrent sur Brett. Il ne s'agissait pas de lanternes, mais d'une paire d'yeux. Des yeux verts, et *humains*. Mais démesurés.

Brett était passé au-delà de la peur. Il craignit même d'avoir basculé du côté de la folie, même si une petite voix dans sa tête murmurait : *Tu ne peux pas être fou, si tu sais que tu es fou !* Il eut soudain envie d'éclater de rire mais il se retint, car il savait que sinon, il ne pourrait plus jamais s'arrêter.

« Je veux voir mon frère. » Brett serrait et desserrait les poings. Ses mains dégoulinaient de sueur. « Rends-le-moi. *Maintenant.* »

Le rire se répercuta en sifflant dans toute la citadelle. « *Tu n'es pas ici dans le Royaume des morts.* » Les yeux verts se rapprochèrent, et ils étaient chacun de la taille d'une voiture. « *Mais si tu tiens à rendre visite aux morts...* »

Les yeux se rétrécirent. Brett y lut la *faim*.

« *... je peux arranger cela pour toi.* »

Brett tomba à genoux. Cette voix...

Elle ne parle pas.

L'adolescent fut secoué d'un violent frisson.

Elle enfonce ses mots comme des lames au cœur de mon cerveau.

Il s'écroula mollement par terre. Allongé de côté sur la pierre glacée, il fixa la créature. Puis son regard passa à travers elle et tout devint flou. Brett sentait le monstre dans sa tête. Et c'était le mal absolu.

Il comprit enfin que Charlie n'était pas là. Il n'avait jamais été là. Jackson lui avait menti.

En maîtrisant l'eau, en chevauchant cette vague colossale jusqu'au sommet de la citadelle, Brett avait cru savoir ce que signifiait le pouvoir. Mais le sifflement lugubre qui lui vrillait le cerveau lui démontra à quel point il s'était trompé. Cette forme, cet être au cœur de l'Alcatraz d'Arcadia… c'était ça, le pouvoir, la puissance extrême.

Des pensées grotesques et incompréhensibles s'insinuaient dans sa tête comme des vers dans un fruit, creusant et grattant, et Brett eut soudain une certitude.

C'est cette créature qui m'a attiré ici par la ruse. Elle m'a fait croire que j'étais assez fort pour affronter ce lieu. Elle s'est jouée de moi, tout comme Jackson s'est joué de moi…

Il se sentit brusquement le plus gros idiot que la

terre ait jamais porté. Le pauvre petit garçon qui voulait revoir son frère mort. Le pion docile qui faisait tout ce qu'on lui disait, qui croyait tout ce qu'on lui racontait. Les garçons fantômes qui venaient vous voir en rêve, et les yeux verts monstrueux qui vous fixaient du fond du gouffre. Il avait accompli tout ce qu'ils attendaient de lui.

J'ai essayé, Charlie.

Il tendit la main dans le vide.

J'ai essayé.

Brett se roula en boule sur le sol, face au maître de la Citadelle, et le rire démoniaque se répandit tout autour de lui, et dans chaque cellule de son être.

Jamais il ne pourrait ramener Charlie. Il n'en avait jamais été question. En revanche...

Les yeux verts et menaçants se rapprochèrent.

En revanche, en voulant ramener Charlie...

Qu'avait-il déclenché ? Quelle force effroyable avait-il libérée ?

Une ultime pensée cohérente traversa l'esprit de Brett avant le trou noir.

Je suis tellement désolé, mon frère. Je te demande pardon.

Chapitre 18

Agglutinés au bord du cercle, Gabe, Kaz, Lily et Jackson faisaient face à la nuée d'adeptes et de bêtes écorchées qui approchaient de l'île. Gabe se demanda s'il serait capable d'invoquer encore la foudre, comme il l'avait fait sur le campus. Il n'avait pas très envie que Jackson le prenne de nouveau par l'épaule, mais il n'aurait peut-être pas le choix, si c'était le seul moyen.

Mais ce n'est pas ce qui arriva. À la grande surprise de Gabe, les chauves-souris abyssales déposèrent leurs passagers à une vingtaine de mètres des adolescents… et attendirent. Gabe compta trente volatiles, ainsi qu'une quinzaine d'adeptes et autant de traqueurs.

« Qu'est-ce qui se passe ? demanda Kaz à voix basse. Pourquoi ils ne nous sautent pas dessus ? »

Avant que quiconque ait pu lui répondre, une silhouette se détacha de la foule pour s'avancer vers eux, les pieds dissimulés sous sa longue cape noire de fidèle.

« Primus, murmura Gabe.

— Tenez-vous prêts », les avertit Greta, toujours au centre du cercle, avant de reprendre ses incantations.

Primus se rapprocha suffisamment pour pouvoir leur parler sans crier. Elle leva lentement les mains pour repousser sa capuche. Le visage d'une femme d'environ quarante ans apparut. Gabe se dit qu'elle aurait pu être belle, si elle n'avait pas l'air si cruelle. Primus leur sourit, et le jeune garçon frissonna.

« Vous vous battez contre l'inévitable, fit la voix de Primus, claire et tranchante. Contre le destin. Arcadia et ce monde sont appelés à s'unir. Rien ne peut empêcher cela.

— Rien, mes fesses ! » commenta Lily d'une voix menaçante. Autour d'elle, l'air dansait et virevoltait en tornades miniatures qui formaient de minuscules plumets de poussière.

Primus poursuivit comme si de rien n'était. Gabe n'était même pas certain qu'elle ait entendu Lily. « Tous les cinq, vous avez fait preuve d'une grande maîtrise de l'Art. Donnez-moi la Tablette d'émeraude et rejoignez-nous, et vous récolterez les fruits de tous vos dons et talents. Aidez-nous et le nouveau monde vous traitera comme des rois.

— Mensonges », rétorqua Jackson d'un ton impassible.

Il ne s'adressait pas à Primus, mais il ne prit pas non plus la peine de se cacher. « L'Aurore se moque bien de ce qui pourra nous arriver. Ils veulent se servir de nous, c'est tout. » Un rictus se dessina sur ses lèvres. « Même depuis l'Umbra, j'en ai vu assez pour en être certain. »

Kaz hocha la tête. Lily fit de même. Greta Jaeger s'avança à côté de Gabe. « Le cercle est installé. Le rituel est prêt », chuchota-t-elle. Puis, à voix haute : « Jackson a raison. Il n'y a aucune coopération possible avec ces fanatiques. »

Gabe inspira profondément. « Alors j'imagine que l'affaire est réglée.

— J'ai bien peur qu'il nous faille rejeter votre offre », cria Greta Jaeger. Derrière Primus, les traqueurs se mirent à gronder et les chauves-souris abyssales à secouer leurs ailes.

Primus haussa un sourcil. « Il n'est pas nécessaire que vous mouriez ici, sur ce bout de rocher désolé. Vous pourriez faire quelque chose d'utile de vos vies. Vous pourriez... »

Sortie de nulle part, une poutre liquide percuta Primus en pleine poitrine, la jetant à terre. L'impact fut d'une telle violence que la femme fit une roulade arrière, les bras et les jambes secoués en tout sens comme ceux d'une poupée de chiffon, avant d'atterrir, inerte, entre le cercle rituel et l'assemblée de fidèles de l'Aurore éternelle.

« Considérez cela comme notre réponse », lança Greta Jaeger, et tout bascula dans le chaos le plus total.

Les traqueurs bondirent en même temps que les chauves-souris abyssales prenaient leur envol. Apparemment, les adeptes avaient retenu la leçon de leur précédente défaite au théâtre, car ils sortirent tous une arme de sous leurs capes et mirent Gabe et ses amis en joue.

Il ne restera rien à déchiqueter aux traqueurs et aux chauves-souris, si on se fait cribler de balles !

« Jackson ! » aboya Gabe. Surpris, le jeune garçon se tourna vers lui. « C'est le moment de recharger les batteries ! Les miennes et celles des autres ! »

Jackson hocha la tête puis ferma les paupières avant d'étendre les mains sur le côté. Une fine toile d'énergie dorée et étincelante s'éleva dans l'air comme une fusée pour aller toucher d'abord Kaz et Lily, puis Greta Jaeger, et enfin Gabe. Quand Jackson rouvrit les yeux, leur éclat ambré brillait si fort qu'il projetait des ombres sur l'herbe.

Cette fois-ci, Gabe s'était préparé à l'afflux de puissance. Ses propres yeux s'enflammèrent, tandis que les veines électriques de l'île d'Alcatraz lui apparaissaient comme sur l'écran d'un radar. L'électricité courait dans des câbles à travers toute l'île, notamment un qui passait à moins d'un mètre de profondeur, sous leurs pieds. Gabe se saisit de cette énergie, la libéra et l'absorba jusqu'au dernier kilowatt. De son regard infernal, il arracha une à une les armes des mains des adeptes, faisant exploser toute la poudre qu'elles contenaient.

On aurait dit une myriade de pétards, et les fidèles poussèrent des hurlements mêlés de jurons, et reculèrent en tenant leurs mains brûlées et ensanglantées.

Un sourire de bête sauvage monta aux lèvres de Gabe, tandis qu'une toute petite voix susurrait dans son cerveau : « *Brûle... brûle... brûle... !* »

Le sourire disparut et la voix se tut lorsqu'une chauve-souris abyssale s'écrasa au sol aux pieds de Gabe, son corps sans peau imbibé d'eau – de l'eau entremêlée de paillettes d'énergie dorée insufflées par Jackson. Gabe se détourna des adeptes blessés et fit un tour sur lui-même pour mesurer le chaos qui l'entourait.

Tandis qu'il désarmait l'ennemi, les traqueurs s'étaient approchés pour les encercler, lui et ses amis. À chaque seconde, il en bondissait deux ou trois, babines retroussées, faisant furieusement claquer leur mâchoire. Mais Kaz avait prélevé d'un mur voisin une vingtaine de cailloux de la taille d'une tête d'homme et les faisait tourbillonner, formant une barrière protectrice autour du groupe. Sous les yeux de Gabe, un traqueur essaya de se faufiler entre les pierres et l'une d'elles dévia de sa course pour lui écrabouiller la crâne. La bête tomba mollement au sol en hurlant de douleur.

Les chauves-souris abyssales ne s'en sortaient pas beaucoup mieux. Les yeux d'un beau blanc étincelant, les deux mains levées vers le ciel, Lily était entourée d'une multitude de tornades miniatures qui dansaient. Dès qu'une créature ailée faisait mine de plonger, la jeune fille la bombardait de ces vortex qui grossissaient à vue d'œil. Les tornades enveloppaient les chauves-souris, les assommaient puis les envoyaient s'écraser contre le sol, les arbres ou les bâtiments.

S'il arrivait à Lily d'en manquer une, Greta prenait le relais en envoyant des trombes d'eau contre la créature, mais Gabe voyait bien que la vieille femme commençait à fatiguer. Il lui passa un bras autour des épaules pour la soutenir. « Qu'est-ce qui ne va pas ? Vous êtes blessée ?

— Non, haleta-t-elle. Juste vieille. Préparer le rituel et mettre Primus hors d'état de nuire... disons que c'est *moi* que cela a presque mise hors d'état de nuire. » Elle jeta un œil derrière Gabe. « Kaz aurait bien besoin d'un coup de main, contre ces traqueurs. »

Elle disait vrai. Gabe vit une dizaine de créatures s'avancer en bloc, formant une mêlée qui protégeait les bêtes du milieu des pierres tournoyantes. Gabe bondit aux côtés de son ami. « Ça ne fonctionne plus ! Il faut que tu essaies autre chose ! »

Les yeux de Kaz avaient repris leur teinte gris anthracite. « Si je tente autre chose, le temps que je change, ils vont réussir à passer au travers ! »

Gabe comprit ce qu'il voulait dire. L'anneau de pierres les protégeait en ralentissant les traqueurs, mais si Kaz changeait de tactique, il suffirait d'une seconde pour que les bêtes bondissent. « Ne t'inquiète pas, dit-il à Kaz. Je m'en occupe. »

Dans l'énorme conduit sous leurs pieds, l'électricité circulait toujours, un flot inimaginable en provenance du continent, et une fois encore Gabe se connecta à elle, jusqu'à ce que chaque cellule de son corps vibre d'énergie. Il projeta la main devant lui, les doigts en étoile, et se concentra sur les cinq traqueurs au centre de la meute à l'approche.

Le grondement assourdissant d'un incendie de forêt les enveloppa. Gabe sentit sa peau se rétracter sous l'effet de la chaleur et Kaz se recula avec un petit cri. Les pierres de l'anneau de protection tombèrent au sol, inertes, mais les traqueurs ne purent en profiter ; les cinq du milieu explosèrent dans de grandes boules de feu, et furent réduits en une seconde à des traces calcinées sur le sol. Le reste de la bande se tordit dans les flammes en rugissant, avant de battre en retraite.

Même les chauves-souris abyssales abandonnèrent l'assaut. Pendant de longues minutes, Gabe et ses amis se retrouvèrent seuls au milieu du champ de bataille improvisé.

Il fallut un moment au jeune garçon pour se rendre compte que tout le monde le dévisageait – et c'est là qu'il comprit que le rictus sauvage était réapparu sur son visage.

« Mon Dieu, Gabe. » Dans les beaux yeux sombres de Lily, Gabe lut une émotion qu'il n'y avait jamais vue. En tout cas, pas quand elle le regardait, *lui*. C'était presque impossible à admettre, pourtant il y fut bien forcé : le regard de son amie était rempli de peur. « Qu'est-ce que tu viens de faire ?

— Je... Les traqueurs. » Pourquoi le fixaient-ils tous comme ça ? « Ils approchaient et je me suis dit... qu'il fallait que je... »

Il fut interrompu par un impact surpuissant qui fit trembler toute l'île. Le null draak venait d'atterrir juste derrière le groupe d'adeptes blessés et, sous les hurlements terrifiés de ces derniers, la bête fit voler les corps sur son passage comme de vulgaires feuilles mortes. Le null draak rugit – même d'aussi loin, Gabe sentit la déflagration – et fonça droit sur le cercle rituel.

Non. Il fonça droit sur *Gabe.*

« Pourquoi il s'en prend à moi ? hurla ce dernier.

— À cause de ton lien avec la Tablette ! répondit Greta Jaeger. C'est sur toi qu'il doit le plus sentir l'empreinte d'Arcadia ! Il faut que tu l'attires au milieu du cercle ! »

Gabe fixa le monstre aveugle et le temps parut ralentir. *Comment on est censés l'amener là-dedans, et faire en sorte qu'il y reste ? Et surtout, comment on est censés faire ça sans qu'il me dévore tout cru ?* Mais Gabe n'eut guère le temps d'y réfléchir, car le null draak déboula droit sur lui et sur le cercle rituel sans ralentir, les mâchoires béantes.

Gabe poussa un cri et bondit sur le côté – pas assez loin pour s'enfuir, mais peut-être pour survivre – et cria encore plus fort quand une rafale de vent le souleva hors d'atteinte du draak. La bête freina brutalement, creusant d'énormes tranchées dans la terre avec ses griffes comme des fourches. Il pivota lourdement en battant des ailes, se préparant à un nouvel assaut.

Revenu au sol, Gabe s'exclama avec un grand sourire : « Je connais un moyen de le forcer à rester à l'intérieur du cercle ! »

En esprit, il s'enfonça au plus profond du réseau électrique de l'île. *Encore*. Sur le continent, les lumières des gratte-ciel faiblirent. *ENCORE*. Ses mains se métamorphosèrent en brasiers d'un blanc bleuté. Il était plus brûlant que le feu même et plus précis qu'un laser. Mais ça ne suffisait toujours pas. Il était capable de puiser assez d'énergie pour créer une explosion nucléaire. *Un soleil ! Une SUPERNOVA...*

Soudain, Lily lui attrapa l'épaule.

« Tu ne peux pas le tuer ! »

Gabe la dévisagea en fronçant les sourcils et, dans une immense frustration, il sentit l'électricité quitter son corps et s'éparpiller dans le monde autour de lui. « Quoi ? »

Lily poussa un soupir agacé. « On en a besoin vivant, pour l'échanger contre Brett, Gabe ! Tu ne peux pas le faire rôtir comme un poulet ! »

Gabe la fixa, interdit. Il avait envie de s'exclamer : « Ne dis pas de bêtises ! Je n'allais pas le tuer ! » Mais Lily planta son regard dans celui du jeune garçon, et alors il vit qu'elle savait. Il allait bel et bien tuer le null draak. Car il le *pouvait*.

Un sentiment de honte le submergea. C'était bien ce qu'il avait voulu faire : s'ouvrir au feu, écouter la voix qui sifflait à son oreille. Céder à la tentation.

Brûle... brûle... brûle... !

Si quelqu'un d'autre que Lily avait tenté de m'arrêter, que lui aurais-je fait ? se demanda-t-il en frissonnant.

« Les gars ! » La voix de Kaz lui parvint à sa gauche. « Regardez ! »

Gabe et Lily firent volte-face et virent le null draak qui revenait à la charge. La jeune fille les souleva une nouvelle fois hors de portée du monstre.

Ils se posèrent juste à côté de Kaz, Greta et Jackson. Encore honteux d'avoir ainsi perdu le contrôle, Gabe prit la parole pour se racheter : « Il va falloir qu'on s'y mette tous ensemble, si on veut que cette créature reste dans le cercle sans nous découper en morceaux au passage. Je vais l'attirer une nouvelle fois dedans. Kaz, tiens-toi prêt à l'encercler. Construis des murs, mais en laissant des passages juste assez larges pour une personne. Lily, une fois qu'il sera en place, je doute que même la pierre le retienne très longtemps, alors il faudra que tu me transportes jusqu'à lui le plus vite possible – et de préférence à un endroit qui ne soit pas recouvert de crocs ou de griffes, OK ? Jackson, il faut que tu nous donnes autant d'énergie que tu le pourras. Et Greta... »

Greta secoua la tête. « J'ai retrouvé un second souffle. Ne t'inquiète pas. Je m'assurerai que vous ne soyez pas interrompus par une bête quelconque, ou des fous furieux en robe longue. » Et pour appuyer ses propos, la température chuta brutalement d'au moins dix degrés et une violente averse de grêle dessina au sol un large cercle qui les isola tous les cinq. Le null draak rugit, s'ébroua et baissa la tête comme s'il s'apprêtait à charger. « Si l'un d'eux essaie d'entrer, je lui défonce le crâne. »

Gabe tendit la main. Sans un mot, Greta déposa dans sa paume la dague d'argent.

Avant de changer d'avis, Gabe hocha la tête et bondit hors du cercle en hurlant et en agitant les bras pour attirer l'attention du null draak.

« Hé ! Hé ! Le reptile de carnaval ! C'est moi que tu veux ? Alors viens me chercher ! »

Gabe pensait qu'une créature aussi monumentale n'était pas taillée pour les manœuvres serrées, comme l'avaient prouvé ses attaques ratées. Mais tout en tournant sa tête immense en direction de l'adolescent, la bête planta ses griffes et l'extrémité de ses six ailes dans le sol, et se lança aux trousses de Gabe comme un coureur olympique bondissant des starting-blocks. Gabe poussa un cri de terreur et accéléra l'allure.

Il ne pouvait fuir en ligne droite, sinon le null draak le suivrait en direction des cellules, à l'opposé du cercle rituel. Gabe partit vers la gauche, puis coupa en travers du disque de pierre, tellement essoufflé qu'il avait l'impression que ses poumons allaient exploser. En franchissant la ligne dessinée à la craie, alors qu'il sentait l'haleine brûlante et infecte du null draak dans sa nuque, l'adolescent hurla : « MAINTENANT, KAZ ! »

Une nouvelle vibration secoua le sol, si puissante que Gabe sentit ses pieds se dérober sous lui ; il atterrit sur le menton et le ventre en réprimant un couinement de douleur. Il roula sur le dos et vit que Kaz avait érigé des colonnes de cinq mètres dans le périmètre du cercle rituel. Le null draak était emprisonné à l'intérieur. Les piliers l'avaient immobilisé, mais il tendait le cou par-dessus la barricade, faisant claquer sa mâchoire dans l'air à moins d'un mètre des semelles de Gabe.

La distance entre chaque pilier était juste suffisante pour que Gabe puisse s'y glisser. Le null draak se jeta contre les colonnes, et des fissures zébrèrent la pierre rêche.

« Fais-moi rentrer ! » tonna Gabe en rampant hors de portée des crocs affûtés comme des lames de rasoir. « Lily ! Approche-moi le plus près possible, avant qu'il réussisse à se libérer ! » Gabe ne voyait pas son amie, mais une rafale puissante le souleva de terre et il se faufila entre deux piliers près de s'écrouler. Lorsque ses pieds touchèrent le sol, il se trouvait face au flanc gris du null draak, devant... *Qu'est-ce que c'est que ça ? Du cuir ? Des écailles ?* Impossible à dire.

Et Gabe s'en moquait. Il enfonça la dague jusqu'à la garde.

Bien que minuscule en comparaison de la masse de la bête, la dague dut toucher une zone sensible, car le null draak poussa un rugissement de douleur en se jetant en arrière. Il aurait sans nul doute réduit Gabe en marmelade contre un pilier si quelqu'un ne l'avait pas attrapé par le cou et l'épaule pour le hisser dehors par l'une des ouvertures.

« La vache, haleta Gabe. Merci, il a bien failli... » Stupéfait, il constata qu'il se tenait face à Jackson Wright. « Tu... Tu viens de me sauver la vie.

— Il n'y a pas de quoi, répondit Jackson. Mais à présent je suggère qu'on laisse un peu d'espace à cette grande bête, d'accord ? »

Le null draak se jeta de nouveau contre les colonnes. Les quatre murs se fissurèrent avant de s'effondrer, et ils purent voir qu'un cocon de sang – exactement comme celui qui avait recouvert l'Oncle Dan et Brett, dans le théâtre – était en train d'envelopper le corps de la bête. *Ça fonctionne ! Ça fonctionne !* Gabe regarda autour de lui, mais ne vit personne. *Ils doivent tous être de l'autre côté.* Il se tourna vers Jackson. *C'est ma seule chance.*

« Merci. » Gabe dut lutter pour garder l'équilibre, car une nouvelle secousse fit trembler l'île. Jackson venait de le sauver. De tous les sauver, en fait, grâce à sa Magie.

« Je te suis redevable, ajouta Gabe en se tourna vers le jeune garçon. Et pour ce que ça vaut, je suis désolé.

— Désolé pour quoi ?

— C'est le seul moyen de faire revenir mon oncle. »

D'abord perplexe, Jackson fronça les sourcils, puis ses yeux s'écarquillèrent de peur lorsqu'il comprit. Mais il était trop tard.

Gabe poussa Jackson dans le cocon.

Le jeune garçon lâcha un cri en voyant la membrane bondir sur lui, comme pour Brett lorsqu'il avait tenté d'aider l'Oncle Dan.

Mais Greta Jaeger passa en trombe devant Gabe et, d'un geste autoritaire, elle libéra Jackson en sectionnant la membrane avec des lames d'eau. Le cocon glissa à terre et se rétracta dans un *plop* répugnant.

« Qu'est-ce qui te prend ? s'écria Greta, à quelques centimètres du visage de Gabe. Tu vas interrompre le rituel ! » Elle repoussa Jackson sur le côté et tendit le bras devant lui en signe de protection. Dans son autre main, la Tablette d'émeraude se mit à trembler. L'air s'emplit de vibrations étranges et dissonantes, que Gabe ne se rappelait pas avoir entendues lors du rituel de l'Aurore, dans le théâtre. Quelque chose n'allait pas.

« Je dois récupérer l'Oncle Dan ! » Gabe brailla tellement fort qu'il en eut la gorge en feu. « Ce petit imbécile de menteur ne mérite pas de prendre sa place ! »

Le cocon de sang se mit à trembler et à virer au noir comme une étoile mourante.

« Gabe, tu as besoin de Jackson pour détruire Arcadia ! C'est le seul moyen de nous libérer tous. C'est ce que tes parents désiraient le plus, pour toi. Que tu ne passes pas ta vie à te cacher, comme l'avait fait ton père. L'élément magique – l'élément manquant – est crucial. Avec Jackson, nous pouvons enfin... »

Il suffit d'une seconde pour que tout bascule. Les longues griffes acérées d'une chauve-souris abyssale transpercèrent la poitrine de Greta, la maculant de sang.

Gabe resta figé là, abasourdi.

La chauve-souris recula en hurlant, arrachée au corps de Greta Jaeger par une des tornades furieuses de Lily. Trempée de sang, Greta tomba à genoux. Gabe la rattrapa, s'agenouilla et la prit dans ses bras, terrassé par la douleur et la culpabilité.

Elle est venue m'arrêter. Elle a interrompu l'averse de grêle pour m'arrêter.

Une partie de son cerveau avait enregistré que le cocon de sang enveloppait complètement le null draak, et que déjà la créature géante commençait à rapetisser. Sous eux l'île vacillait, mais Gabe s'en moquait. Tout ce qui comptait, c'était de tenir Greta.

« Je ne voulais pas… » Il se mit à sangloter. « Non. »

Faiblement, Greta posa un doigt sur ses lèvres pour le faire taire. « Rappelle-toi. » Parler semblait douloureux. « Tu as besoin de Jackson. »

Gabe leva la tête et vit Jackson qui reculait lentement, blême, avec une expression indéfinissable. En cet instant, il n'avait pas l'air d'un petit garçon. On aurait plutôt dit un vieil homme minuscule et fatigué.

Derrière lui, Lily s'écria : « *Brett !* »

Gabe jeta un regard par-dessus son épaule. Le cocon avait pris une taille humaine Brett émergea de l'énorme membrane vide. Lily se précipita pour prendre son frère dans ses bras, riant et pleurant tout à la fois et une seconde plus tard, Kaz se joignit à eux pour un câlin collectif.

Mais Gabe était incapable de partager leur joie. Tenant toujours Greta contre lui, il cria : « Les amis ! *Par ici !* »

En haut de la côte raide qui remontait des quais, les forces de l'Aurore éternelle s'étaient rassemblées. Les adeptes blessés se tenaient derrière les traqueurs qui avaient survécu, tandis que les chauves-souris abyssales s'étaient perchées dans les arbres et sur les toits autour d'eux. Tous fixaient Gabe et ses amis avec un regard empli de haine.

Primus s'était remise sur pied et se tenait au centre. Elle pointa sur eux un long doigt élégant. « Rendez-nous immédiatement la Tablette, ou votre souffrance n'aura pas de fin !

— J'imagine que c'est l'heure du deuxième round ! » Kaz serra les poings. « Jackson, tu es prêt à en remettre un coup ? »

Jackson s'apprêta à répondre, mais la voix de Brett claqua comme la foudre. On aurait dit que son écho résonnait dans toute l'île. « Pas d'inquiétude, les amis. » Ses yeux prirent une teinte bleu-vert, et se mirent à scintiller d'une énergie inconnue. Il leur fit signe à tous. « Je m'en occupe. »

Dans l'air, quelque chose changea.

Sans savoir pourquoi, Gabe se retrouva la gorge serrée, à bout de souffle. Peut-être l'oxygène s'était-il raréfié, ou peut-être était-ce le chagrin qui menaçait de l'étouffer, tandis qu'il serrait Greta contre lui.

Ou c'était le choc de voir une vague gigantesque et destructrice s'élever de l'océan, s'enrouler au-dessus des quais et de la route, et venir s'écraser de toute sa hauteur sur les forces de l'Aurore éternelle. De ses eaux déchaînées, elle balaya jusqu'au dernier les adeptes, les traqueurs et les chauves-souris abyssales et leur fit dévaler la pente, jusque dans la baie.

Après son passage, il n'en restait plus aucune trace.

Tous se tournèrent alors vers Brett. Mais brusquement, Lily s'aperçut que Greta était blessée et se précipita auprès d'elle. « Il faut qu'on vous emmène à l'hôpital ! » La jeune fille prit la main de Greta dans la sienne. « Je crois que je peux le faire ! Je peux vous soulever et vous faire traverser la baie ! »

Greta secoua la tête. « Ils... ils n'auraient pas pu me sauver... même si cela s'était produit aux urgences. »

Elle tenta un faible sourire. « Je n'ai pas beaucoup de temps. Écoutez-moi. Il faudra vos forces à tous les cinq pour accomplir… ce qui doit être accompli. »

Gabe essuya les larmes qui lui baignaient les joues. « Détruire Arcadia. »

D'un signe de tête, Greta désigna le cercle rituel. Gabe suivit son regard et vit, en suspens dans l'air au centre, une petite fissure verticale d'où filtrait de la lumière dorée. « Le rituel a été interrompu, chuchota Greta. Les murs qui séparent Arcadia de notre monde se sont fissurés. *Voilà* le pouvoir que vous possédez, à vous cinq. Vous pouvez relier ces deux mondes… ou détruire Arcadia. À tout jamais. »

Gabe ne trouva pas les mots. Il leva les yeux et vit Jackson qui le dévisageait d'un regard étincelant où se mêlaient la peur et la haine. Le sentiment de culpabilité frappa de nouveau Gabe comme un coup de poignard. *Je ne peux pas lui en vouloir*.

« Ils vous traqueront… » Les yeux de Greta se fermèrent lentement. « Ils se serviront de vous… pour faire fusionner les mondes… sauf si vous les en empêchez. » Ses paupières se rouvrirent en papillotant, et la puissance de son regard fit sursauter Gabe. « *Ensemble*. »

Le corps de Greta Jaeger se relâcha.

Gabe ne prit pas la peine de dissimuler ses pleurs lorsqu'il la reposa au sol.

Pendant un long moment, ils restèrent debout en cercle autour d'elle. Gabe ne pouvait détacher le regard de son corps inerte. Il n'arrivait pas à croire qu'elle soit réellement partie.

Personne ne dit mot lorsque les yeux de Kaz virèrent au gris anthracite. Tous reculèrent et contemplèrent la terre qui s'ouvrait et attirait doucement Greta à elle.

Gabe fut le premier à parler. « Veille à ce qu'elle demeure bien profond, Kaz. »

Kaz hocha la tête. « Ne t'en fais pas. »

Lily se tourna vers la fine fracture dorée qui planait dans l'air. Une brèche dans le monde. « Qu'est-ce qu'on va faire, pour ça ?

— Je vais vous dire ce que vous ne pouvez *pas* faire, intervint Jackson, avec une humilité inhabituelle. Vous ne pouvez pas rester là à vous lamenter. Greta avait raison. L'Aurore éternelle va sentir la présence de cette brèche, et ils reviendront ici pour tenter de l'exploiter.

— Mais alors, il faut qu'on reste ici ! riposta Lily. Il faut qu'on les en empêche ! »

Jackson secoua la tête et désigna la Tablette d'émeraude, que Kaz tenait entre ses mains. « Ils ne pourront guère faire grand-chose. Sans la Tablette, en tout cas. Ce qui veut dire qu'il est de notre intérêt d'éloigner le plus possible la Tablette d'ici.

— Qu'est-ce que ça peut bien te faire, à toi ? » Gabe était épuisé, physiquement et moralement, et il ne chercha pas à cacher sa colère. Au fond, il savait que c'était contre lui-même, qu'il était furieux. « Tu roules pour toi tout seul, dans cette histoire, pas vrai ?

— J'ai mis un siècle à essayer de revenir dans ce monde. » Jackson avait retrouvé son ton sarcastique. « Alors je ne vais pas le laisser détruire. Et que ça te plaise ou non, tous les cinq, on est plus forts quand on travaille ensemble. » Il pointa le pouce sur sa poitrine. « Grâce à *moi*, au cas où tu l'aurais oublié. »

C'est Lily qui brisa la tension entre les deux garçons. « Mais où est-ce qu'on va aller ?

— Si l'Aurore est après nous, ajouta Kaz, le dernier endroit où on doit aller, c'est auprès de nos familles. Elles feraient une cible parfaite. »

Brett, Lily et Kaz avaient encore une famille à protéger. Pas Gabe. C'était un point commun entre le Garçon fantôme et lui.

« Il faut qu'on trouve une histoire à raconter à nos parents, renchérit Brett. Même si ça ne tient pas longtemps, ce sera déjà ça. Il faut bien qu'on dise *quelque chose*. Et j'imagine qu'on peut retourner dans les tunnels sous la ville. On connaît les lieux, on saura se repérer. On a toujours la carte et on pourra remonter discrètement chercher de la nourriture et du matériel. »

Kaz poussa un soupir théâtral. « Mon rêve de toujours. Vivre dans les égouts. J'imagine qu'on va tous attraper la tuberculose. Ou la malaria. Ou un hantavirus. »

Gabe y réfléchit en fixant le sol. « Bonne idée, on n'a qu'à s'installer dans les tunnels. Une fois là-bas, on cherchera le moyen de reboucher cette brèche et de détruire Arcadia pour de bon. Une fois qu'on aura un plan, on reviendra ici réparer les dégâts. C'est le minimum qu'on puisse faire. Que *je* puisse faire. Je le dois à Greta. » Il jeta un regard furtif à Jackson et vit l'accusation muette dans les yeux du jeune garçon. Seuls Greta et Jackson savaient que c'était

Gabe qui avait interrompu le rituel en essayant de renvoyer Jackson de force à Arcadia. Cette brèche était la faute de Gabe, et de personne d'autre. Il se demanda combien de temps le Garçon fantôme garderait cette information pour lui. « Et je le dois à mes parents.

— Oh, rien que ça ? marmonna Kaz. Magnifique. Ça va être une vraie partie de plaisir, de revenir dans les parages, vu la vitesse à laquelle le gouvernement va boucler les lieux. »

Lily acquiesça. « Ouais. Une brèche bizarre toute scintillante et qui ne veut pas disparaître ? Ce n'est pas comme si le site touristique allait ajouter ça à la liste des attractions d'Alcatraz. »

Brett se racla la gorge. « À ta place, je ne me précipiterais pas pour détruire Arcadia, Gabe. »

Gabe haussa les sourcils. « Ah oui ? Et pourquoi ?

— Écoute, j'ai un tas de choses à vous raconter. Une fois qu'on aura fui les lieux où se sont affrontées les forces du bien et du mal, et qu'on aura pu... faire le deuil. » Brett se pencha pour poser une main sur l'épaule de Gabe. « Écoute, ça va te faire un choc. Mais j'ai rencontré ta *mère*, de l'autre côté. Ton Oncle Dan est avec elle, maintenant. Elle est vivante, mon pote. Et cette brèche pourrait bien être ta seule chance de la ramener parmi nous. »

Gabe se sentit blêmir et, pendant un moment, il crut qu'il allait étouffer. Brett et Kaz l'attrapèrent chacun par un bras pour l'empêcher de s'évanouir. Après tout ce qui lui était arrivé – les rituels, la Magie, les monstres, les dimensions parallèles... Sa mère était *vivante*, et *à Arcadia ?*

Le sol parut se dérober sous ses pieds, et cette fois, ce n'était pas un tour que lui jouaient les éléments. C'étaient les derniers lambeaux de sa vie d'avant qui se désintégraient.

Il bafouilla, chercha ses mots et finit par dire : « Partons de cette île. »

Comme un zombie, il mit un pied devant l'autre et ils reprirent la route qui descendait jusqu'aux quais.

Épilogue

Confortablement installés tous les cinq sur un grand radeau de glace glissant à la surface de la baie, ils rentraient à San Francisco. Il leur fallait coopérer, à présent, Greta avait raison sur ce point... mais le garçon du nom de Brett Hernandez savait que leur petite bande d'Élémentalistes était une bombe à retardement, et que le compte à rebours était lancé. Il dévisagea les fugitifs un à un.

Lily. Toujours tellement intrépide... mais elle avait peur de Gabe, maintenant, n'est-ce pas ?

Jackson Wright. Le « Garçon fantôme ». Le cerveau bousillé par un siècle d'isolement.

Gabe lui-même, dévasté par une culpabilité sans fond. Seul Kaz semblait être resté le même. Fiable. Généreux. Il faudrait garder un œil sur lui.

Aucun d'entre eux ne soupçonnait le changement qui s'était produit chez leur frère et ami, Brett. *Parfait*. L'adolescent considéra le radeau de glace qu'il avait créé sur le rivage d'Alcatraz. Il l'avait fait sans effort, grâce à ce pouvoir qui coulait désormais dans ses veines. Le véritable pouvoir. Majestueux. Inéluctable.

Brett leva les yeux vers le ciel. L'orage avait fini par s'éloigner, et un tapis d'étoiles scintillait au-dessus d'eux. Leur éclat illumina la masse lovée au plus profond des yeux de Brett...

... au plus profond des ténèbres...

... où des tentacules semblables à des nuages d'orage s'enroulaient autour de deux pointes étincelantes de lumière verte et vorace.

Composition : Facompo,
Lisieux

MIXTE
Papier issu de
sources responsables
FSC® C003309
FSC
www.fsc.org

Cet ouvrage a été achevé d'imprimer en décembre 2016
dans les ateliers de Normandie Roto Impression s.a.s
61250 Lonrai (Orne)
N° d'impression : 1605385
Dépôt légal : janvier 2017

Imprimé en France